Krystal Sutherland

Wer fliegen will, muss schwimmen lernen

Buch

Die erste große Liebe ist etwas ganz Besonderes. Zum ersten Mal Herzklopfen, Schlaflosigkeit, Gefühlschaos. Der Moment in dem man seine große Liebe trifft, sollte ein Augenblick sein, in dem der Herzschlag aussetzt und die Welt für einen kurzen Moment stillsteht. So zumindest hat Henry sich das vorgestellt. Doch als er Grace das erste Mal sieht, ist alles ganz anders. Sie ist überhaupt nicht so, wie er sie sich vorgestellt hat, seine erste große Liebe. Grace ist anders, als alle Mädchen, die er kennt. Sie ist unnahbar, verletzlich, seltsam. Und doch machen gerade ihre Zerbrechlichkeit und ihr Anderssein sie in Henrys Augen nur noch schöner. Er verliebt sich in sie. Aber Grace verbirgt etwas vor ihm, ein tragisches Geheimnis, das zwischen ihnen steht …

Autorin

Krystal Sutherland ist in Australien geboren, hat in Amsterdam und Hongkong gelebt, bevor sie 2011 nach Sydney zog. Krystal war auf der Shortlist für den Queensland Young Writers Award. Ihr Debütroman war auf Anhieb ein Erfolg und wurde in über zwanzig Länder verkauft.

Krystal Sutherland

Wer fliegen will, muss schwimmen lernen

Roman

Deutsch von Petra Koob-Pawis

blanvalet

Die Originalausgabe erschien 2016 unter dem Titel
»Our Chemical Hearts« bei G.P. Putnam's Sons,
an imprint of Penguin Random House LLC, New York.

MIX
Papier aus verantwortungsvollen Quellen
FSC® C014496
FSC
www.fsc.org

Verlagsgruppe Random House FSC® N001967

1. Auflage

Redaktion: Catherine Beck
Umschlaggestaltung: © www.buerosued.de
Umschlagmotiv: © www.buerosued.de
JaB · Herstellung: sam
Satz: KompetenzCenter, Mönchengladbach
Druck und Bindung: GGP Media GmbH, Pößneck
Printed in Germany
ISBN 978-3-7341-0435-0

www.blanvalet.de

Für meine Familie, für alles, für immer.

Kapitel 1

Ich habe mir den Moment, in dem man zum ersten Mal seine große Liebe trifft, immer wie eine Filmszene vorgestellt. Vielleicht nicht ganz wie im Film, mit Slow Motion, im Wind wehenden Haaren, anschwellenden Instrumentalklängen und so weiter. Aber zumindest würde er irgendwie besonders sein. Ein Augenblick, in dem der Herzschlag aussetzt. Etwas, das deine Seele berührt, sodass du nur noch denken kannst: »Ach du Scheiße. Das ist sie. Nach so langer Zeit steht sie einfach vor dir.«

Aber als Grace Town an jenem zweiten Dienstag meines Abschlussjahrs zehn Minuten zu spät zu Mrs Beadys nachmittäglichem Theaterkurs erschien, war alles ganz anders. Grace gehörte zu den Menschen, die bleibenden Eindruck hinterlassen, sobald sie einen Raum betreten – wenn auch nicht so, dass man ihr sofort unsterblich verfiel.

Sie war durchschnittlich groß, hatte eine durchschnittliche Figur und war durchschnittlich hübsch –

beste Voraussetzungen also, damit sich ein Neuling ohne das für solche Geschichten typische Drama auf einer fremden Highschool einfügen konnte.

Wären da nicht die drei Dinge gewesen, die sofort ins Auge stachen, bevor ihre Durchschnittlichkeit sie retten konnte:

1. Grace war von Kopf bis Fuß wie ein Junge angezogen. Nicht der Tomboy-Look eines Skater-Girls, sondern echte Jungsklamotten, die viel zu groß für sie waren. Röhrenjeans, die eigentlich skinny sein sollten, ihr aber nur dank eines Gürtels nicht von den Hüften rutschten. Obwohl es erst Mitte September war, trug sie einen Pullover, ein kariertes Hemd und eine Strickmütze sowie ein langes Lederhalsband, an dem ein kleiner Anker hing.
2. Sie sah ungewaschen und ungesund aus. Ehrlich, ich hatte schon Junkies gesehen, die in besserer Verfassung waren als Grace an jenem Morgen. (Okay, ich hatte noch nicht allzu viele Junkies zu Gesicht bekommen, aber ich hatte *The Wire* und *Breaking Bad* gesehen, und das zählte ja wohl auch.) Ihre blonden Haare waren ungekämmt und schlecht geschnitten, ihre Haut war fahl, und ich hätte wetten können, dass sie müffelte.
3. Als wäre das noch nicht genug, um in der neuen Schule keinen Anschluss zu finden, ging Grace Town auch noch am Stock.

Das war er. Der Moment, in dem ich sie zum ersten Mal sah. Es gab keine Slow Motion, keine Brise, keinen Soundtrack und schon gar keinen stolpernden Herzschlag. Grace kam hereingehumpelt, zehn Minuten zu spät und ohne ein Wort zu sagen, und tat so, als wäre sie hier zu Hause, als würde sie schon seit Jahren auf diese Schule gehen. Vielleicht lag es daran, dass sie neu und ziemlich seltsam war, vielleicht auch daran, dass man ihr nur in die Augen schauen musste, um zu erkennen, dass ihre Seele einen Knacks hatte. Jedenfalls sagte Mrs Beady kein Wort. Grace setzte sich auf einen Platz ganz hinten an der schwarz gestrichenen Wand des Theaterraums, legte den Gehstock quer über den Schoß und gab die ganze Stunde über keinen Laut von sich.

Ich blickte noch zweimal über die Schulter, aber am Ende der Unterrichtsstunde hatte ich bereits vergessen, dass sie da war. Und als sie leise den Raum verließ, nahm auch sonst niemand Notiz von ihr.

Von Liebe auf den ersten Blick kann also keine Rede sein.

Trotzdem ist es eine Liebesgeschichte.

Na ja.

Mehr oder weniger.

Kapitel 2

Die erste Woche meines letzten Schuljahrs vor Grace Towns unerwartetem Auftauchen war so ereignislos gewesen, wie eine Highschool-Woche nur sein kann. Es hatte gerade mal drei kleinere Skandale gegeben: ein Junior hatte in der Mädchentoilette geraucht und war suspendiert worden (wenn man schon suspendiert wird, dann bitte für etwas, das nicht ganz so Klischee ist), jemand hatte nach Schulschluss eine Schlägerei auf dem Parkplatz gefilmt und auf YouTube gestellt (die Schulleitung war total ausgerastet), zudem machte das Gerücht die Runde, Chance Osenberg und Billy Costa hätten sich gegenseitig mit einer Geschlechtskrankheit angesteckt, nachdem sie ungeschützten Sex mit demselben Mädchen gehabt hatten (ehrlich, ich wünschte, Letzteres hätte ich mir nur ausgedacht).

Währenddessen war mein Leben wie immer völlig skandalfrei verlaufen. Ich war siebzehn Jahre alt, ein schlaksiger, linkischer Typ, den man für den jungen Keanu Reeves casten würde, nachdem man schon den

Großteil des Budgets für schlechte 3D-Computergrafik und Catering verpulvert hat. Ich hatte noch nie eine Zigarette geraucht, ja noch nicht mal an der Kippe von jemand anderem gezogen, und bisher war ich auch noch nie in die Situation gekommen, ungeschützt den No-Pants-Dance zu tanzen, dem Himmel sei Dank.

Mein dunkles Haar war schulterlang und ich trug am liebsten die Sportjacke meines Vaters aus den Achtzigern. Im Grunde sah ich aus wie die männliche Version von Summer Glau mit einem Anflug von Severus Snape. Allerdings ohne Hakennase, dafür mit ein paar Grübchen, und voilà, schon hatte man Henry Isaac Page.

Zu der Zeit interessierte ich mich nicht für Mädchen (und auch nicht für Jungs, um das gleich mal klarzustellen). Seit fast fünf Jahren waren meine Freunde nur noch damit beschäftigt, sich dramatisch zu ver- und entlieben, während ich mich noch kein einziges Mal richtig verknallt hatte. Klar, da war diese Sache mit Abigail Turner im Kindergarten gewesen (ich hatte sie mit einem Kuss auf die Wange überrumpelt, danach ging es mit unserer Beziehung rapide bergab), und mindestens drei Jahre meiner Grundschulzeit war ich fest entschlossen gewesen, Sophie Zhou zu heiraten. Aber ab der Pubertät schien irgendein innerer Schalter umgelegt worden zu sein: statt mich, wie die meisten Jungs an meiner Schule, in ein testosterongesteuertes Sexmonster zu verwandeln, wartete ich immer noch darauf, dass mir jemand über den Weg lief, der mir den Kopf verdrehte.

In der Zwischenzeit konzentrierte ich mich voll und

ganz auf die Schule, damit ich die Noten bekam, die ich für ein halbwegs vernünftiges College brauchte. Das war vielleicht auch der Grund, warum ich in den nächsten Tagen keinen Gedanken mehr an Grace Town verschwendete. Vielleicht wäre das auch so geblieben, wenn sich nicht unser Englischlehrer Mr Alistair Hink eingemischt hätte.

Ich wusste über Mr Hink gerade so viel, wie die meisten Schüler über ihre Lehrer wussten. Er litt unter Schuppen, was nicht ganz so auffällig gewesen wäre, wenn er nicht mit Vorliebe jeden Tag schwarze Rollkragenpullover getragen hätte, weshalb man auf seinen Schultern immer feine weiße Punkte sah. Wie Schneeflocken auf dem Asphalt. Er schien nicht verheiratet zu sein, zumindest trug er keinen Ring an der linken Hand, was womöglich an seinen Schuppen lag und daran, dass er eine verblüffende Ähnlichkeit mit Napoleon Dynamites Bruder Kip hatte.

Hinks ganze Leidenschaft galt seinem Fach, er liebte es so sehr, dass er einmal, als Mathe fünf Minuten länger gedauert hatte und diese Zeit von unserer kostbaren Englischstunde abgegangen war, meinen Mathelehrer Mr Babcock zur Rede gestellt und ihm erklärt hatte, dass die Geisteswissenschaften nicht weniger wichtig seien als die Mathematik. Viele Schüler lachten insgeheim über ihn – sie strebten wohl Karrieren als Ingenieure, Naturwissenschaftler oder Kundenbetreuer an –, aber rückblickend war dieser Nachmittag in unserem dampfigen Englisch-Klassenzimmer der Augenblick, in dem ich mich in den Gedanken verliebte, Schriftsteller zu werden.

Ich war schon immer ganz gut im Schreiben gewesen und konnte mit Worten umgehen. Manche haben von Natur aus ein feines Gehör für Musik, andere haben ein Talent fürs Zeichnen und manche – so wie ich – wissen aus dem Bauch heraus, wo ein Komma hingehört und wo nicht. Auf der Skala nützlicher Superkräfte rangiert grammatikalische Intuition ziemlich weit unten, aber immerhin verschaffte ich mir damit Anerkennung bei Mr Hink, der zufälligerweise auch Betreuer unserer Schülerzeitung war, bei der ich seit meinem zweiten Highschool-Jahr mitarbeitete, um hoffentlich eines Tages Chefredakteur zu werden.

Am zweiten Donnerstag des Schuljahrs klingelte mitten in Mrs Beadys Theaterstunde das Telefon. Sie hob ab. »Henry, Grace. Mr Hink möchte Sie beide nach Schulschluss in seinem Büro sprechen«, sagte sie, nachdem sie ein paar Minuten am Telefon geplaudert hatte. (Beady und Hink hatten sich schon immer gut verstanden. Zwei verwandte Seelen, die im falschen Jahrhundert geboren worden waren und in einer Welt lebten, in der man nur Spott für Leute übrig hatte, die glaubten, Kunst sei das Beste, was die Menschheit je hervorgebracht hatte und hervorbringen würde.)

Ich nickte und blickte absichtlich nicht in Grace' Richtung, obwohl ich aus dem Augenwinkel sah, dass sie mich von der letzten Reihe aus anstarrte.

Die meisten Teenager würden sofort das Schlimmste

vermuten, wenn sie nach der Schule ins Büro eines Lehrers gerufen werden, aber wie gesagt, ich war leider ein vollkommen skandalfreier Schüler. Ich wusste (oder hoffte zumindest, es zu wissen), warum Hink mich sehen wollte. Grace war erst vor zwei Tagen auf der Westland High gelandet und hatte daher kaum Zeit gehabt, irgendeinen Schüler mit Trichomoniase zu beglücken und/oder nach der Schule in Schlägereien zu geraten (wobei … sie hatte einen Stock und sah ziemlich wütend aus).

Warum Mr Hink ausgerechnet Grace sprechen wollte, war mir ein Rätsel – so wie alles andere, was mit ihr zu tun hatte.

Kapitel 3

Grace wartete schon vor Hinks Büro, als ich dort eintraf. Wieder trug sie Jungsklamotten, allerdings nicht dieselben wie gestern. Aber heute sah sie etwas sauberer und gesünder aus. Ihre blonden Haare waren frisch gewaschen und gebürstet. Die Wirkung war enorm, auch wenn ihr Haar jetzt völlig ungleichmäßig über ihre Schultern fiel und aussah, als hätte sie es eigenhändig mit einer rostigen Gartenschere geschnitten.

Ich setzte mich neben sie auf die Bank und war plötzlich so verlegen, dass ich nicht mehr wusste, wie man sich lässig hinsetzt, weshalb ich erst mal nachdenken musste, was ich mit meinen Armen und Beinen anstellen sollte. Ich brachte keine anständige Pose zustande, also beugte ich mich unbeholfen nach vorne, mit dem Ergebnis, dass mein Nacken wehtat. Aber ich traute mich nicht, mich noch mal zu bewegen, weil ich merkte, dass sie mich von der Seite ansah.

Grace hatte die Knie bis zur Brust hochgezogen und den Stock zwischen die Beine geklemmt. Sie las in einem Buch, dessen abgegriffene Seiten so gelblich waren wie von Kaffee verfärbte Zähne. Ich konnte den Titel nicht entziffern, sah aber, dass es ein Gedichtband war. Grace bemerkte, dass ich ihr über die Schulter blickte, und ich rechnete damit, dass sie das Buch zuklappen oder es wegdrehen würde, aber stattdessen hielt sie es so, dass ich besser hineinschauen konnte.

Das Gedicht, das sie gerade las – und offenbar nicht zum ersten Mal, denn die Seite hatte ein Eselsohr, diverse Essensflecke und war auch sonst ziemlich ramponiert –, war von einem Typen namens Pablo Neruda, den ich nicht kannte. Es hieß »Ich liebe dich nicht«, das machte mich neugierig. Ich fing an zu lesen, obwohl nicht mal Hink es bisher geschafft hatte, mich für Lyrik zu begeistern.

Zwei Verse waren mit Leuchtstift markiert:

Ich liebe dich, wie man gewisse dunkle Dinge liebt,
heimlich, zwischen Schatten und Seele.

Im diesem Moment kam Hink aus seinem Büro, und Grace schlug das Buch zu, sodass ich nicht weiterlesen konnte.

»Ah, schön, ihr habt euch schon kennengelernt«, sagte Hink, als er uns nebeneinander auf der Bank sitzen sah.

Hastig stand ich auf, froh, endlich aus meiner unbequemen Sitzhaltung erlöst zu werden. Grace rutschte an die Kante der Bank und verlagerte beim Aufstehen ihr Gewicht gleichmäßig auf den Gehstock und ihr gesundes Bein. Zum ersten Mal fragte ich mich, wie schwer ihre Verletzung war. Wie lange hatte sie diese Behinderung schon? War ihr Bein von Geburt an so oder hatte sie in ihrer Kindheit einen tragischen Unfall erlitten?

»Na, dann kommt mal rein.«

Hinks Büro befand sich am Ende eines Gangs, der irgendwann in den frühen Achtzigern als modern und ansprechend durchgegangen wäre. Hellrosa Wände, Neonlicht, künstliche Pflanzen, denen man schon von Weitem ansah, dass sie unecht waren, dazu diese komische Art von Linoleum-Boden, der wie Granit aussehen soll, aber eigentlich nur aus einer durchsichtigen Laminatschicht mit Hunderten kleinen Plastik-Kieseln besteht. Ich folgte Hink etwas langsamer als sonst, damit Grace neben mir gehen konnte. Nicht weil ich wollte, dass sie *neben* mir ging, sondern weil ich mir vorstellte, dass es schön für sie wäre, Schritt halten zu können. Aber obwohl ich mich im Schneckentempo fortbewegte, blieb sie zurück und humpelte immer zwei Schritte hinter mir her, sodass es mir irgendwann vorkam, als würden wir ein Wettrennen im Langsamlaufen austragen. Hink war inzwischen schon zehn Schritte voraus, deshalb ging ich schneller und ließ Grace hinter mir, wobei ich vermutlich wie der letzte Vollidiot aussah. Als wir das Büro erreicht hatten (klein, kahl, grünstichig und trostlos – man hätte glatt auf die Idee kommen können, dass dort an den Wochenenden ein Fight Club stattfindet), führte Hink uns zu zwei Stühlen vor seinem Schreibtisch und forderte uns auf, Platz zu nehmen.

Während wir uns hinsetzten, überlegte ich stirnrunzelnd, wieso er Grace zu dem Gespräch gebeten hatte.

»Sie können sich bestimmt denken, warum Sie hier sind. Der Grund ist Ihr außerordentliches Schreibtalent. Als es darum ging, die Posten der Chefredakteure für unsere Zeitung zu besetzen, habe ich daher sofort an Sie beide …«

»Nein«, fiel Grace ihm ins Wort.

Ihre Stimme traf mich wie ein Blitz aus heiterem Himmel. Erst da fiel mir auf, dass ich sie noch nie zuvor sprechen gehört hatte. Sie hatte eine kräftige, klare, dunkle Stimme, die so gar nicht zu ihrer gebrochenen und furchtsamen Erscheinung passte.

»Wie bitte?«, fragte Hink verdattert.

»Nein«, wiederholte Grace, als gäbe es dem nichts hinzuzufügen.

»Ich … ich verstehe nicht«, sagte Hink und warf mir einen flehentlichen Blick zu.

Ich hörte förmlich, wie er lautlos um Hilfe rief, aber ich konnte nur mit den Schultern zucken.

»Ich will keine Redakteurin sein«, erklärte sie. »Es ist wirklich sehr nett, dass Sie an mich gedacht haben, aber nein, danke.« Grace nahm ihre Tasche, die sie am Boden abgestellt hatte, und stand auf.

»Miss Town. Grace. Martin hat mich noch vor Beginn des Schuljahres aufgesucht und mich gebeten, einen Blick auf Ihre Arbeiten von East River zu werfen. Wenn ich mich nicht irre, sollten Sie dieses Jahr dort eigentlich die Redaktion der Zeitung übernehmen.«

»Ich schreibe nicht mehr.«

»Das ist sehr schade. Ihre Arbeiten sind ausgezeichnet. Sie haben ein Talent, mit Worten umzugehen.«

»Und Sie haben ein Talent, Klischees zu verbreiten.«

Hink war so perplex, dass ihm die Kinnlade herunterklappte.

»Tut mir leid«, fügte Grace etwas sanfter hinzu. »Aber das sind alles nur Worte, die keinerlei Bedeutung haben.«

Grace sah mich mit einem missbilligenden Ausdruck an, der mich überraschte und den ich nicht verstand, dann schulterte sie ihren Rucksack und humpelte hinaus. Hink und ich saßen schweigend da und versuchten, uns einen Reim auf das zu machen, was gerade passiert war. Es dauerte ganze zehn Sekunden, bis ich merkte, wie wütend ich war, aber dann schnappte ich mir meine Tasche, sprang auf und eilte zur Tür.

»Können wir morgen weiterreden?«, fragte ich Hink, dem wohl klar war, dass ich ihr nachgehen wollte.

»Ja, ja, natürlich. Komm einfach vor dem Unterricht zu mir«, sagte er und scheuchte mich hinaus.

Ich rannte den Gang entlang und stellte überrascht fest, dass Grace schon weg war. Als ich durch die Tür nach draußen trat, hatte sie schon fast das Schulgelände verlassen. Sie konnte verdammt schnell sein, wenn sie wollte. Ich spurtete hinter ihr her, und als ich in Hörweite war, rief ich: »Hey!«

Sie drehte sich kurz um, musterte mich von Kopf bis Fuß, funkelte mich finster an und stapfte weiter.

»Hey«, wiederholte ich atemlos, als ich sie schließlich eingeholt hatte und mit ihr zusammen weiterging.

»Was denn?«, fragte sie, ohne langsamer zu werden. Ihr Gehstock klackte bei jedem Schritt auf der Straße. Hinter uns hupte ein Auto. Grace deutete energisch auf ihren Stock und winkte das Fahrzeug vorbei. Wenn ich die Art beschreiben sollte, wie das Auto uns überholte, fiele mir nur das Wort *belämmert* ein.

»Also …«, fing ich an, aber dann wusste ich nicht mehr weiter. Ich konnte zwar ziemlich gut schreiben, aber reden? Den Mund aufmachen und Laute hervorbringen? Das war eine ganz andere Nummer.

»Also was?«

»Also … so weit habe ich unser Gespräch nicht vorausgeplant.«

»Du scheinst sauer zu sein.«

»Ich bin sauer.«

»Warum?«

»Weil es Leute gibt, die sich seit Jahren den Arsch aufreißen, um Redakteur zu werden, und du spazierst einfach zu Beginn des Abschlussjahrs herein, kriegst den Posten auf dem Silbertablett serviert und lehnst ihn ab?«

»Bist du auch einer von denen, die sich den Arsch aufgerissen haben?«

»Das kannst du laut sagen. Seit ich fünfzehn bin, habe ich mich bei Hink eingeschleimt und so getan, als wäre ich ein gepeinigter Jungschriftsteller, der sich für einen zweiten Holden Caulfield hält.«

»Na dann, herzlichen Glückwunsch. Ich kapiere nicht,

wieso du sauer bist. Normalerweise gibt es nur *einen* Chefredakteur, oder? Dass ich Nein gesagt habe, kann dir doch völlig egal sein.«

»Aber … ich meine … warum sagst du zu so etwas Nein?«

»Weil ich den Job nicht will.«

»Aber …«

»Ohne mich kannst du alle Entscheidungen allein treffen und die Zeitung so gestalten, wie du es dir wahrscheinlich schon zwei Jahre lang ausgemalt hast.«

»Tja … ich schätze … aber …«

»Das ist eine echte Win-Win-Situation. Du brauchst mir nicht zu danken, hab ich gern gemacht.«

Ein paar Minuten lang gingen wir schweigend weiter, bis meine Wut verflogen war und ich mich fragte, warum ich ihr überhaupt hinterhergehetzt war.

»Was willst du noch hier, Henry Page?«, fragte sie und blieb mitten auf der Straße stehen. Es schien ihr völlig egal zu sein, dass uns jeden Moment ein Auto über den Haufen fahren konnte. Mir fiel auf, dass sie meinen vollen Namen kannte, obwohl wir uns nie vorgestellt worden waren und auch noch nie ein Wort gewechselt hatten.

»Du weißt, wie ich heiße?«, fragte ich.

»Ja. Und du weißt, wie ich heiße. Also tu nicht so, als wärst du überrascht. Wieso läufst du mir immer noch nach?«

»Das kann ich dir sagen, *Grace Town*. Wir sind schon ein ganzes Stück von der Schule entfernt und vermutlich ist mein Bus längst weg. Ich habe die ganze Zeit nach einer guten Möglichkeit gesucht, dieses Gespräch zu beenden, aber mir ist nichts eingefallen, also habe ich mich meinem Schicksal ergeben.«

»Und das wäre?«

»In diese Richtung weiterzulaufen, bis meine Eltern mich als vermisst melden und die Polizei mich am Stadtrand findet und nach Hause fährt.«

Grace seufzte. »Wo wohnst du?«

»Direkt neben dem Highgate-Friedhof.«

»Na gut, komm mit zu mir, ich bringe dich nach Hause.«

»Oh. Toll. Danke.«

»Aber nur, wenn du mir versprichst, mich nicht mehr mit der Zeitungsredaktion zu nerven.«

»Einverstanden. Ich werde dich in Ruhe lassen. Ist doch deine Sache, wenn du eine so fantastische Gelegenheit ausschlagen willst.«

»Gut.«

Es war ein dampfiger Nachmittag in der Vororthölle. Die Wolkendecke über uns war so zäh wie Tortenguss und die Rasenflächen und Bäume hatten immer noch den goldgrünen Glanz des Spätsommers. Wir liefen nebeneinander über den heißen Asphalt. Weitere fünf Minuten verstrichen, in denen betretenes Schweigen herrschte und ich mir den Kopf zerbrach, welche Frage ich ihr stellen konnte. »Darf ich das Gedicht zu Ende lesen?«, fragte ich sie schließlich, weil mir nichts Besseres einfiel. (Zur Auswahl stand erstens: Ähm … machst du Cross-Dressing oder so? Ich habe nichts dagegen, ich frage nur aus Neugier. Zweitens: Hey, was ist mit deinem Bein los? Drittens: Du bist doch sicher ein Junkie, oder? Hast du gerade einen Entzug hinter dir? Viertens: Darf ich das Gedicht zu Ende lesen?)

»Welches Gedicht?«, fragte sie.

»Von diesem Pablo Dingsda. ›Ich liebe dich nicht‹ oder so.«

»Oh. Ja, klar.« Grace blieb stehen, reichte mir ihren Stock und schwang den Rucksack nach vorne. Sie kramte das abgegriffene Buch hervor und drückte es mir in die Hand. Es klappte auf der Seite mit dem Gedicht von Pablo Neruda auf, was mir den letzten Beweis dafür lieferte, dass sie es schon tausendmal gelesen hatte. Sofort fiel mein Blick wieder auf die Stelle mit den dunklen Dingen.

Ich liebe dich, wie man gewisse dunkle Dinge liebt,
heimlich, zwischen Schatten und Seele.

»Es ist wunderschön«, sagte ich. Und das stimmte auch. Ich schlug das Buch zu und gab es ihr zurück.

»Findest du?« Ihre Augen verengten sich leicht, aber in ihrem Blick lag eine ehrliche Frage.

»Du etwa nicht?«

»So was sagen Leute, wenn sie ein Gedicht nicht verstehen. Ich finde es nicht wunderschön, sondern traurig.«

Mir war schleierhaft, was an einem harmlosen Liebesgedicht traurig sein sollte, aber andererseits hatte ich keinen Lebensgefährten außer meinem Laptop, daher beschloss ich, besser die Klappe zu halten.

»Hier, bitte«, sagte Grace. Sie schlug das Buch wieder auf und riss die Seite mit dem Gedicht heraus. Ich zuckte zusammen, als würde es mir körperlich wehtun.

Ich nahm das Blatt Papier, faltete es und steckte es in meine Tasche, halb entsetzt darüber, wie sie mit dem Buch umgegangen war, halb entzückt, dass sie mir bereitwillig etwas gegeben hatte, das für sie offensichtlich von Bedeutung war. Das gefiel mir. Ich mochte Leute, die sich spontan und ohne langes Zögern von materiellem Besitz trennen konnten. Wie Tyler Durden aus *Fight Club*. »Alles, was du besitzt, besitzt irgendwann dich« und so weiter.

Das Haus, in dem Grace wohnte, sah genau so aus, wie ich es mir vorgestellt hatte. Der verwilderte Garten wucherte vor sich hin und auch der Rasen war schon lange nicht mehr gemäht worden. Die Vorhänge an den Fenstern waren zugezogen und das zweistöckige graue Backsteinhaus schien von der Last der Welt niedergedrückt zu werden. In der Einfahrt stand einsam ein Auto, ein kleiner weißer Hyundai, auf dessen Heckscheibe ein *Strokes*-Sticker klebte.

»Warte hier«, sagte sie. »Ich muss erst noch den Autoschlüssel holen.«

Ich nickte und blieb mitten auf dem Rasen stehen, um auf sie zu warten. Das Auto war genauso seltsam wie sie selbst. Warum ging (oder besser gesagt humpelte) sie jeden Tag fünfzehn Minuten zur Schule, wenn sie nicht nur einen Führerschein, sondern sogar ein Auto hatte? Alle Schüler der Abschlussklasse waren ganz scharf darauf, in der Mittagspause zur Mall und zu McDonald's zu fahren, um für kurze Zeit das Schulgelände verlassen zu können. Und um am Nachmittag die Schulbusse links liegen zu lassen und ohne Umweg nach Hause zu fahren, wo Essen und die Playstation und himmlische, herrlich bequeme Jogginghosen auf einen warteten.

»Hast du einen Führerschein?«, fragte Grace hinter mir, und ich machte einen kleinen Satz. Ich hatte gar nicht gehört, dass sie zurückgekommen war, aber da stand sie und ließ den Autoschlüssel von ihrem kleinen Finger baumeln. Auch der Schlüsselanhänger war ein Strokes-Fanartikel. Ich hatte noch nie bewusst einen Song von ihnen gehört, nahm mir aber vor, sie gleich beim Heimkommen auf Spotify zu suchen.

»Ähm, ja. Vor ein paar Monaten habe ich die Prüfung gemacht, allerdings habe ich kein Auto.«

»Gut.« Sie warf mir den Schlüssel zu, ging auf die Beifahrerseite und zog ihr Handy hervor. Nach ungefähr zwanzig Sekunden blickte sie auf und sah mich mit hochgezogenen Augenbrauen an. »Was ist? Willst du nicht aufschließen?«

»Du willst, dass *ich* fahre?«

»Nein, ich dachte, es wäre ganz lustig, dir den Schlüssel in die Hand zu drücken und dann hier rumzustehen und zu warten, bis jemand die Teleportation erfindet. Ja, Henry Page, ich will, dass du fährst.«

»Ähm, okay. Ich bin ein bisschen außer Übung, aber ja, von mir aus.« Ich schloss das Auto auf, öffnete die Tür und setzte mich hinters Steuer. Das Auto roch wie sie, herb und maskulin, der Duft eines Jungen im Teenageralter. Was ich, gelinde gesagt, ziemlich verwirrend fand. Ich ließ den Motor an – so weit, so gut – und holte tief Luft.

»Ich werde mich bemühen, uns lebendig als Ziel zu bringen«, sagte ich. Grace Town gab keine Antwort, daher lachte ich selbst über meinen Scherz – ein kleines, verlegenes »Ha« –, dann legte ich den Rückwärtsgang ein.

Selbst meine Oma hätte beim Fahren cooler ausgesehen als ich. Den ganzen Weg bis zu mir nach Hause kauerte ich über dem Lenkrad. Der Schweiß brach mir aus, denn ich war mir nur allzu bewusst, dass ich a) ein fremdes Auto fuhr, b) seit Monaten nicht mehr hinter dem Steuer gesessen und c) meine Fahrprüfung nur bestanden hatte, weil der Fahrlehrer gleichzeitig mein Onkel zweiten Grades war und an diesem Tag einen üblen Kater gehabt hatte. Ich hatte dreimal anhalten müssen, damit er in den Straßengraben kotzen konnte.

»Bist du dir *sicher*, dass du die Fahrprüfung bestanden hast?«, wollte Grace wissen. Sie beugte sich vor, um einen Blick auf den Tacho zu werfen. Der Zeiger verriet, dass ich fünf Stundenmeilen unter der Geschwindigkeitsbegrenzung blieb.

»Hey, ich musste nur zwei Beamte bestechen. Ich habe mir meinen Führerschein *verdient*.« Ich hätte schwören können, dass der Anflug eines Lächelns über ihr Gesicht huschte. »Du warst also vorher in East River, was?«

»Ja.«

»Warum hast du im Abschlussjahr die Schule gewechselt?«

»Ich liebe das Abenteuer«, sagte sie trocken.

»Tja, an unserer Bildungseinrichtung gibt es Spannung pur. Kein Wunder, dass du zu uns kommen wolltest.«

»Hink scheint mir ein echter Unruhestifter zu sein. Ich wette, er steckt ständig in Schwierigkeiten.«

»Ja, der Mann ist eine echte Stimmungskanone.«

Und dann, dem Himmel sei Dank, waren wir endlich am Ziel. Ich parkte vor dem Haus und ließ das Lenkrad los. Erst jetzt fiel mir auf, wie fest ich das Steuer die ganze Zeit umklammert hatte.

»Ich habe niemanden mehr so verkrampft Auto fahren sehen, seit … brauchst du einen Moment, um dich wieder zu fassen?«, fragte sie.

»Was soll ich sagen? Ich bin eben ein junger Wilder, wie James Dean.«

Ich rechnete damit, dass Grace auf den Fahrersitz rutschen würde, aber stattdessen bat sie mich, den Motor auszuschalten. Wir stiegen beide aus und ich reichte ihr den Schlüssel. Sie verriegelte das Auto, als würde sie mit ins Haus kommen wollen. Erwartete sie, dass ich sie hereinbat? Doch da drehte sie sich zu mir und sagte: »Okay, dann tschüss. Wir sehen uns morgen. Oder auch nicht. Wer weiß schon, wo ich dann sein werde.« Mit diesen Worten humpelte sie die Straße entlang, allerdings nicht dahin, woher wir gekommen waren, sondern in die entgegengesetzte Richtung.

»Da hinten gibt es nur ein Auffangbecken für Regenwasser und einen Block weiter fängt schon der Friedhof an.« (Tatsächlich war der Friedhof so nah, dass ich in der Grundschule sogar ein paar Mal beim Schulpsychologen gewesen war, weil ich eine Zeit lang felsenfest davon überzeugt war, dass der Geist meines Urgroßvaters Johannes van de Vliert mich heimsuchen und umbringen würde.) Grace gab keine Antwort und drehte sich auch nicht mehr um, sie hob nur die freie Hand, wie um zu sagen *Ich weiß* und ging einfach weiter.

Verdutzt sah ich zu, wie sie hinter der nächsten Straßenecke verschwand.

»Hola, Bro«, begrüßte mich meine Schwester Sadie, kaum dass ich die Haustür hinter mir zugemacht hatte.

»O Mann, Suds, musst du mir so einen Schrecken einjagen?«, fragte ich und griff mir an die Brust. Sadie war zwölf Jahre älter als ich, eine gefeierte Neurowissenschaftlerin, die einerseits als Goldkind, andererseits als schwarzes Schaf der Familie galt. Wir sahen uns sehr ähnlich: schwarze Haare, leicht vorstehende Augen und Lachgrübchen. Bis auf die Tatsache, dass Suds mit ihrem Nasenpiercing, einem von oben bis unten tätowierten Arm und wuscheligen Dreadlocks – alles Überbleibsel ihrer stürmischen Teenager-Jahre – ein *klein wenig* hipper aussah als ich.

»Hab seit zwei Tagen nichts mehr von dir gesehen oder gehört, Kleiner. Ich hatte schon den Verdacht, dass Mom und Dad dich abgemurkst und verscharrt haben.« Das war natürlich nur eine strategische Lüge, denn Suds machte zurzeit eine ziemlich üble Scheidung von dem ziemlich üblen Arzt durch, den sie geheiratet hatte, und wenn sie nicht im Krankenhaus war, verbrachte sie neunzig Prozent ihrer Zeit bei uns zu Hause.

»Sadie, mach dich nicht lächerlich«, sagte Dad von der Küche aus. Er war in seiner üblichen Aufmachung, die aus Hawaii-Shirt, kurzen Männershorts und einer schwarzen Brille bestand. (Sein Modegeschmack ließ schwer zu wünschen übrig, seit er vor drei Jahren seine Schreinerei in unseren Hinterhof verlegt hatte. Eigentlich war es schon ein kleines Wunder, wenn man ihn in etwas anderem als seinem Pyjama antraf.) Was die Haare anging, kamen Sadie und ich nach ihm. Zumindest vermutete ich das, denn die Dauerstoppeln an seinem Kinn waren dunkel, aber seit ich klein war, kannte ich ihn nur mit Glatze. »Wir würden ihn natürlich nicht verscharren, sondern ein richtiges Grab ausheben. In unserer Familie machen wir keine halben Sachen, das gilt auch für Mord.«

»Toby und Gloria haben das am eigenen Leib erfahren«, sagte Sadie und spielte damit auf eine Begebenheit an, die sich sechs Jahre vor meiner Geburt ereignet hatte und bei der es um ein Goldfisch-Pärchen, Insektenspray und den unglücklichen und viel zu frühen Tod zweier Aquariumsbewohner ging.

»Dreiundzwanzig Jahre, Suds. Es ist dreiundzwanzig Jahre her, dass deine Goldfische gestorben sind. Willst du es nicht endlich gut sein lassen?«

»Erst wenn sie gerächt sind!«, rief Sadie theatralisch. Irgendwo im Haus fing ein Kleinkind an zu weinen. Sadie seufzte. »Man könnte doch meinen, dass ich mich nach drei Jahren an dieses Muttersein gewöhnt habe. Aber nein, andauernd vergesse ich den kleinen Racker.«

»Ich hole ihn«, bot ich an. Ich ließ meine Schultasche fallen und ging zu Sadies altem Kinderzimmer, in dem Ryan für gewöhnlich schlief. Genau wie ich war das Kind Unfall und Überraschung zugleich gewesen. Mom und Dad hatten eigentlich nur ein Kind haben wollen, aber zwölf Jahre nach Sadies Geburt hatten sie plötzlich mich am Hals.

»Ryan, Kumpel, was ist los?« Ich stieß die Tür auf und sah mich meinem zweieinhalbjährigen Neffen gegenüber. Unter der Woche passte Dad auf ihn auf.

»Henwi«, brabbelte er und rieb sich die Augen. »Wo ist Mama?«

»Komm, ich bringe dich zu ihr.«

»Wer ist eigentlich das Mädchen?«, fragte Sadie, als ich mit Ryan an der Hand zu ihr zurückkehrte.

»Welches Mädchen?«

»Das Mädchen, das dich nach Hause gebracht hat.« Als Sadie Ryan auf ihren Arm hob, hatte sie wieder dieses leicht schiefe Grinsen, das ich von früher kannte. Es verhieß nichts Gutes.

»Ach, sie heißt Grace. Sie ist neu an der Schule. Ich

habe den Bus verpasst, deshalb hat sie mich nach Hause gebracht.«

»Sie ist irgendwie süß. Auf eine abgefahrene Janis-Joplin-die-mit-siebenundzwanzig-stirbt-Art.«

Ich zuckte die Schultern und tat so, als wäre mir das noch gar nicht aufgefallen.

Kapitel 4

Als Ryan sich beruhigt hatte, ging ich in den Keller, den Sadie vor mehr als einem Jahrzehnt in ihre persönliche Lasterhöhle verwandelt hatte (und die ich von ihr übernommen hatte, nachdem sie ausgezogen und aufs College gegangen war). Es war keine schicke Bude, sondern eher ein postapokalyptischer Atombunker. Die Möbel passten nicht zueinander und der Betonboden war wahllos mit falschen Perserteppichen ausgelegt. Der Kühlschrank hatte mehr Jahre auf dem Buckel als meine Eltern und an der Wand hing ein lieblos ausgestopfter Elchkopf. Alle behaupteten, keine Ahnung zu haben, woher die Trophäe stammte, aber ich hatte den heimlichen Verdacht, dass Sadie ihn damals geklaut hatte und meine Eltern sich entweder zu sehr schämten oder immer noch zu beeindruckt von ihrer Tat waren, um das Stück seinem rechtmäßigen Besitzer zurückzugeben. Vielleicht traf beides zu.

Wie immer warteten meine zwei besten Freunde auf mich und vertrieben sich die Zeit, indem sie GTA V auf meiner PS4 spielten. Darf ich vorstellen (der Reihe nach, wie sie auf der Couch saßen):

- MURRAY FINCH, 17, Australier.

Groß, gebräunt, muskulös, mit schulterlangen blonden Locken und einem mickrigen Teenager-Bärtchen. Seine Eltern waren vor ungefähr sechs Jahren in die USA übergesiedelt, aber Muz sprach immer noch (und absichtlich) wie Steve Irwin, sagte immer noch »G'day« zur Begrüßung, benutzte »Drongo« als Schimpfwort für einen Idioten und rief laut »Struth!«, wenn er sich wunderte. Außerdem hielt er *Crocodile Dundee* für das Beste, was den Australiern je passiert war. Die Mädchen standen auf ihn.

- LOLA LEUNG, 17.

Dunkle Haut, dunkle Augen, dunkle Haare (kurz geschnitten). Seit ich denken konnte, wohnte sie im Haus nebenan. La beschrieb sich gern als »gesellschaftliches Dreifachrisiko«: halb Chinesin väterlicherseits, halb Haitianerin mütterlicherseits und zu hundert Prozent lesbisch. Immer wieder wurde sie »rein zufällig« ausgewählt, um zu Werbezwecken als Gesicht der Schule zu dienen. Ihr Foto prangte auf dem Cover des Jahrbuchs, auf der Reklametafel vor der Schule, auf der Website und sogar auf den Lesezeichen, die man in der Bücherei bekam. Vor drei Jahren hatte ich mit ihr meinen ersten Kuss erlebt. Zwei Wochen später hatte sie sich als Lesbe geoutet und war eine Langzeit-Fernbeziehung mit einem

Mädchen namens Georgia aus der Nachbarstadt eingegangen. Die Leute glaubten immer noch, dass mein unterirdisch schlechtes Kusstalent sie dazu gebracht hatte, ans andere Ufer zu wechseln. Und ich hatte immer noch damit zu kämpfen, das nicht als Beleidigung aufzufassen. (Auch auf sie standen die Mädchen.)

Am Fuß der Treppe angelangt, stützte ich mich auf das Geländer und sah den beiden zu. »Ich bin ganz gerührt, dass ihr, obwohl ich den Bus verpasst habe und im Sterben liegen und/oder schon tot sein könnte, trotzdem hergekommen seid, um euch mit meinem Essen vollzustopfen und meine Spiele zu spielen. Ist meinem Vater überhaupt aufgefallen, dass ich nicht bei euch war?«

»Seien wir doch ehrlich«, sagte Lola. Sie drehte sich auf der Couch zu mir um und grinste. »Justin liebt uns einfach mehr als dich.«

»Wer ist diese Schnecke, Kumpel?«, fragte Murray, ohne die Augen vom Bildschirm zu nehmen, wo er gerade mit einem Panzer eine Reihe von Polizeiautos niederwalzte. »Du fährst ja auf sie ab wie ein tasmanischer Teufel.«

»Hör auf mit diesem Slang, Kangaroo Jack«, sagte ich und durchquerte den Raum, um Sadies alten iMac anzuschalten, der nach fast zwei Jahrzehnten zwar aus dem letzten Loch pfiff, aber immer noch funktionierte. »Hier sind keine naiven Amerikanerinnen, die du mit deinem Australo-Charme beeindrucken kannst.« Murray konnte sich meistens wie ein ganz normaler Mensch ausdrücken, aber irgendwann hatte er entdeckt, dass ihm die Frauen reihenweise zu Füßen lagen, wenn er wie ein Buschmann aus dem Outback redete. Manchmal vergaß er einfach, den Schalter umzulegen.

Auf dem Desktop des iMac gab es nur einen Ordner mit dem Namen »Vermisstenanzeige/Begräbnis/Fahndungsbilder«. Er enthielt hübsche Fotos aller im Raum Anwesenden (plus Sadie), für den Fall, dass einer von uns spurlos verschwand/starb/zur Fahndung ausgeschrieben wurde. In besagten Fällen hatten unsere Eltern die Anweisung, auf die Bilder zuzugreifen und sie den Medien zur Verfügung zu stellen, bevor die Journalisten bei Facebook herumschnüffeln konnten und wenig schmeichelhafte Schnappschüsse ausgruben, auf denen wir gegen unseren Willen markiert worden waren.

»Muz' Frage ist berechtigt«, sagte La. »Wer ist dieses seltsame Mädchen, dem du hinterhergelaufen bist? Hast du dir gedacht, ›Endlich mal eine, die mir nicht wegrennen kann‹, aber dann hat sie dir das Gegenteil bewiesen?«

»Haha. Nicht zu fassen, dass ihr mich beobachtet habt.« Ich nahm eine Dose Coke aus dem Kühlschrank und kehrte zum Computer zurück, wo Facebook mühsam Pixel für Pixel lud. »Sie heißt Grace Town. Sie ist neu an der Schule. Hink hat ihr den Redakteursjob angeboten, aber sie hat abgelehnt. Ich war so sauer, dass ich ihr hinterhergerannt bin.«

»Sie heißt Grace Town? Wie *Gracetown*?«, fragte Murray, der sich ebenfalls eine Coke aufmachte und einen Schluck nahm. »O Mann. Die arme Kleine.«

Lola war schon aufgesprungen. »Hink hat ihr den Job angeboten und nicht dir? Dieser Scheißkerl. Ich werde garantiert nicht das Design für den ach so tollen Newsletter machen, wenn du nicht das Sagen hast!«

»Nein, reg dich ab. Er hat uns *beiden* den Job angeboten, aber sie hat abgelehnt, weil sie – ich zitiere – nicht mehr schreibt. So, wie sie es gesagt hat, klang das total düster.«

»Oh«, murmelte Lola.

Murray zog sie zurück auf die Couch.

»Vielleicht passieren schlimme Dinge, wenn sie schreibt. Hey! Vielleicht werden ihre Geschichten wahr? Oder vielleicht liegt auf ihr ein Voodoo-Fluch, sodass bei jedem Wort, das sie schreibt, einer ihrer Knochen zersplittert – deshalb geht sie auch am Stock.«

»Fragen wir doch mal das gute alte FB«, sagte Murray. »In solchen Fällen geht nichts über ein bisschen Cyberstalking.«

»Ich bin dir schon längst einen Schritt voraus.« Als ich Grace' Namen in das Suchfeld eintippte und auf Enter drückte, erschienen ganz oben Leute aus meiner Freundesliste mit dem Namen Grace. Zuerst kam Sadie Grace Elizabeth Smith, danach Samantha Grace Lawrence (wir waren zusammen in der Grundschule gewesen), Grace Park (eine entfernte Verwandte) und Grace Payne (keine Ahnung, wer das war). Darunter folgten die genauen Treffer – ungefähr fünf echte Grace Towns. Mit keiner von ihnen hatte ich gemeinsame Freunde und nur eine wohnte in unserer Gegend.

Meine Schultern sackten nach vorne. »Ich finde sie nicht.«

»Moment mal, was ist mit der da?«, fragte Lola und deutete auf den Bildschirm.

Ich klickte auf das Profilbild der Grace Town, die noch am ehesten in der Nähe wohnte. Es zeigte ein Mädchen in einem roten Kleid, mit rotem Lippenstift und honigblonden Lockenhaaren, die ihr offen auf die Schulter fielen. Sie strahlte übers ganze Gesicht, obwohl sie die Augen geschlossen hatte. Weil sie beim Lachen den Kopf zurückgeworfen hatte, zeichnete sich ihr Schlüsselbein deutlich ab. Es dauerte ein paar Sekunden, bis wir sie erkannten. Sie war es. Grace Town, die mich nach Hause gebracht hatte. Ihre Lippen hatten den gleichen Schwung, ihr Gesicht die gleiche Form.

»Ach du Scheiße«, sagte Murray. »Auf so eine fliegen die Kerle wie Möwen auf eine Müllhalde.«

»Übersetzt heißt das: Sie ist ein attraktives weibliches Wesen, das höchstwahrscheinlich sehr viel Aufmerksamkeit von männlichen Wesen bekommt«, erklärte Lola. »Und von Lesben«, fügte sie nach einem prüfenden Blick hinzu. »Wahnsinn, sie könnte glatt eine Edie Sedgwick sein. Das Mädchen ist verdammt heiß.«

Es stimmte. Auf Facebook war Grace Town groß und schlank und gebräunt und beim Anblick ihrer Arme und Beine fielen mir Wörter wie *grazil* und *schwanengleich* und *voll der Hammer* ein. *Das ist bestimmt ein altes Foto,* schoss es mir durch den Kopf. Aber nein. Dem Upload-Datum zufolge waren nur etwa drei Monate vergangen, seit Grace es eingestellt hatte. Ich scrollte weiter und sah mir die fünf anderen Fotos an, aber es war immer das Gleiche: Keins war älter als ein paar Monate, und doch war diejenige darauf ganz anders als die Grace Town, die ich kennengelernt hatte. Ihr Haar war viel länger, es reichte bis zur Hüfte und fiel in weichen, frisch gewaschenen Locken herab. Es gab Fotos von ihr am Strand, Fotos von ihr mit Make-up und Fotos, auf denen sie dieses umwerfende Lächeln hatte wie Models in der Werbung, wenn sie total happy sind, weil sie einen Salat essen. Diese Grace Town hatte keinen Gehstock, keine schwarzen Ringe unter den Augen und verschwand nicht unter dicken Lagen Jungsklamotten.

Was war in den letzten drei Monaten passiert, dass sie eine so dramatische Veränderung durchgemacht hatte?

Schließlich rief Sadie uns nach oben, damit wir Dad beim Abendessen halfen, bevor Mom aus der Stadt nach Hause kam, wo sie eine Kunstgalerie leitete. (»Gott sei Dank. Ich bin so hungrig, dass ich einen tieffliegenden Geier fressen könnte«, sagte Murray.) In den nächsten Stunden dachte keiner von uns mehr an die mysteriöse Grace Town. Wir aßen zusammen, machten den Abwasch und schauten Netflix, so wie jeden Donnerstagabend. Erst als ich mich von meinen Freunden verabschiedet hatte und wieder in den Keller ging, wo der Bildschirm des armen iMac immer noch flimmerte, fiel sie mir wieder ein – und ging mir dann nicht mehr aus dem Kopf.

An diesem Abend putzte ich mir nicht die Zähne. Ich ging nicht duschen, ich zog meine Schulklamotten nicht aus, und ich sagte nicht mal Gute Nacht zu Sadie und Ryan, als sie etwa um Mitternacht das Haus verließen. Stattdessen blieb ich im Keller und verbrachte den Rest des Abends damit, mir jeden Song der Strokes auf Spotify anzuhören.

You say you wanna stay by my side, sang Julian Casablancas. *Darlin', your head's not right.*

Wenn ich älter oder klüger gewesen wäre oder meinen Freunden besser zugehört hätte, während sie mir mit dramatischen Worten ihre erste Verliebtheit geschildert hatten, dann hätte ich das brennende, ziehende Gefühl in meiner Brust nicht fälschlicherweise als Magenverstimmung diagnostiziert und auf die vier Portionen der angebrannten mexikanischen Hähnchen zurückgeführt, die ich zum Abendessen in mich hineingeschaufelt hatte. Dann hätte ich erkannt, um was es sich tatsächlich handelte: um ein viel ernsteres, schmerzhafteres Leiden.

In dieser Nacht träumte ich zum ersten Mal von Grace Town.

Kapitel 5

Als ich am darauffolgenden Morgen vor Unterrichtsbeginn an Hinks offene Tür klopfte, winkte er mich lächelnd in sein Büro.

»Wie gut, dass Sie Town zum Mitmachen überredet haben, Henry«, begrüßte er mich. »Das war sehr nett von Ihnen. Das arme Kind hat eine schwere Zeit hinter sich.«

»Moment mal, sie macht jetzt doch mit?«, fragte ich.

»Vor einer halben Stunde ist sie zu mir gekommen, um mir mitzuteilen, dass Sie sie dazu gebracht hätten, ihre Meinung zu ändern. Ich weiß nicht, was Sie ihr gesagt haben, aber es hat Wirkung gezeigt.«

Ich zog die Augenbrauen hoch. »Sie behauptet, *ich* hätte sie dazu gebracht, ihre Meinung zu ändern?«

»Sie beide sollten sich gleich an die Planung der ersten Ausgabe machen, und zwar ASAP. Bis Dezember scheint es noch lange hin zu sein, aber die Zeit verfliegt nur so. Gestern habe ich meinen Juniors in Englisch gehörig Angst eingejagt, es ist also davon auszugehen, dass eine Schar Freiwilliger Sie beim Schreiben unterstützen werden. In erster Linie handelt es sich um Schüler, die noch nicht genug Extra-Aktivitäten für die College-Bewerbungen vorweisen können. Ich kann also nicht garantieren, dass die Beiträge etwas taugen, aber es ist zumindest ein Anfang.«

»Was genau meinen Sie damit, dass sie eine schwere Zeit hinter sich hat?«

»Na ja, Sie wissen schon. Im Abschlussjahr die Schule wechseln und so. Das ist immer schwierig. Wie dem auch sei, gehen Sie und richten Sie sich in Ihrem Büro ein. Die Angaben für das Log-in stehen auf einem Post-it-Zettel neben dem Computer. Town ist schon dort. Leung ebenso. Sie beide kennen sich bereits, nicht wahr?« Hink sah mich an wie einer, der weiß, dass ich das letzte männliche Wesen war, das seine Lippen auf Lola Leungs Lippen gepresst hatte, bevor sie allen Vertretern dieser Spezies den Laufpass gab.

»Ja.« Ich räusperte mich, statt das zu tun, was ich am liebsten getan hätte, nämlich zu antworten: *Sie ist schon immer eine Lesbe gewesen! Haben Sie denn keine Ahnung von den biologischen Abläufen bei Menschen?* »Lola ist meine Nachbarin, sie wohnt direkt neben uns.«

»Nachbarin. Ja, natürlich. Eine Vorstellung ist also nicht mehr nötig. Beziehen Sie Ihr Büro, Anfang nächster Woche treffen wir uns dann zu einer Besprechung der ersten Ausgabe.« Hink kehrte zu seinem Computer zurück und zu dem, was dort auf dem Bildschirm zu sehen war (Zeitplan für den Fight Club? Haikus?), so als hätte er nicht soeben eine Bombe von den Ausmaßen Gracescher Sprengsätze platzen lassen.

Ich drehte mich um und ging wie benommen in das kleine Büro, in dem sich die Redaktion der Schülerzeitung befand. Es war eine Art Aquarium: Die an den Gang grenzende Wand bestand ganz aus Glas und die Tür (ebenfalls Glas) ließ sich nicht abschließen. Vermutlich wollte man auf diese Weise verhindern, dass tollwütige Teenager es auf den Möbeln miteinander trieben – eine Strategie, die sich im Vorjahr als echter Reinfall erwiesen hatte, nachdem rausgekommen war, dass sich der Redakteur regelmäßig mit seiner Freundin auf der Couch vergnügte. Inzwischen verbarg, dem Himmel sei Dank, eine Decke die verräterischen Flecken auf dem Polster, die sich bis zum Beginn der Sommerferien dort angesammelt hatten.

Lola saß an dem für den Layouter reservierten Mac. Sie hatte die ausgestreckten Beine in den klobigen Stiefeln auf den Schreibtisch gelegt, klickte sich durch ASOS und lutschte an einem Lolli. Grace saß an einem schmalen, an die Glaswand geschobenen Schreibtisch, weit weg vom Platz des Redakteurs. Vermutlich war der Tisch erst vor einer knappen halben Stunde in den Raum gebracht worden, um Grace Town bei ihrem plötzlichen Meinungsumschwung den Rücken zu stärken.

»Hey«, sagte ich und betrat den Raum. Bei Grace' Anblick verspürte ich einen seltsamen, ganz ungewohnten Anflug von Aufregung. Sie anzuschauen, war irgendwie verstörend, beinahe so, als würde man ein koloriertes

Foto aus dem Bürgerkrieg oder der Großen Depression betrachten und plötzlich erkennen, dass die darauf abgebildeten Menschen aus Fleisch und Blut waren. Nur dass es sich hier genau umgekehrt verhielt. Die kolorierte Grace hatte ich auf Facebook gesehen, vor mir saß die Sepia-Version, die Schwer-zu-ergründen-Version, geisterhaft und aschfahl.

Grace nickte mir schweigend zu.

»Hola, hombre!«, sagte Lola, ohne vom Bildschirm aufzublicken, und fuchtelte mit dem Lolli in meine Richtung.

Ich setzte mich an den Schreibtisch des Redakteurs. Schaltete den Computer des Redakteurs ein. Loggte mich in den Account des Redakteurs ein. Genoss für einen Augenblick das ersehnte Gefühl, für das ich mich zwei Jahre lang abgerackert hatte.

Und wurde jäh herausgerissen, als Grace sich auf ihrem Bürostuhl umdrehte und mich ansah.

»Ich werde kein Wort schreiben. Das ist die Bedingung. Keine Leitartikel. Keine Stellungnahmen. Wenn du einen Kommentar haben willst, dann schreib ihn selbst. Bei allem anderen werde ich dir helfen, nur schreiben werde ich nicht.«

Ich warf einen Seitenblick auf La, die angestrengt so tat, als würde sie von dem Gespräch nichts mitkriegen. Die Voodoo-Fluch-Theorie kam mir immer plausibler vor. »Soll mir recht sein. Ich gehe ohnehin nicht davon aus, alles selbst schreiben zu müssen. Hink meinte, wir würden freiwillige Helfer haben.«

»Mit Hink habe ich bereits geredet. Ich werde deine Redaktionsassistentin sein. Du hast seit Jahren dafür geschuftet, also ist es auch ganz allein dein Baby.«

»Okay.«

»Gut.«

»Tja, ähm, dann mach dich als Erstes mit unseren Grundsätzen und Verfahrensweisen vertraut, mit den Redaktionsrichtlinien und der Satzung. Die entsprechenden Dokumente befinden sich in einem gemeinsamen Ordner.« Lola und ich hatten diese Texte vor einem Jahr gelesen, nachdem wir als freie Mitarbeiter zur Redaktion gestoßen waren. »Hast du schon die Freigabe für das Log-in?«

»Hink hat das für mich erledigt, als du noch nicht da warst.«

»Dann kannst du ja sofort loslegen.«

»Ohne lange Umschweife auf den Punkt. Das gefällt mir.« Grace schwang ihren Stuhl herum, öffnete den gemeinsamen Datenordner, suchte die entsprechenden Dateien heraus und fing an zu lesen.

Lola vollführte betont langsam eine Dreihundertsechzig-Grad-Drehung mit ihrem Bürostuhl und sah mich mit großen Augen und hochgezogenen Brauen an, aber ich schüttelte nur den Kopf, woraufhin sie seufzend wieder zu ASOS zurückkehrte.

An diesem Morgen gab es außer ersten Planungen noch nicht allzu viel zu tun, weshalb ich meine Spotify-Playlist auf Shuffle einstellte. Der erste Song war »Hey« von den Pixies. *Been trying to meet you*, röhrte Black

Francis. Ich drehte die Lautstärke leiser und summte die Melodie mit, während ich mich in meinen E-Mail-Account einloggte (und mir vornahm, wieder mal *Der Teufel trägt Prada* anzuschauen; jetzt, wo ich Chefredakteur war, konnte ich mir ja vielleicht ein paar Tipps holen), als ich plötzlich im Augenwinkel eine leichte Bewegung bemerkte. Ich blickte hoch und stellte fest, dass Grace Town gedankenverloren den Liedtext mitsprach. *If you go, I will surely die,* formten ihre Lippen, während sie sich durch dreißig Seiten Redaktionsrichtlinien und Verhaltensregeln scrollte, die festlegten, welche Themen für uns tabu waren (kein Sex, keine Drogen, kein Rock 'n' Roll, und auch sonst nichts, was Teenager im echten Leben so interessiert).

»Du kennst die Pixies?«, fragte ich sie nach dem ersten Refrain. Grace hob den Kopf und sah mich über die Schulter hinweg an, sagte aber kein Wort.

»Du hast mich in einer seltsamen Phase meines Lebens getroffen«, antwortete sie schließlich. Als ich nichts darauf erwiderte, legte sie den Kopf leicht zur Seite und sagte: »*Fight Club*? ›Where is My Mind‹?«

»Ich weiß. Hab schon kapiert. *Fight Club* ist einer meiner Lieblingsfilme.«

»Meiner auch.«

»Tatsächlich?«

»Ja. Überrascht dich das?«

»Die meisten Mädchen …«, fing ich an.

Lola hob rasch die Hand. »Pass auf, was du sagst, Henry Page«, warnte sie mich. »Es kommt selten etwas

Gutes dabei heraus, wenn ein Satz mit ›die meisten Mädchen‹ beginnt.«

»Sehr richtig«, stimmte Grace ihr zu.

»Äh. Na ja. Was ich sagen wollte, war, dass vielen – nicht den meisten, aber doch vielen – Mädchen, die ich kenne, *Fight Club* nicht gefällt.«

»Mir gefällt *Fight Club*, du scheinheiliger Blödmann«, sagte Lola.

»Willst du damit andeuten, dass die meisten Mädchen keine intelligenten Filme mögen?«, hakte Grace nach. »Und dass die Mädchen, die *Fight Club* mögen, ganz besondere Schneeflocken sind, viel besser als das restliche Weibervolk?«

»O Gott, nein, so hab ich das nicht gemeint. Die Mädchen hier an der Schule kennen den Film wahrscheinlich gar nicht, weißt du? Sie haben ihn noch nie gesehen.«

»Ich bin weiblich und ich habe *Fight Club* gesehen«, widersprach Lola.

»Da hast du's. Von den zwei weiblichen Personen in diesem Raum haben hundert Prozent *Fight Club* gesehen. Vielleicht solltest du deine Statistik von den ›meisten Mädchen‹ noch mal überdenken.«

»Ab sofort halte ich meine Klappe«, erwiderte ich. »Damit ich nicht noch mehr patriarchalischen Müll von mir gebe.«

Grace grinste. »Wir necken dich nur, Henry.«

Die Stille, die einen Herzschlag lang herrschte, schien zu einem festen Bestandteil unserer Gespräche zu werden, daher versuchte ich verzweifelt, die ersterbende Unterhaltung am Leben zu halten.

»Warum hast du deine Meinung geändert?«, fragte ich schnell.

Grace starrte mich an, das Lächeln auf ihrem Gesicht erstarb.

»Ich weiß es nicht genau«, sagte sie zögernd.

Im selben Moment schrillte die Schulglocke zur ersten Stunde, und obwohl wir nicht in den Unterricht gehen mussten, weil die Stunde ganz offiziell für die Arbeit an der Schülerzeitung vorgesehen war, stand Grace Town auf, packte ihre Sachen zusammen und verließ den Raum.

»Hast du gehört?«, fragte ich La, als Grace weg war. »Sie mag die Pixies und *Fight Club*.«

»Ich mag die Pixies und *Fight Club* auch, du Riesenblödian.«

»Ja, aber du bist eine durchtriebene Lesbe, die sich von Jungs erste Küsse stiehlt, nur um den Armen dann ihre Männlichkeit zu rauben, indem du zwei Wochen später die Katze aus dem Sack lässt.«

»Wo wir gerade davon reden, ich muss dir noch was erzählen. Madison Carlson hat mich kürzlich allen Ernstes gefragt, wie mies du küsst, wenn einem Mädchen danach für alle Zeiten die Lust auf Männer vergeht.«

»Ich hoffe, du hast ihr höflich erklärt, dass sexuelle Orientierung vorbestimmt ist und dass du bereits eine Lesbe warst, als du mich geküsst hast.«

»O nein, ich habe ihr anvertraut, dass du einen schiefen Penis hast und dass ich, nachdem ich ihn gesehen hatte, niemals wieder einen sehen wollte.«

»Danke, Bro.«

»Aber gerne doch«, erwiderte Lola und stand auf, um ebenfalls ihre Sachen zu packen. An der Tür blieb sie stehen, warf mir einen Blick zu und deutete mit dem Kopf in die Richtung, in die Grace verschwunden war. »Ich mag sie, Henry. Ich weiß auch nicht, aber sie hat … was Besonderes an sich.«

Ich nickte nur. Aber weil Lola meine beste Freundin war und wir uns schon ein Leben lang kannten, lächelte sie. Ohne dass ich den Mund aufmachte, ohne dass ich auch nur ein einziges Wort sagen musste, wusste sie genau, was dieses Nicken bedeutete: *Ich mag sie auch*.

Kapitel 6

Als am Nachmittag nach der letzten Stunde die Glocke schrillte und ich beim Verlassen des Klassenzimmers die Bücher in meinen Rucksack stopfte, rannte ich fast in Grace Town hinein. Erst später wurde mir klar, dass sie Lola gefragt haben musste, wo mein Spind war. Ich hatte es ihr nicht gesagt, und der einzige andere Mensch, mit dem sie ein Wort gewechselt hatte, war Mr Hink, und der wusste es garantiert nicht.

»Henry«, sagte sie.

»Hallo«, erwiderte ich langsam.

»Ich kann dich mitnehmen, wenn du möchtest.«

»Okay.«

»Du musst natürlich selbst fahren.«

»Ähm … sicher?«

Wortlos wandte Grace sich um und ging den Korridor entlang, ohne zu schauen, ob ich ihr folgte oder nicht (ich folgte ihr natürlich). Am Fußballfeld angelangt, wurde sie schneller, wodurch ihr Hinken noch stärker zutage trat als sonst und ihre Bewegungen leicht abgehackt wirkten. Ihr Gang ließ sich nur als Mad-Eye-Moody-esk beschreiben. Bei jedem fünften Schritt verfiel ich in leichtes Joggen, um auf gleicher Höhe mit ihr zu bleiben. Am Rand des Schulgeländes blickte ich zurück zu Lola und Murray, die (wie immer) an der Haltestelle warteten, um mit dem Bus zu mir nach Hause zu fahren. Ich winkte ihnen zu. Wie auf Befehl hoben beide den rechten Arm und salutierten, was Grace zum Glück nicht bemerkte.

Auf der Straße wurde die Stille nur von einigen vorbeifahrenden Autos und dem Klacken von Grace' Gehstock unterbrochen. Nach einer Weile fragte sie: »Also, was ist deine Geschichte, Henry Page?«

Und wieder war da ein unterschwelliger Zorn, den ich mir nicht erklären konnte. Grace schien aus irgendeinem Grund enttäuscht von mir zu sein.

»Schieß los, ich will alle blutrünstigen Details.«

»Ähm … na ja …« Ich verspürte so was wie Lampenfieber. »Ich mag Piña Coladas und unerwarteten Regen«, sagte ich lahm.

»Findest du es nicht seltsam, wie oft man ratlose Blicke erntet, wenn man jemanden auffordert, sich selbst zu beschreiben? Es müsste doch die einfachste Sache der Welt sein – ich meine, *du* bist *du* –, aber das ist es nicht.«

»Ja, stimmt schon. Aber genauso gut könntest du Leute fragen: ›Wie war Europa?‹, nachdem sie drei Monate dort verbracht haben. Sie wüssten vermutlich gar nicht, wo sie anfangen sollen.«

»Stimmt. Lass es uns eingrenzen. Ich werde dir eine Frage stellen.«

»Okay.«

»Sie ist wahnsinnig persönlich, du musst also nicht antworten, wenn du nicht willst.«

»Ähm ... okay«, sagte ich und wappnete mich gegen Fragen zu meiner sexuellen Orientierung oder zu meiner bizarren Vorliebe, den schwarzen Mantel meines Vaters zu tragen, egal, wie heiß es war – beides Sachen, die, wie ich mir vorstellte, für einen Fremden von Interesse sein konnten.

»Was ist deine Lieblingsfarbe?«

Das hatte ich nicht erwartet. »Ähm ...« Ich hatte nie eine besondere Vorliebe für eine bestimmte Farbe gehabt. Vielleicht hatte ich auch so viele Lieblingsfarben, dass ich sie nicht aufzählen konnte. Ich war sehr für die Gleichberechtigung von Farben. »Bei mir wird keine Farbe bevorzugt behandelt. Und was ist mir dir?«

»Das Blau des Kleids von Alice im Wunderland.«

»Also Himmelblau?«

»Nein, auf keinen Fall. Ich hasse Himmelblau und Babyblau und Lavendelblau. Aber das Blau von Alice' Kleid ist perfekt.«

»Ist das die offizielle Bezeichnung für diesen Blauton? Steht er auf der Farbskala?«

»Ich schätze, man könnte auch Vintage Autoblau der Fünfziger dazu sagen, aber Alice ist einfacher. Notfalls könnte ich auch noch Kornblumenblau akzeptieren.«

»Du hast dir ja echt viele Gedanken gemacht.«

»Ich möchte Antworten parat haben, wenn man mir Fragen über mich stellt. Ich meine, wenn *ich* schon nicht genau weiß, wer ich bin, wie sollen das andere wissen?«

Ich zerbrach mir den Kopf und versuchte eine Antwort aus der schwarzen Leere hervorzuzaubern, in die sich mein Hirn zu verwandeln schien, sobald ich auch nur auf zehn Fuß in Grace Towns Nähe kam. »Grün. Meine Lieblingsfarbe ist Grün.«

»Wie langweilig.«

»Also gut. Verblasstes Säuregrün. Die Augenfarbe meiner Schwester im Sonnenlicht. Mein Neffe hat genau die gleiche Schattierung. Ich glaube, das ist meine Lieblingsfarbe.«

»Schon besser.«

Ein Herzschlag. »Hast du vor, mich noch weiter auszufragen?«

»Nein, hab ich nicht.«

»Das ist das merkwürdigste Wer-bin-ich-Spiel, das ich je gespielt habe.«

»Es geht hier nicht um ein Quiz. Ich wollte dir nur diese eine Frage stellen.«

Als wir bei Grace zu Hause angekommen waren, lief es genauso ab wie am Tag zuvor. Ich wartete draußen auf dem Rasen, während sie drinnen die Schlüssel holte. Dann fuhr ich ihren Wagen zu uns nach Hause, verabschiedete mich und sah ihr nach, wie sie in die falsche Richtung ging, eine Straße entlang, die ins Nichts führte. Als ich das Haus betrat, bereute ich bereits, sie nicht hereingebeten zu haben, aber während ich die Kellertreppe hinabstieg, fiel mir wieder ein, warum das keine gute Idee gewesen wäre.

»Hey, hol mich doch der Geier«, begrüßte mich Murray an der untersten Stufe. Er versetzte mir einen Schlag auf den Rücken. »Da hat sich einer eine Schnitte geschnappt.«

»Sie hat mich nur nach Hause gebracht«, erwiderte ich.

»Oh my actual god«, sagte Lola, als ich meinen Rucksack fallen ließ und auf die Couch sank. »Zwischen euch läuft doch was, Page.«

Murray ließ sich auf meinen Schoß plumpsen und zerquetschte mit seiner obszönen Muskelmasse meine Beine. Er legte die Arme um meinen Hals und drückte die Stirn gegen meine. »Bist du sicher, dass zwischen euch nichts ist? Vielleicht haben wir ja aus dem schmutzigen Kellerfenster gespäht und gesehen, wie ihr euch gegenseitig mit Blicken verschlingt.«

»Leute, jetzt kommt mal wieder runter«, sagte ich und versuchte Murray wegzuschubsen – ohne großen Erfolg. »Sie ist ziemlich durchgeknallt. Ich schätze, sie ist einsam und hat noch keine neuen Freunde gefunden. Ich war nett zu ihr und jetzt klammert sie sich an mich.«

»Stimmt doch gar nicht«, widersprach Lola stirnrunzelnd. »Du hast sie übers Feld gehetzt und sie übel beschimpft.«

»Du übertreibst maßlos.«

»Sie ist ihm verfallen, weil er so leidenschaftlich ist«, erklärte Muz. Seine Haare wippten, während er seine

Fäuste gegen meine Brust presste. »Seine Gier nach Leben hat es ihr angetan.«

»Sie hat sich nicht in mich verguckt, ich glaube, sie mag mich nicht mal. Dauernd starrt sie mich finster an. Das ist sehr verwirrend.«

»Frag sie, ob sie Montagnachmittag nach der Schule mit uns abhängen will«, schlug Lola vor und strich sich übers Kinn. »Bring sie in die Höhle des Löwen. Lass sie uns auf Herz und Nieren prüfen.«

»Nur wenn Murray mit diesem Scheiß aufhört.« Muz war dazu übergegangen, seine Haare über mein Gesicht, Brust und Arme zu verteilen. »Kannst du … Igitt, Murray, steig endlich runter von mir!«

»Ich markiere mein Territorium«, erklärte er. »Ich will dich nicht verlieren!«

Ich warf Lola einen Blick zu. »Aus diesem Grund bin ich Single.«

La schüttelte den Kopf. »Glaub mir, das ist nicht der Grund.«

Ich erschlaffte und ließ es zu, dass Murray mich mit seinen fettigen Haaren salbte. Wenn Grace jemals Zeugin so mancher merkwürdigen Vorgänge werden würde, die in diesem Kellerraum stattfanden, würde sie auf der Stelle Reißaus nehmen.

Das allein war Grund genug, sie nie, nie, nie hierher einzuladen.

Später, als der Pöbel das Haus verlassen hatte, öffnete ich auf dem iMac Grace Towns Facebook-Profil und verharrte etwa zehn Minuten mit dem Mauszeiger auf dem »FreundIn hinzufügen«-Button. Dann kniff ich die Augen zu und klickte. Mein Herz hämmerte, als die Nachricht »Freundschaftsanfrage gesendet« erschien. Es dauerte nur ein paar Sekunden, bis die Reaktion kam. *Grace Town hat deine Freundschaftsanfrage angenommen. Poste auf Grace' Pinnwand.*

Natürlich stürzte ich mich neugierig auf ihre Seite, aber bis auf die wenigen öffentlich sichtbaren Profilbilder war ihre ganze Pinnwand wie leer gefegt. Keine Status-Updates. Keine besuchten Orte. Keine Lebensereignisse. Keine getaggten Fotos. Abgesehen von der Tatsache, dass sie 2879 Freunde hatte (wer kennt bitte so viele Leute?!), war Grace Town ein virtueller Geist.

Nachdem Grace am Morgen aus dem Redaktionszimmer gestapft war, hatte ich PR-Agenturen in der ganzen Stadt angemailt, um herauszufinden, ob eine von ihnen einem der miesen Junior-Autoren der *Westland Post* – wie unser Käseblatt seit den Anfängen in den Achtzigern hieß – ein Interview mit einer der miesen Bands gewährte, die sie vertraten. Es schien mir der passende Aufhänger zu sein, um jetzt ein Gespräch mit Grace anzufangen.

Henry Page:

Wollte dir nur sagen, dass ich für nächste Woche ein Interview mit Plastic Stapler's Revenge gekriegt habe.

Grace Town:

Plastic Stapler's Revenge? Wie aufregend. Ich kann es gar nicht erwarten, die tiefschürfenden Gedanken rachedurstiger Plastik-Tacker zu hören. Wann?

Weiß noch nicht genau. Bald werden die ersten Junior-Autoren bei uns aufschlagen. Jede Wette, dass genau zwei Analphabeten und die verwilderte Katze, die auf dem Dachboden über Rektor Valentines Büro haust, sich freiwillig melden werden. Mal sehen, ob sie überhaupt zu was zu gebrauchen sind.

Sehr gut. Schare deine Untertanen um dich. Mach ihnen klar, dass wir das Sagen haben. (Ich setze mein Geld auf die Katze.)

Ich finde es klasse, dass wir Untertanen haben werden. So muss sich Kim Jong-un fühlen, meinst du nicht auch?

Das ist alles Teil der Gehirnwäsche.

Wir bauen uns eine Armee auf.

Zuerst Westland High … dann die ganze Welt.

Trinkt das Kool-Aid, Untertanen!
Es schmeckt köstlich!

Genau.

Wie geht's dir denn so? Hast du dich schon eingelebt?
Sind die Leute nett?
Warst du traurig, dass du aus East River wegmusstest, oder hattest du eher gemischte Gefühle?

Die meisten meiner Freunde haben schon den Schulabschluss. Deshalb ist es mir leichter gefallen wegzugehen. Trotzdem vermisse ich meine alte Schule.

Die Schüler von East River haben den Ruf, dass sie wissen, wie man feiert. Sind letztes Jahr nicht ein paar der Seniors festgenommen worden, weil sie eine fahrende Bierbank gebaut haben und damit auf dem Schulgelände herumgefahren sind?

Ich sag es nur ungern, aber … #YOLO

Ich lass es dir durchgehen, aber nur dieses eine Mal.

Kommt nie wieder vor, ich schwör.

Schön. Wie gut, dass die Sache jetzt geklärt ist.

sammelt Ideen für einen Artikel über YOLO

Hey, wenn du ihn unter deinem Namen veröffentlichen willst, nur zu.

Nein, nein. Lieber nicht.

Hier endete die Unterhaltung. Grace blieb noch eine Stunde online, aber mir fiel nichts mehr ein, was ich hätte schreiben können, also beließ ich es dabei.

Natürlich gab es Mittel und Wege, etwas über Leute von anderen Schulen in Erfahrung zu bringen, wenn man es denn wollte. Madison Carlson im Speziellen führte eine Art interschulisches Handelsunternehmen für Waren und Informationen. Ihr Netzwerk war so groß und verzweigt, dass es den Verkehrswegen der Seidenstraße in nichts nachstand. Madisons Freund ging auf die East River und das verschaffte ihr offenbar unbegrenzten Zugang zur East River Elite (ich machte mir eine gedankliche Notiz, sie für eine Kolumne im Gossip-Girl-Stil zu engagieren). Aber was Madison Carlson gibt, das nimmt Madison Carlson auch. Sobald ich auch nur den Mund aufmachen würde, um beiläufig nach Grace Towns Vergangenheit zu fragen, würde sich das Gerücht, dass ich womöglich, vielleicht, irgendwie auf Grace Town stand, in Windeseile in der ganzen Schule verbreiten.

Vorerst würde Grace Town also ein Geheimnis bleiben müssen.

Kapitel 7

Als am Montagnachmittag die Glocke zum Schulschluss läutete, wartete Grace bereits an meinem Spind. Wie sie es schaffte, derartig früh aus der letzten Stunde zu fliehen, und zwar regelmäßig, würde ich wohl nie erfahren, aber von diesem Tag an war sie immer schon da, wenn ich aus dem Klassenzimmer kam.

»Soll ich dich mitnehmen?«, fragte sie. Ihre Miene und ihr Tonfall verrieten, dass sie (wie verwirrend) nicht gerade glücklich war, mich zu sehen. Fast schien es, als hätte sie gehofft, dass ich heute nicht da wäre.

»Klar«, antwortete ich zögernd.

Das war der Anfang einer Routine, die von nun an unsere Beziehung bestimmte. Wir gingen gemeinsam zu ihr nach Hause, wobei Grace jeden Autofahrer übel beschimpfte, der es wagte zu hupen, damit wir den Weg freimachten. Sie ließ mich im wuchernden Vorgarten warten, ging ins Haus, um den Schlüssel zu holen, kehrte zurück und warf mir den Schlüssel zu, damit ich zu mir nach Hause fuhr. Im Wagen starrte sie entweder stumm und mit versteinerter Miene geradeaus oder sie löcherte mich mit Fragen wie:

»Was ist dein Lieblingslied?«

Woraufhin ich Sachen sagte wie: »Warum sind deine Fragen immer so schwer zu beantworten?«

Woraufhin sie Sachen sagte wie: »Weil du jetzt fieberhaft überlegst, welcher Song sowohl cool als auch gesellschaftlich akzeptabel ist. Meistens ist so ein Song mindestens zwanzig Jahre alt, weil alles, was neuer ist, allgemein als Pop-Schund abgetan wird.«

»Nun, da ich weiß, dass von meiner Antwort deine Einschätzung von mir abhängt, fällt mir garantiert kein Song ein.«

»Genau darum geht es doch beim Kennenlernen. Um das Einschätzen.«

»Heißt das, du fällst gerade ein Urteil über mich?«

»Das tue ich immer. Komm schon, nenn mir ein Lied, das Gefühle in dir erweckt.«

»Also gut. ›Someday‹ von den Strokes«, sagte ich und erinnerte mich an den Abend, als ich mit Grace' Lieblingsband als Hintergrundmusik eingeschlafen war.

»Riskante Wahl. Eindeutig noch keine zwanzig Jahre alt, aber zumindest so Indie, dass man es dir durchgehen lassen könnte.«

»Und was ist dein Lieblingslied? ›Stairway to Heaven‹? ›Smells Like Teen Spirit‹? Irgendein guter Klassiker, nehme ich an?«

»›She Will Be Loved‹ von Maroon 5.«

»Damit … habe ich nicht gerechnet.«

»Was soll ich sagen? Immer wenn ich es höre, erinnert es mich ans Glücklichsein.«

O Mann! War das ihre Vorstellung von einem Song, der glücklich macht? Was hörte sie dann erst, wenn sie traurig war? Trauermärsche? »Wo hörst du den Song? Spielen die den überhaupt noch im Radio? Hört überhaupt noch jemand Radio?«

»Haha.«

»Also kein Song der Strokes?«

»Wie meinst du das?«

»Die Strokes … du scheinst ein großer Fan von ihnen zu sein.«

Grace sah mich stirnrunzelnd an, sie schien kein Wort verstanden zu haben.

»Du hast Sticker auf dem Auto. Dann dein Schlüsselbund. Und dein Klingelton.«

»Ach so. Die Strokes. Ja. Ich hatte einen Freund, der ein großer Fan von ihnen war. Er hat sie ständig gehört.«

»Weil dein früherer Freund die Strokes toll gefunden hat, hast du jetzt immer noch Sticker auf deinem Auto?«

»Das Auto hat ihm gehört.«

»Und dein Klingelton?«

»Es ist auch sein altes Handy.«

»Ach so.«

Nachdem wir ausgestiegen waren, fragte ich spontan: »Willst du mit reinkommen?«

»Warum?«, fragte Grace zurück.

Ich sagte: »Äh. Wir können abhängen und so? Natürlich nur, wenn du Lust dazu hast.«

»Ich gehe nachmittags woandershin.«

»Ist mir schon aufgefallen. Also, dann bis morgen.«

Grace seufzte. »Komm nach Sonnenuntergang hierher.«

»Warum?«

»Wolltest du, dass wir uns treffen, oder nicht?«

»Ähm, ja, eigentlich schon.«

»Dann lass es uns tun. Heute Abend. Treffpunkt hier, nach Sonnenuntergang. Okay?«

»Haben wir … was Illegales vor oder so? Nach Sonnenuntergang, das klingt ja fast diabolisch.«

Grace lächelte ihr müdes Lächeln. »Bis heute Abend, Henry Page.« Sie drehte sich um, humpelte die Straße entlang und verschwand um die Ecke.

Aus irgendeinem Grund erzählte ich meinen Keller-Freunden nichts von dem geplanten Treffen mit Grace. Was auch immer sich zwischen uns entwickelte, es war noch zart und zerbrechlich und nichts, das man in der Clique ausdiskutieren und zerpflücken durfte. Insgeheim hatte ich nämlich das Gefühl, dass aus uns nichts werden würde, und ich wollte mir die Peinlichkeit ersparen, die vorprogrammiert wäre, wenn ich meinen Freunden erzählte, dass ich mich eventuell vielleicht in ein Mädchen verknallt hatte und sich dann herausstellte, dass sie nichts von mir wissen wollte. Also gab ich vor, mich krank zu fühlen, woraufhin die beiden grummelnd nach Hause zu ihren eigenen Familien und ihren eigenen Abendessen gingen, statt sich wie sonst als Sukkubusse (Sukkubi?) bei uns durchzuschnorren.

Als sie weg waren, musste ich es nur noch meinen Eltern verklickern.

Ja, ich weiß, als Teenager hasst man normalerweise seine Eltern oder hält sie zumindest für uncool oder sonst was, aber ich habe Mom und Dad immer viel zu sehr bewundert, um so über sie zu denken. Meine Eltern verband eine dieser unheimlichen Prä-*Frozen*-Disneyfilm-Geschichten von Liebe auf den ersten Blick. Sie hatten sich nach der Schule bei KFC kennengelernt (okay, vielleicht doch nicht Disney). Damals waren sie Teenager. Dad, als der freche kleine Kerl, der er sicher gewesen war, hatte sofort um Moms Hand angehalten (und ihr anstelle eines Verlobungsrings ein Stück von seinem Hähnchen angeboten – okay, auf keinen Fall Disney).

Du hast bestimmt schon solche Geschichten gelesen, von altmodischen Pärchen, die sich beim ersten Date bereits Heiratsanträge machen und so weiter. Aber das hier war echt. Und es funktionierte. Bis zur Hochzeit sollte es zwar noch elf Jahre dauern, aber von dem Tag an hatten sie nie ein Date mit jemand anderem. Kaum waren sie mit dem College fertig, heirateten sie heimlich an Weihnachten in Indien – in Badesachen und mit Henna bemalt. Es gibt ein Polaroid-Foto von ihnen, wie sie Elefanten mit Mangos füttern. Sie lebten eine unglaubliche Liebesgeschichte. Was einiges über Colonel Sanders Geheimrezept von KFC aussagte.

Es war nicht diese Nicholas-Sparks-hafte, So-perfekt-dass-einem-schlecht-wird-Beziehung, die ich an meinen

Eltern so mochte, sondern einfach die Art, wie sie waren. Ich kannte etliche hormongesteuerte Teenager, die nicht annähernd so verrückt nacheinander waren wie meine Eltern. Aber das verursachte mir keinen Brechreiz, wie man vielleicht hätte meinen können, denn ich liebte ihre Liebe zueinander.

Als Suds noch klein war, hatten sie wie Hippies gelebt. Eine Künstlerin und ein Tischler, die in einer verlassenen Lagerhalle wohnten. Vielleicht lag es daran, dass es die reine Hölle gewesen war, Sadie großzuziehen, und sie nach und nach jeden Widerstand aufgegeben hatten, jedenfalls hatten sie sich mir gegenüber immer nur unglaublich cool und offen gezeigt.

Als meine Mom Daphne von der Galerie nach Hause kam, sagte ich also zu ihr: »Mom, ich gehe heute Abend weg, und ich weiß noch nicht genau, wann ich nach Hause komme oder wo ich hingehe. Ich bin nicht hundertprozentig sicher, aber es könnte sein, dass illegale Aktivitäten im Spiel sind. Ist das okay?«

Sie antwortete nur: »Ein Abenteuer, hm? Ausgezeichnet. Ich hatte schon angefangen, mir Sorgen um dich zu machen. In deinem Alter hatte Sadie bereits drei Verhaftungen hinter sich, und schau dir an, was aus ihr geworden ist.«

»Danke, Mom. Ich wusste, dass ich auf deine Unterstützung zählen kann.«

»Bei allem außer Mord und dem Konsum von verbotenen Substanzen, die injiziert werden.«

»Oh, gut, denn ich wollte dich die ganze Zeit schon

fragen, ob du in mein mobiles Meth-Labor investieren willst, an dem ich die letzten paar Monate gearbeitet habe.«

»Selbstverständlich, Schatz. Stell mir eine schöne Kalkulation auf, dann werfe ich einen Blick auf die Zahlen. Brauchst du bei deinen potenziell illegalen Aktivitäten heute Abend jemanden, der notfalls das Fluchtauto fährt?«

»Ich weiß noch nicht genau. Kann ich dir noch Bescheid geben? Es wird nicht allzu spät werden. Ich will nicht, dass du und Dad wegen mir aufbleiben müsst.«

»Wenn ich nicht ans Telefon gehe, kannst du dich ja von der Polizei heimbringen lassen. Wir behaupten einfach, dass wir dir einen Monat Hausarrest aufbrummen.«

»Danke, Mom.«

Sie gab mir einen Kuss auf die Stirn. »Jetzt mal im Ernst. Brich keine Gesetze. Und ruf an, wenn du mich brauchst, okay?«

»Mach ich.«

Nach unserem Gespräch zog sich der Nachmittag ewig in die Länge, aber in den Minuten kurz vor Sonnenuntergang verging die Zeit viel zu schnell. Plötzlich war es dunkel draußen. Ich ging zur Haustür, verabschiedete mich im Hinausgehen von meinen Eltern und zerbrach mir den Kopf nach Aufhängern für ein Gespräch und nach Fragen, die ich Grace stellen konnte, um die Unterhaltung am Laufen zu halten. In ihrer Gegenwart befiel mich immer Lampenfieber, und mein Gehirn verwandelte sich in eine tiefe, leere Höhle, die nicht einen einzigen brauchbaren Gedanken hervorbrachte, um die Situation zu retten.

Grace' Auto stand nicht mehr draußen vor der Tür. Es war verschwunden, wie schon an den zwei Nachmittagen der letzten Woche, als sie mich nach Hause gebracht hatte. Ich wartete am Briefkasten. Die überraschend kühle Abendluft ließ mich frösteln. Fünf Minuten verstrichen, ehe ich plötzlich aus dem Augenwinkel eine Bewegung wahrnahm. Eine kleine dunkle Gestalt stand am Ende unserer Straße und winkte mich zu sich in die Nacht. Aus dieser Entfernung konnte ich das Gesicht nicht sehen, sondern nur die Umrisse der seltsam breiten Schultern. Es war nicht gerade eine Silhouette, der man gern in die Finsternis folgte. Als ich mich nicht von der Stelle rührte, gestikulierte Grace heftiger und winkte mich mit ausgestrecktem Arm und Gehstock zu sich. Ich trabte hinüber und zog dabei den Reißverschluss meiner Jacke zu, weil mir kalt war. Beim Näherkommen sah ich, dass sie immer noch ihre typischen Jungsklamotten trug und diesmal auch noch eine Football-Jacke, die ihr viel zu groß war, sodass sie fast als Kleid durchgegangen wäre. War Grace nach Hause gefahren, um sie zu holen, und dann den ganzen Weg wieder zurückgelaufen?

»Hast du eine Busfahrkarte?«, rief sie, als ich in Hörweite war. Kein Hallo. Niemals ein Hallo.

»Hab sie nicht dabei, tut mir leid.«

»Schon okay. Ich bin deine Sugar-Mama und bezahle für dich.«

»Wohin gehen wir?«

»Das wirst du schon sehen.«

»Einverstanden. Solange wir nicht den Staat verlassen oder so.«

»Das wirst du schon sehen.«

Statt wieder die Straße entlangzugehen, drehte sich Grace um und bahnte sich einen Weg durch das hohe Gras, das dort anfing, wo der Weg endete.

»Ist das dein Ernst?«, fragte ich. »Da unten ist nur ein Kanal. Der Hochwasser-Abfluss.«

»Abkürzung«, sagte Grace und stapfte weiter in die Dunkelheit.

»Ist das denn okay für dich, mit deinem Bein und so?«, rief ich ihr hinterher, ohne genau zu wissen, ob es politisch korrekt war, überhaupt nur zu *erwähnen*, dass mir ihr Hinken aufgefallen war. »Der Boden ist ziemlich uneben!«

»*Abkürzung*!«

Grace fing an, mit ihrem Gehstock das Gras zur Seite zu schlagen wie ein Entdeckungsreisender, der sich mit der Machete einen Weg durch den Dschungel bahnt. Während sie sich durch das Grün vorankämpfte, blieb ich immer dicht hinter ihr, um sie auffangen zu können, falls sie ins Stolpern geriet – aber obwohl sich ihr Hinken jetzt noch verstärkte, waren ihre Schritte sicher. Wir folgten der Ablaufrinne etwa zehn Minuten lang und unterhielten uns über die Schulzeitung, bis wir am Ende des Kanals auf der Hauptstraße in der Nähe einer Bushaltestelle herauskamen. Wir setzten uns und warteten im fluoreszierenden Licht auf einen Bus. Ich rechnete fast damit, dass ein Greyhound auftauchen würde, der uns quer durchs Land bringen würde, aber Grace winkte nur den Bus Richtung Innenstadt heran. Sie bezahlte wie versprochen mein Ticket, dann setzten wir uns auf die Plätze für Behinderte, was, wie Grace mir erklärte (ich zitiere), »einer der wenigen Vorteile am Krüppel-Dasein« war.

Bei Nacht war die Stadt spektakulär. Ich bin total für Berge und Wälder und glasklare Flüsse, aber ich muss zugeben, die millionenfachen Lichter einer Stadt im Dunkeln haben etwas für sich. Vielleicht erinnern sie mich an die Milchstraße.

Nachdem wir ausgestiegen waren, führte Grace mich schnurstracks zum nächsten Supermarkt.

»Wir brauchen Snacks«, sagte sie. »Ich bezahle.«

»Du bist so großzügig zu mir. Wenn du mich weiter so gut umsorgst, dann werde ich noch zu deinem Gigolo.« Ich entschied mich für M&Ms und eine Coke. Grace wählte eine Tüte Salt-and-Vinegar-Chips (was, so seltsam das auch klingt, absolut zu ihr passte), ein Vitaminwasser und einen Laib billiges Weißbrot. Dann gingen wir los. Wir waren lange unterwegs, und allmählich beschlich mich der Verdacht, dass wir gar nichts anderes mehr vorhatten und nur ziellos durch die Gegend wanderten, aber Grace hielt mich trotz meiner Proteste davon ab, mich über meinen Proviant herzumachen.

Schließlich blieb sie an einem hohen Eisenzaun stehen, hinter dem eine dichte Hecke wucherte, und rief: »Ta-da.«

»Das ist ein … Zaun. Ich meine, es ist ein sehr hübscher Zaun. Und ich bewundere die handwerkliche Ausführung. Aber es ist nur ein Zaun.«

»Es geht um das, was hinter dem Zaun ist.«

»Und das wäre?«

»Wie schön, dass du fragst. Hinter dem Zaun befindet sich eines der am besten gehüteten Geheimnisse der Stadt. Wusstest du, dass eine Dampfeisenbahn mitten durch das Geschäftsviertel fuhr, als es noch keine U-Bahn gab?«

»Nein, wusste ich nicht. Aber jetzt, wo du es sagst, klingt es logisch.«

»Hinter dem Zaun ist der letzte Bahnhof dieser Dampfzüge, den es in der Stadt noch gibt. Seit Jahrzehnten ist er für die Öffentlichkeit gesperrt.«

»Warum sind wir dann hier?«

Mit unbewegter Miene legte Grace das Weißbrot zu ihren Füßen ab, packte den Gehstock mit der rechten Hand wie einen Speer und warf ihn über die Hecke.

»Ups. Den hol ich mir wohl besser wieder.« Sie stieg mit ihrem gesunden Bein auf den Zaun und zog das andere Bein hoch.

»Was *machst* du da?«

»Unbefugtes Betreten eines Grundstücks, was sonst? Worauf wartest du noch?«

»Was, wenn jemand die Polizei verständigt?«

»Dann behaupte ich, dass ich dich hergelockt und dazu verführt habe, das Gesetz zu brechen.«

»Na klar. Als würde das jemals funktionieren.«

»Komm schon, Henry. Du hast glänzendes Haar und Grübchen und ich laufe herum wie Aileen Wuornos.« Sie hielt inne und holte beim Klettern tief Luft. »Die Cops werden dir garantiert glauben. Hast du schon jemals irgendein Gesetz übertreten?«

»Ich bin schon ein- oder zweimal bei Rot über die Straße.«

»Du bist ein echter Badass.«

»Und ich war an mindestens drei Fällen beteiligt, bei denen es um Alkoholkonsum unter Minderjährigen ging.«

Grace zuckte vor Schmerz zusammen, als sie das Gewicht auf ihr verletztes Bein verlagerte, und schwang sich mit einem letzten Ächzen über den Zaun. Sie machte das ganz offensichtlich nicht zum ersten Mal. »Henry.«

»Ich hatte eigentlich wirklich vor, aufs College zu gehen.«

»Steig endlich über den Zaun.«

»Weißt du, ich bin siebzehn Jahre lang durchs Leben gegangen, ohne je Gruppenzwang zu erfahren. Meine Eltern haben mich in der Grundschule davor gewarnt, aber ich habe ihn nie am eigenen Leib erlebt. Ich fing schon an zu glauben, dass es sich nur um einen Mythos handelt.«

»Henry Page. Klettere. Über. Den. Zaun.«

»Das hier trifft es aber genau. Ich fühle mich gerade sehr unter Zwang.«

»Henry, wirf verdammt noch mal den Brotlaib rüber

und dann beweg deinen Arsch und klettere über den Zaun!«

»Also gut!« Ich warf das Brot hinüber, umklammerte mit beiden Händen die Eisenstäbe und zog mich daran hoch. Es war gar nicht so leicht, denn ich spürte meine Beine fast nicht, was auf eine drohende Panikattacke hindeutete. »O Gott, o Gott, o Gott«, murmelte ich immer wieder, während ich hinaufkletterte.

Grace verschwand auf der anderen Seite der Hecke.

»Ich werde verhaftet. Ich kann nie aufs College gehen. Ich werde zum Schwerverbrecher. Meine Eltern bringen mich um.«

Oben angekommen, wurde mir klar, dass der Abstieg auf der anderen Seite nicht einfach werden würde, deshalb grätschte ich über die Hecke und versuchte, mich abzurollen. Es ging schief. Ich knallte auf den Boden, verlor das Gleichgewicht und landete auf den Knien. Grace' kaltes Lachen war eher ein Gackern, genauer gesagt ein heiseres Kreischen, das besser zu einer Krähe als zu einem Menschen gepasst hätte.

»Du klingst wie ein Disney-Bösewicht«, beschwerte ich mich. Dann stand ich auf und klopfte mir den Staub von den Klamotten, woraufhin Grace noch mehr gluckste.

»Ich warne dich, Kleiner. Wenn mir der Geduldsfaden reißt, dann kostet es dich deinen Kopf. Verstanden?«, fragte sie. »Glückwunsch, Henry. Du bist jetzt offiziell ein Eindringling.«

Ich sah mich um. Abgesehen von ein paar Bäumen,

die von der Kälte ihres Laubs beraubt worden oder vielleicht längst abgestorben waren, schien sich auf dieser Seite des Zauns nur ein leeres Feld zu befinden.

»Also, wo ist jetzt diese geheimnisvolle Bahnstation?«

Grace deutete mit ihrem Stock in eine Richtung und marschierte los. »Am Fuß des Hügels.«

Und da war sie tatsächlich. Kaum hatten wir uns in Bewegung gesetzt, kam auch schon ein kleines, in orangefarbenes Licht getauchtes Gebäude in Sicht, das sich in die Dunkelheit hineinschmiegte.

»Sieht aus wie eine Gruft«, sagte ich.

»Tja, genau das ist es auch. Im philosophischen Sinne. Alle alten Gebäude werden zur Gruft, wenn sie ihren Zweck verlieren. Sie werden zum Schrein einer Zeit, die längst gestorben ist.«

»Du bist sehr seltsam, Grace Town.«

»Ich weiß.«

»Es macht mir nichts aus.«

»Ich weiß.«

Auf dem Weg zum Gebäude kamen wir zu einem großen Tor, das genauso aufwändig gestaltet war wie der geschmiedete Zaun.

»Komm«, forderte Grace mich auf. »Bisher haben wir nur unbefugt das Gelände betreten. Jetzt heißt es einbrechen und eindringen.«

»Grace, nein, komm schon, das ist wirklich …«, begann ich, aber da hatte sie die Torflügel bereits berührt, und sie schwangen zur Seite. Grace schritt hindurch und zwinkerte mir über die Schulter hinweg zu.

»Ist schon seit Jahren nicht mehr abgeschlossen.«

Wir liefen durch einen kurzen düsteren Tunnel und kamen auf einem offenen Bahnsteig wieder heraus, der – wer hätte das gedacht? – von oben durch Natriumdampflampen mit orangem Licht erhellt wurde. Ich war überrascht, wie gut die Bahnstation erhalten war. Es gab kaum Graffiti und sie war nicht mal von Pflanzen überwuchert.

»Hm, für ein verlassenes Gebäude sieht es aber ziemlich unverlassen aus«, stellte ich fest. Über dem Bahnsteig wölbte sich ein Tonnendach aus Milchglas. Der Marmorboden hatte ein schwarz-weißes Schachbrettmuster und die Kacheln der Wände waren eierschalenfarben und smaragdgrün. »Ist das ein übrig gebliebenes Filmset von *Der große Gatsby* oder was?«, fragte ich und sah mich um. Es war wunderschön.

»Das ist ein historisches Denkmal. Auch wenn hier keiner mehr reinkommt, wird es trotzdem noch instand gehalten. Komm mit, das Beste hast du noch gar nicht gesehen.« Grace kniete sich vor den Eingang des Bahnhofsgebäudes – eine rot gestrichene, kunstvoll verzierte Holztür – und stocherte mit einer Haarnadel im Schloss herum.

»Okay, das ist jetzt aber wirklich einbrechen und eindringen.«

»Das Beste an historischen Denkmälern …« – es machte *Pling,* als das Schloss aufsprang –, »alles ist noch original. Ein hundert Jahre altes Türschloss ist das reinste Kinderspiel.«

»Ist dir klar, dass du gerade ein bisschen angsteinflößend bist?«

Grace achtete nicht auf mich, sondern machte die Taschenlampe ihres Handys an und trat in die Dunkelheit. Ich folgte ihr durch eine Reihe von leeren, stockdunklen Räumen hinein in die Eingeweide des alten Gebäudes, bis wir zu einer gusseisernen Wendeltreppe gelangten, die sich in die Tiefe schraubte.

»Sieh mal nach oben«, forderte Grace mich auf, als wir die Stufen hinunterstiegen. Über uns wölbte sich ein weiteres Glasdach. Durch eine geborstene Scheibe sah man weiße Sterne am Himmel funkeln. Ein seltener Anblick mitten in der Stadt.

Wir kamen nicht bis zum Fuß der Treppe, denn das Untergeschoss war überflutet. Grace setzte sich auf die zweitletzte Stufe, zog die Schuhe aus und tauchte ihre Füße ins Wasser. Dann brach sie ein kleines Stück Brot ab und schnippte es ins Wasser. Das Brotstückchen trieb ein paar Sekunden auf der Oberfläche, dann hörte ich ein *Blubb*, und es wurde in die Tiefe gesogen.

»Was zum Teufel war das?«, fragte ich und wich ein paar Stufen nach oben zurück.

»Keine Panik, es sind nur Fische. Komm wieder runter. Wenn du dich still hinsetzt, tauchen sie auf.«

Ich kam mir vor wie in der Szene mit der Müllpresse aus *Star Wars*. Aber jetzt war ich schon so weit gekommen, also konnte ich genauso gut auch weitermachen. Ich tat, was sie sagte, und stieg wieder die Stufen hinunter. Zog die Schuhe aus. Setzte mich neben sie, so nah, dass sich unsere Kleider bei jeder Bewegung berührten. Ich ließ meine Füße ins kalte Wasser gleiten. Saß still da. Sprach kein Wort. Sah zu, wie Grace noch mehr Brot abbrach und die Stückchen im Wasser über unseren Zehen treiben ließ. Ein paar Minuten vergingen, dann kamen die Fische – kleine Silberstreife, etwa so groß wie meine Handfläche. Sie schossen zwischen unseren Beinen hindurch, ihre glatten Körper streiften unsere Knöchel. Grace fütterte sie mit immer mehr Brot, und es wurden immer mehr Fische, bis das Wasser um uns herum von Silber nur so wimmelte.

»Das ist fantastisch«, sagte ich, aber Grace bedeutete mir, still zu sein, damit ich die Fische nicht verschreckte. Ich verstummte, beobachtete zuerst die Fische und dann sie und versuchte nicht daran zu denken, wie weich Grace' Lippen sich wohl anfühlen würden, wenn ich sie jetzt küsste.

Als das Brot aufgebraucht war, verschränkte Grace die Arme hinter dem Kopf und lehnte sich an die Treppe. Ich tat es ihr nach.

»Hattest du schon mal eine feste Freundin, Henry?«, wollte sie wissen.

Die Frage brachte mein Herz auf Hochtouren. »Ähm, nein, nicht richtig.«

»Warum nicht?«

»Ich … ähm … Shit, ich bin nicht so gut darin, anderen Sachen anzuvertrauen.«

»Das hab ich schon bemerkt. Warum ist das so? Ich dachte, du kannst gut schreiben?«

»Genau. Ich kann schreiben. Ich könnte nach Hause gehen und einen Essay verfassen, warum ich noch nie eine Freundin hatte, und es würde ein richtig guter Text werden. Aber ich bin eine Niete, wenn ich etwas nicht zu Papier bringen, sondern spontan erzählen soll.«

»Heißt das, du machst immer erst einen Entwurf? Filterst alles?«

»So wie du das sagst, klingt es ziemlich deprimierend. Aber ja, ich schätze, so ist es.«

»Das ist Quatsch. Du verlierst das Raue und Ursprüngliche, das Wahre über dich selbst, wenn du alles zuerst kritisch durchleuchtest.«

»Kann sein. Jedenfalls, wenn es dir auf das Raue und Ursprüngliche ankommt. Mir fällt es schwer, das rüberzubringen, was ich sagen will, wenn ich es nicht aufschreibe.«

»Warum versuchst du es nicht einfach mal?«

»Wie denn?«

»Sag mir die Rohfassung, warum du noch nie eine Freundin hattest. Spuck es einfach aus.«

»Weil … es gibt so viele Gründe. Weil ich siebzehn bin. Weil es mir nichts ausmacht, allein zu sein. Es gefällt mir sogar. Ich bin umgeben von Teenagern, die sich ständig auf dramatische Beziehungen einlassen, die schlecht für sie sind, nur um dann doch wieder Schluss zu machen. Für so was habe ich nichts übrig. Ich will das, was meine Eltern haben: eine außergewöhnliche Liebe.«

»Dir ist aber schon klar, dass du vieles verpasst, was

toll sein könnte? Manchmal muss man sich erst auf was einlassen, um zu erkennen, dass es außergewöhnlich ist.«

»Tja, stimmt wohl … ich meine, kann sein.«

»Hauptsache, es ist dir bewusst. Das war übrigens ziemlich gut für einen ersten Entwurf. Du kannst deine Antwort aber gern überarbeiten und sie mir in Textform einreichen, wenn du das für nötig hältst.«

»Ich geb dir Bescheid. Vielleicht schicke ich dir in ein paar Tagen einen Essay.«

»Okay, Henry Page. Ich habe dir drei Fragen gestellt. Die magische Zahl. Jetzt darfst du mich was fragen.«

»Was soll ich dich denn fragen?«

»Wenn du erst fragen musst, was du mich fragen sollst, hast du den Zweck des Spiels nicht kapiert. Frag einfach, was du wissen willst.«

»Was ist mit deinem Bein passiert?«

Grace drehte den Kopf und sah mich an. Wir waren nur eine Handbreit voneinander entfernt. Ich spürte die Wärme ihres Atems auf meinen Lippen. »Was für eine langweilige Frage.«

»Warum?«

»Weil die Antwort nichts über mich als Person aussagt. Ich habe tiefschürfende Fragen über deine Lieblingsfarbe, dein Lieblingslied und dein Single-Dasein gestellt, und dir fällt nichts Besseres ein, als etwas zu fragen, das so offensichtlich ist, dass es jeder sehen kann.«

»Ich kann dich auch etwas anderes fragen, wenn du willst.«

Grace blickte zu den Sternen hinauf. »Vor etwa drei Monaten hatte ich einen Autounfall. Einen schweren. Das Fahrzeug hat sich siebenmal überschlagen. Danach war ich einen Monat im Krankenhaus, wo mein Bein mit Schrauben und Hauttransplantationen wieder zusammengeflickt wurde. Eine Woche lang war ich fast ununterbrochen bewusstlos, eine Woche lang wollte ich sterben, damit der Schmerz aufhört. Dann ging es mir langsam wieder besser. Ich lernte wieder zu gehen. Ich habe ein paar hässliche Narben zurückbehalten. Nein, du kannst sie nicht sehen. War es das, was du wissen wolltest?«

»Das klingt scheiße.«

»Ist es auch. Aber nichts geschieht ohne Grund und so weiter, bla bla bla.« Sie verdrehte die Augen.

»Du meinst also nicht, dass alles einen Grund hat?«

Grace schnaubte. »Sieh hinauf. Ehrlich, Henry, sieh hinauf und sag mir, dass du wirklich glaubst, unser Leben könnte mehr sein als nur eine Abfolge lächerlicher Zufälligkeiten. Unser Planet besteht aus einer Wolke von Staub und Gas. Der Ursprung des Lebens ist eine chemische Reaktion. Unsere Vorfahren, die Höhlenmenschen, haben gerade lange genug gelebt, um miteinander zu vögeln, bevor sie einen grässlichen Tod gestorben sind. Das Universum ist nicht der magische Ort, als den ihn die Menschen gern darstellen. Es ist unfassbar schön, aber Magie hat darin keinen Platz, alles ist reine Wissenschaft.«

Ich starrte noch etwas länger zu den Sternen hinauf

und dachte nach, vor allem über Höhlenmenschen-Sex. »Wie hast du die Stelle hier überhaupt entdeckt?«

Grace richtete sich auf, öffnete die Chips-Tüte und fing an zu essen. »Ein Freund hat mich vor Jahren mit hierher genommen, als wir noch Kinder waren. Zwei richtige Unruhestifter, die sich wie Rebellen vorkamen, wenn sie hier einbrachen. Wir haben ständig hier herumgelungert und stundenlang geredet. Inzwischen komme ich immer dann her, wenn ich mir in Erinnerung rufen will, wie unbedeutend ich im Vergleich zur großen Weite des Universums bin.«

»Hört sich nach Spaß an.«

»Der Weltraum ist das beste Mittel gegen Traurigkeit, das ich kenne.«

»Sich unbedeutend zu fühlen, ist nicht gerade der geeignete Weg, um nicht mehr unglücklich zu sein.«

»Und wie, verdammt noch mal. Ein Blick in den Nachthimmel führt mir vor Augen, dass ich nur die Asche von längst verglühten Sternen bin. Ein Mensch ist eine Ansammlung von Atomen, die für kurze Zeit eine geordnete Struktur bilden, um dann wieder zu zerfallen. Ich finde meine eigene Unwichtigkeit tröstlich.«

»Du tickst anders als der Rest der Menschheit, Town. Eigentlich müsstest du das Vergessen fürchten, so wie wir anderen auch.«

»Vergessen zu werden, ist das beste Geschenk des Universums an uns.«

»Ach, komm schon. *Niemand* will vergessen werden.«

Grace lehnte sich wieder zurück und blickte zum

Himmel hinauf. Mir fiel eine Zeile aus einem Gedicht ein: *»Ich habe die Sterne zu sehr geliebt, um die Nacht zu fürchten.«* Ich beobachtete Grace und ein Schauer lief mir über den Rücken. »Irgendwie gefällt mir die Vorstellung«, sagte sie. »Egal, wie viel Schmerz oder Angst oder Scham wir erfahren, egal, wie viel Herzschmerz oder Trauer wir erleiden, am Ende gehen wir im Nichts auf. Der Gedanke, dass ich am Schluss wieder ein unbeschriebenes Blatt bin, macht mir Mut. Du bekommst einen Funken Bewusstsein geschenkt, mit dem du anstellen kannst, was du willst, bevor du ihn wieder ans Universum abgeben musst. Ich bin nicht religiös, aber sogar ich kann erkennen, dass dies nichts anderes als Erlösung ist, in einem umfassenden Sinn. Vergessen zu werden, ist nichts Schreckliches. Es ist das, was ich mir unter wahrer Vergebung der Sünden vorstelle.«

»O Gott. Kein Wunder, dass Hink dich für die Zeitung wollte.«

»Siehst du? Manchmal ist es gar nicht so schlecht, wenn man einfach laut überlegt.«

»Ich wette, deine Texte sind toll. Warum hast du mit dem Schreiben aufgehört?«

»Ach, du weißt schon. Das übliche Klischee. Posttraumatische Belastungsstörung und so. Sterbenslangweilig, kein guter Stoff für Geschichten.«

Du bist ziemlich außergewöhnlich – ich meine, echt schräg, aber auch außergewöhnlich, hatte ich sagen wollen. Stattdessen fragte ich: »Von welchen Sünden muss eine Siebzehnjährige erlöst werden?«

»Du würdest dich wundern.« Grace setzte sich auf und ein kleines, verschmitztes Lächeln trat in ihr Gesicht. »Soll ich dir ein dunkles Geheimnis aus meiner Vergangenheit verraten?«

»O Gott, ich wusste es. Du hast hier eine Leiche vergraben, stimmt's?«, fragte ich, als sie aufstand, die Hand ausstreckte und mich auf die Füße zog. »Wer ist es? Ein Obdachloser, dem du zufällig begegnet bist? Ein Lehrer an deiner alten Schule? Hast du deshalb gewechselt?«

Sie ließ meine Hand nicht los, während wir langsam die Wendeltreppe hinaufstiegen, bis sie auf halber Höhe in die Hocke ging, um mir eine Stelle zu zeigen, wo etwas ins Metall geritzt war.

»Vor langer Zeit war ich eine Vandalin.« Grace nahm die Hände weg, sodass ungelenk in das Eisen gekratzte Buchstaben zum Vorschein kamen: *G + D 4evr*. »Voilà.«

»Hast du das gemacht?«

»Jep. Da war ich ungefähr zehn.«

»Grace Town. Langsam weiß ich nicht mehr, was ich von dir halten soll. Wofür steht das D?«

»Für einen Jungen.«

»Dein Freund?«

»Eher mein geheimer Schwarm, jedenfalls zu der Zeit.«

»*Forever*, hm? Heißt das, ihr seid immer noch zusammen?«

»Wie sich herausgestellt hat, ist *für immer* längst nicht so lange wie gedacht.«

Gedankenverloren fuhr Grace mit den Fingern über

die Buchstaben. Sie schien vergessen zu haben, dass ich hier war. »Ich sollte jetzt besser nach Hause gehen«, sagte sie leise. »Danke, dass wir uns getroffen haben. Früher war ich oft hier, aber allein ist es nicht dasselbe.«

»Klar. Jederzeit. Wir können herkommen, wann immer du Lust hast.«

»Bis morgen dann.«

»Alles okay mit dir?«

»Ja. Es ist nur … alte Erinnerungen und so weiter. Meine Mom wohnt in der Stadt. Vielleicht schlafe ich heute Nacht bei ihr. Ist es okay für dich, allein mit dem Bus nach Hause zu fahren?«

»Meine Güte, Grace Town, wie soll ich es nur ohne Begleitung nach Hause schaffen?«

»Ich nehme mal an, das heißt Ja.«

Grace stieg weiter die Treppe hinauf, aber nach drei Stufen blieb sie stehen und sah mich an. »Ich bin froh, dass ich dich kennengelernt habe, Henry.«

»Ich bin froh, dass ich dich kennengelernt habe, Grace.«

Ich stand da und sah ihr nach. Ihr Handylicht wurde schwächer und schwächer, bis Grace schließlich von der Finsternis verschluckt wurde und nichts von ihr zurückblieb, nicht mal ein Geräusch. Ich stand allein in der Dunkelheit.

Meine Gefühle ballten sich in meinen Eingeweiden zu einem Knoten zusammen. Sonst wusste ich immer genau, wie ich meine Emotionen zu deuten hatte. Glücklich, traurig, wütend, beschämt – sie waren nicht schwer zu katalogisieren und etikettieren. Aber das hier war was Neues. Ein Geflecht aus Gedanken, das sich in alle Richtungen verzweigte und bei dem keine der vielen Verästelungen sonderlich viel Sinn ergab. Das Gefühl war riesig, groß wie die Galaxie, so gewaltig und vielschichtig, dass sich mein armes kleines Gehirn keinen Reim darauf machen konnte. Es war so, wie wenn man erfährt, dass die Milchstraße aus 400 Milliarden Sternen besteht, und denkt: O *Shit, das ist ganz schön groß*. Dein mickriges Menschenhirn wird diese gigantischen Dimensionen nie richtig begreifen können, weil wir für etwas so Großes einfach nicht gemacht sind. So ähnlich war es jetzt auch.

Normalerweise merkte ich es, wenn Mädchen mich mochten. Zumindest erkannte ich, ob sie mit mir flirteten. Aber Grace Town flirtete nicht. Grace Town mochte mich nicht. Und falls doch, dann zeigte sie es nicht auf die Art, wie ich es gewohnt war.

Und ich merkte es auch, wenn ich ein Mädchen mochte. Bei Abigail Turner (aus dem Kindergarten) und Sophi Zhou (aus der Grundschule) hatte mich der Liebeswahn gepackt und ich war regelrecht von ihnen besessen gewesen. Bei Grace war dieses Gefühl nicht da. Ich hätte nicht mal sagen können, ob ich sie überhaupt attraktiv fand. Ich verspürte kein brennendes Verlangen nach ihr. Ich sehnte mich nicht danach, ihr die Kleider vom Leib zu reißen und sie zu küssen. Ich fühlte mich nur … zu ihr hingezogen. Es war, als übte sie Gravitationskräfte auf mich aus. Ich wollte um sie kreisen und ihr auf meiner Umlaufbahn nah sein, so wie die Erde im Orbit der Sonne.

»Sei kein Idiot, Henry«, sagte ich mir und machte die Taschenlampe meines Handys an. Als ich auf der rostigen Wendeltreppe dem Nachthimmel entgegenstieg, musste ich an Ikarus und seine Hybris denken und daran, wie passend diese Metapher war (ehrlich gesagt war ich sogar ziemlich stolz auf diese Idee). »Du darfst diesem Mädchen nicht verfallen, sonst bringt sie dich noch zu Fall.«

Zu Hause angekommen (Mom hatte mich abgeholt, sie ist die Beste), öffnete ich die Notiz-App meines Handys und schrieb:

Zweiter Entwurf

Weil ich noch nie jemanden getroffen habe, von dem ich mir gewünscht hätte, dass er diesen Platz in meinem Leben einnimmt.
Außer dir.
Für dich könnte ich eine Ausnahme machen.

Kapitel 8

»MPDG«, sagte Lola am Dienstagnachmittag nach der Schule und räkelte sich kopfüber auf meiner Couch. Sie hatte die Stiefel auf die Polster der Rückenlehne gelegt, und ihr Kopf baumelte über die Sitzkante, während sie halbherzig FIFA spielte.

»Sie verhält sich total wie ein MPDG.«

»Was ist ein MPDG?«, fragte Murray.

»Ein Manic Pixie Dream Girl, wie man es aus Filmen kennt. Ich meine, sie entführt Henry auf ein Abenteuer in einen verlassenen Bahnhof voller Fische, um dort über das Universum zu reden. Echte Menschen tun so was nicht.«

»Sie hat es aber getan«, sagte ich. »Und es war ziemlich cool.«

»Nein, das ist echt übel. MPDGs sind gefährliches Terrain.«

»Moment mal, leben diese Fische wirklich unterirdisch?«, fragte Murray.

Seit ich von den Fischen erzählt hatte, strich er sich

immer wieder verwundert über seinen Bartflaum. Er hatte sich am Abend zuvor die Haare gewaschen (eine Seltenheit), denn es hatte wieder seine natürliche Form angenommen: eine Löwenmähne mit der Konsistenz von Zuckerwatte. Die Haare bedeckten seine Schultern und fielen ihm ins Gesicht, und einmal hatte er sogar Lolas Haarclips ausleihen müssen, um überhaupt etwas sehen zu können. »Ist das so eine Art geschlossenes Ökosystem? Wie sind sie überhaupt dahin gekommen?«

»Vermutlich gibt es eine Verbindung zu einer Wasserquelle ganz in der Nähe«, überlegte Lola. »Dort landen Vögel, an deren Füßen Fischeier kleben oder so.«

»Meint ihr, sie sind essbar? Vielleicht sollten wir angeln gehen? Was für Fische waren es, Henry? Forellen? Brassen?«

»Leute, können wir uns mal auf das Wesentliche konzentrieren? Ich dreh total durch.«

»Warum?«, fragte Murray.

»Ich glaube, ich mag sie.« Es fiel mir nicht leicht, das zu sagen. Normalerweise hätte ich so etwas nie zugegeben. Vielleicht lag es daran, dass dies unser Abschlussjahr war und ich einen Skandal in meinem Leben haben wollte. Vielleicht nicht unbedingt einen Skandal à la »Ich hol mir eine Geschlechtskrankheit von meiner sexuell mehrfach aktiven Angebeteten und erlange Berühmtheit als Teil des Trichomoniase-Trios«, aber zumindest irgendetwas Aufregendes. Bei Teenage-Dramen stand ich normalerweise außen vor. Ich hörte mir immer nur Murrays und Lolas Geschichten von

Liebeslust und Liebesleid an, spielte aber nie selbst eine Rolle darin.

Zum ersten Mal wollte ich mitmachen. Zum ersten Mal gab es da jemanden, der es vielleicht wert war.

»Au weia!«, sagte Lola.

Muz tat so, als würde er sich eine Träne aus dem Auge wischen. »Ich habe lange auf diesen feierlichen Moment gewartet. Aus unserem kleinen Wadenbeißer wird endlich ein Mann.«

»Was soll ich machen?«, fragte ich.

»Mag sie dich? Ich meine, gibt es irgendwelche Anzeichen dafür?«

»Na ja, sie hat mich zu ihrem Fischteich mitgenommen und mit mir über den Tod geredet. Bei jemandem wie ihr heißt das vielleicht, dass sie total auf mich steht.«

»Nicht unbedingt. Wenn sie ein MPDG ist, dann führt sie jeden dorthin.«

»Grace ist kein Manic Pixie Dream Girl, okay? Wenn sie eins wäre, würde sie Sommerkleidchen tragen und eine Ponyfrisur haben und mit einem Baguette im Korb auf einem Hollandrad fahren und dauernd lächeln. Sie ist nicht spleenig, sondern echt seltsam. Ich habe schon überlegt, ob sie Depressionen hat.«

»Ganz ruhig, Lover Boy, ich wollte dich nicht beleidigen.«

Meine wahren Gedanken verriet ich La nicht: dass Grace heute in denselben Klamotten aufgetaucht war wie am Abend zuvor, dass ihre Haare achtlos zu einem unordentlichen Knoten zusammengebunden waren, ihre Augen rot gerändert und geschwollen wie nach einer schlaflosen Nacht. Mädchen, die logen und behaupteten, Familie in der Stadt zu haben, in Wahrheit aber auf der Straße übernachteten, entsprachen ganz eindeutig nicht dem Typ eines Manic Pixie Dream Girl.

Murray legte mir schwungvoll den Arm über die Schulter. »Hör mal, Kumpel. Es kommt vor allem darauf an, nichts zu übereilen. So eine Gelegenheit kriegst du nur einmal. Wenn du es versaust, dann hast du die Scheiße. Geh's langsam an. Du hast sie erst vor einer Woche kennengelernt. Peil erst mal die Lage. Achte auf ihre Körpersprache. Lern sie erst kennen, bevor du sie volle Kanne anbaggerst.«

»Das ist seltsamerweise das Klügste, was du je gesagt hast«, stellte Lola fest.

»Wie heißt es in Down Under so schön? Es hat keinen Zweck, an einem heißen Tag Mist mit einer Gummigabel den Hügel hinaufzutragen.«

»Sagt man das wirklich in Australien oder erfindest du solche Sachen nur?«, fragte ich.

»Genetische Veranlagung«, sagte Muz grinsend. »Uns liegt das im Blut.«

»Und was soll das überhaupt heißen: ›Nachmittags gehe ich woanders hin‹?«, fragte Lola. »Was meint sie damit?«

Ich zuckte die Schultern. »Keine Ahnung. Sie steigt aus, humpelt die Straße entlang und verschwindet. Zwei oder drei Stunden später ist auch das Auto weg. Ich weiß nicht, ob sie es wegfährt oder ob jemand anders es abholt.«

»Was für ein rätselhafter Bullshit«, sagte Murray.

»Grace Town ist ein Rätsel innerhalb eines Geheimnisses, umgeben von einem Mysterium«, sagte ich.

»Wir *könnten* es knacken. Ich meine, wir sind nicht Madison Carlson, aber warum lassen wir es nicht auf einen Versuch ankommen?«

»Ja, warum eigentlich nicht?«, überlegte La langsam. »Wir könnten uns an ihre Fersen heften. Die Sache unter die Lupe nehmen.«

»Ist das nicht etwas zu sehr Christian Grey?«, fragte ich.

»Mann, du hast ja nicht vor, an ihren Haaren rumzuschnüffeln, während sie schläft. Wir folgen ihr einfach fünf Minuten, um rauszufinden, wo sie hingeht. Womöglich besucht sie ja ihren *Freund*.« Die Art, wie Murray das Wort *Freund* betonte, verriet mir, dass er wusste, die bloße Andeutung eines möglichen Lovers wäre Grund genug, mich darauf einzulassen. Er hatte recht.

»Siebzehn verdammte Jahre ohne Gruppenzwang und plötzlich erwischt es mich zweimal in zwei Tagen. Also gut, lasst uns herumspionieren.«

Muz klatschte in die Hände. »Abgemacht. Morgen nach der Schule warten wir in einem geparkten Auto vor deinem Haus und starten die Geheimoperation.«

»Ich bin der Einzige, der einen Führerschein hat«, wandte ich ein. »Und ich würde mich lieber hinter dem

Rücksitz verstecken. Also, wer von euch Idioten setzt sich ans Steuer?«

»Keine Sorge«, sagte Lola und entsperrte ihr Handy. »Ich habe eine tolle Idee.«

»Ich. Fasse. Es. Nicht. Ich kann nicht glauben, dass ich mich auf so was eingelassen habe«, sagte Sadie auf dem Fahrersitz, während ich mich auf die Bodenwanne hinter die Rückbank ihres SUVs kauerte. Lola und Murray waren bereits angeschnallt und startbereit. »Ich, eine neunundzwanzigjährige Neurowissenschaftlerin, helfe meinem kriminellen kleinen Bruder dabei, seinen gehbehinderten Schwarm zu stalken. Was zum Teufel ist bei mir schiefgelaufen?«

»Mann, was hast du denn für Schuhe an? Rodeo-Stiefel mit spitzen Kappen und Sporen?«, fragte ich Murray, als er die Tür zuzog. Ich versuchte, es mir auf seinen Füßen bequem zu machen – was gar nicht so leicht war, weil seine Schuhe fast meine Nieren durchbohrten.

»Reg dich ab, Bro, lass meine Latschen in Ruhe. Mach nicht so ein Drama und setz dich neben mich.«

»Auf keinen Fall! Ich muss meine Identität schützen. La, mir wäre es wirklich lieber, wenn du zu uns nach hinten kommst, damit Grace dich nicht sieht.«

»Ich werde garantiert nicht meinen Platz in der ersten Reihe aufgeben. Von hier aus kann ich die Katastrophe aus nächster Nähe beobachten«, sagte Lola.

Ich rutschte hin und her, fand aber keine Position, in

der ich mir nicht wie aufgespießt vorkam. »Uff, Sadie, fahr endlich los!«

»Immer mit der Ruhe, John Hinckley Jr. 2.0. Wir sind hinter einem Mädchen mit Krückstock her«, sagte Sadie. Sie ließ den Motor an und rollte langsam vom Bordstein.

Ich fand mich damit ab, es während der Fahrt unbequem zu haben, und schmiegte meine Wange gegen den schmutzigen Boden. »Ich verspreche euch hoch und heilig, dass ich nicht vorhabe, den Präsidenten zu erschießen.«

»Du kannst mir viel erzählen, aber wenn du anfängst, Flüge nach Washington zu buchen und Jodie-Foster-Filme anzuschauen, verpfeife ich dich bei der NSA«, sagte Lola.

»Tut sich was?«, fragte ich, als das Auto langsam zum Stehen kam. »Habt ihr sie im Blick?«

»Ja, sie ist direkt vor uns. Sie hat gerade ein paar Blumen aus irgendeinem Vorgarten gepflückt. Diese verrückten MPDGs.« Ich hörte förmlich, wie Lola den Kopf schüttelte. »Keine Angst, sie wird uns schon nicht abschütteln.«

»Ich habe keine Angst davor, dass sie uns abschüttelt, sondern dass sie uns *sieht*.«

»Wenn wir auffliegen, erzählen wir den Cops einfach, dass Sadie von Grace besessen ist und uns gezwungen hat mitzufahren, weil sie uns alle in einem grausamen satanischen Ritual abschlachten will.«

»Haha«, sagte Suds. »Ich hasse euch, ihr seid ein Haufen kleiner Irrer.«

»Genau das würde auch ein Satanist sagen. Stehst du in regelmäßigem Kontakt mit dem Höllenfürsten oder beschwörst du ihn nur gelegentlich herbei?«

Sadie zerzauste Lolas Haare. Lachend wehrte La sie ab.

»Verdammt, sie nimmt eine Abkürzung«, sagte Murray. »Wohin führt dieser Weg?«

»Dahinter befindet sich nur der Friedhof«, antwortete Sadie.

Murray stieß mich in die Rippen. »Hab ich's nicht gesagt? Sie geht nachmittags immer auf den Totenacker. Wir haben es garantiert mit Genre-Literatur zu tun. Will jemand wetten? Also, was schätzt ihr? Ist sie ein Vampir? Ein Geist? Eine dieser New-Age-Zombies, die zu Liebe fähig sind?«

»Ich setze zehn Dollar auf einen gefallenen Engel«, sagte Sadie. »Die sind momentan total in.«

»Ich gehe volles Risiko. Wie hoch ist die Wahrscheinlichkeit, dass sie eine Meerjungfrau ist, Muz?«, fragte Lola.

»Meerjungfrauen leben nicht auf Friedhöfen, du hirnloser Drongo.«

»Also gut, dann eine Dämonen-Meerjungfrau aus der Hölle, die bei Regen im Friedhofsumpf herumspukt. Wie stehen die Chancen?«

»Hunderttausend zu eins.«

»Hervorragend. Ich setze zehn. Ich kann die Dollar-Scheine schon knistern hören.«

»Und was ist mit dir, Lover Boy?«, fragte Murray und

beugte sich zu mir herunter. »Wofür hältst du dein Mädchen? Für eine Hexe? Eine Alien? Eine Werwölfin? Einen Wer-Dropbear?«

»Einen was?«, fragte Lola.

»Die sind bei uns in Australien eine echte Plage. In Sydney wimmelt es nur so von ihnen. Alle Leute streichen sich Vegemite hinter die Ohren, damit sie nicht zerfleischt werden. Es ist eine verdammte Tragödie, wie viele gute Kerle und süße Schnecken wir bereits an diese Bestien verloren haben.«

Ich hob den Kopf. »Würdet ihr bitte die Klappe halten und daran denken, dass wir uns auf einer ernsten Erkundungs-Schrägstrich-Verfolgungsmission befinden? Suds, fahr bis zum Ende der Beauchamp Road, dann können wir sie auf der anderen Seite abfangen.«

»Ich bin dir schon einen Schritt voraus, Kleiner«, sagte Sadie.

Ich spürte, wie das Auto in einem weiten Bogen kehrtmachte und auf den passend, aber fantasielos benannten Cemetery Drive fuhr.

»Da ist es«, sagte Lola. »Das Stadtzentrum für die Toten.«

»Ich habe gehört, die Leute würden ihr Leben dafür geben, dort reinzukommen«, sagte Murray.

»Dazu kann ich nichts sagen«, erwiderte ich. »Ich weiß nur, dass es da drin ziemlich steif zugeht.«

»Da vorne ist sie«, sagte Lola und versetzte mir einen Schlag gegen die Schulter. »Henry, steh auf, sie sieht uns garantiert nicht, dazu ist sie viel zu weit weg.«

Murray zerrte mich an meiner Jacke hoch, und mit viel Ächzen und Stöhnen schaffte ich es schließlich, mich neben ihm aufzusetzen. Grace war noch ein Stück entfernt; die wahllos gepflückten Gartenblumen in der linken Hand ging sie eine Gräberreihe entlang. Sie hatte ihre Strickmütze abgenommen und die Haare gelöst. Eine Brise umspielte sie und das funkelnde Nachmittagslicht verlieh ihnen die Farbe saurer Butter. Grace blieb stehen, schob sich eine Strähne hinters Ohr und ging neben einem Grab auf die Knie, wo Dutzende Blumensträußchen in den unterschiedlichsten Stadien des Verwelkens eine Girlande bildeten. Grace sank bäuchlings ins Gras und legte den Kopf auf den Arm. Sie wickelte Halme um die Finger und winkelte die Beine an. Selbst aus dieser Entfernung sah ich, wie sich ihre Lippen bewegten. Grace redete, vielleicht sang sie auch – für jemand Unsichtbaren unter der Erde.

Eine Minute lang saßen wir alle wie gebannt da, betäubt von der Stille eines sehr privaten Augenblicks, der uns ausschloss. Schließlich schüttelte Sadie den Kopf und legte den Gang ein. »Das ist nicht für unsere Augen bestimmt, Henry. Wir sollten nicht hier sein.«

Ich nickte. »Fahr nach Hause, Suds.«

Den Nachmittag verbrachte ich auf dem Fensterbrett, wo ich ein Buch las, den heraufziehenden Sturm beobachtete und darauf wartete, dass sich das Geheimnis des verschwindenden Autos lüftete. Kurz nach Sonnenuntergang, als die Blitze Striemen am Himmel hinterließen, kam ein Fahrzeug heran und wurde vor unserem Haus langsamer. Durchs Fenster sah ich, wie ein kleiner kahler Mann auf der Beifahrerseite ausstieg und durch den Regen zu Grace' Hyundai lief. Als er die Wagentür öffnete, blickte er hoch und entdeckte mich. Er hob die Hand. Ich erwiderte seinen Gruß. Der Mann nickte und stieg in das Auto, dann wendete er und fuhr im strömenden Regen davon. In der Dunkelheit leuchteten die Bremslichter wie die Augen eines Dämons.

Kapitel 9

Es gab keine Möglichkeit, Grace auf die Sache mit dem Friedhof anzusprechen, ohne zugeben zu müssen, dass wir ihr gefolgt waren, also versuchte ich, mich wie ein normaler, vernünftiger und zurechnungsfähiger Mensch zu verhalten und zu vergessen, was ich gesehen hatte. Stattdessen befolgte ich Murrays Rat, sie besser kennenzulernen, was sich unerwartet schwierig gestaltete, da es sich bei Grace Town um das vielleicht seltsamste Wesen auf Erden handelte.

In den nächsten Wochen aßen wir fast jeden Tag zu Mittag, manchmal mit meinen Freunden und manchmal – wenn ich merkte, dass sie keine Lust auf andere Menschen hatte – nur zu zweit. Dieses neue Ritual begann fast genauso wie unsere Heimfahr-Routine: Am Tag, nachdem wir Grace auf dem Friedhof gesehen hatten, tauchte sie wie aus dem Nichts an unserem Tisch an der Cafeteria auf und fragte, ob sie sich zu uns setzen könne.

Sie ist ein Vampir, formte Murray lautlos mit den Lippen, als Grace sich neben Lola setzte. Ich verpasste ihm einen Fußtritt unter dem Tisch.

Murrays Worte über Körpersprache im Hinterkopf, begann ich darauf zu achten, wie Grace sich in meiner Gegenwart verhielt. Ich selbst fühlte mich unweigerlich zu ihr hingezogen – ich beugte mich über die Tischplatte und streckte meine Füße in ihre Richtung. Grace tat nichts dergleichen. Sie saß aufrecht da oder lehnte sich zurück, die Beine übereinandergeschlagen, sodass sie von mir wegzeigten. Jedes Mal, wenn ich in den Sog ihrer Gravitation geriet und meine Körpersprache mich zu verraten drohte, musste ich mich zusammenreißen und etwas auf Abstand gehen, um nicht zu viel von mir preiszugeben.

Der Arbeitsablauf in der Redaktion sah folgendermaßen aus: Jedes Jahr brachten wir vier Ausgaben heraus, jeweils zu Beginn der drei Jahresabschnitte und zu Anfang der Sommerferien. Die aktuelle Ausgabe hatte noch Kyle, unser Vorgänger (und besagter Couch-Schänder), zusammengestellt. Die letzte Zeitung unter Federführung von mir und Grace würde erst im Sommer herauskommen, wenn wir beide schon unseren Abschluss hätten. Sie sollte unser Vermächtnis werden, unsere gesammelten Weisheiten, die wir an die neue Abschlussklasse weitergeben würden.

Die Zeitung berichtete natürlich über alle wichtigen Schulereignisse, aber darüber hinaus stand jede Ausgabe unter einem Motto, normalerweise eine Variation von vier harmlosen Mainstream-Geschmacksrichtungen mit den schönen Bezeichnungen »Freundschaft!«, »Reisen!«, »Akzeptanz!« und »Harmonie!«.

Kyle, der immer mit Cape zur Schule gekommen war und eine Guy-Fawkes-Maske im Zeitungsraum aufgehängt hatte, war mutiger gewesen als jeder Redakteur zuvor und hatte abstrakte Themen gewählt: »Kreise«, »Rot« (in dieser Ausgabe war ziemlich oft Taylor Swift vorgekommen), »Unheimlich« und »Verblasst«. Sein Konzept war nicht gut bei den Lehrern angekommen, die die Zeitung am liebsten als lupenreine »Die Jugend ist die beste Zeit deines Lebens«-Propaganda gehabt hätten. Bei den Schülern hatte es jedoch für Begeisterung gesorgt, denn sie hatten endlich Artikel zu lesen bekommen, die nicht mit Überschriften wie »Verbindungen, die ein Leben lang halten« oder »Auf in eine glorreiche Zukunft!« aufwarteten. Und mit Begeisterung meine ich, dass sich mindestens 45 Prozent der Schüler überhaupt die Mühe gemacht hatten, ein Exemplar mitzunehmen, was – wie du sicher bestätigen kannst, wenn du auch nur bisschen Ahnung von Teenagern hast und ihre Neigung kennst, sich nicht die Bohne für alles zu interessieren, was auch nur irgendwie im Zusammenhang mit der Schule steht – nichts anderes heißt, als dass Kyles Zeitungen Bestseller waren.

Auf der Suche nach dem perfekten Thema, das Kyles Erbe ein für alle Mal in den Schatten stellen würde, waren jede Menge Arbeitsstunden auf engstem Raum notwendig. Hink ließ uns freie Hand, was den Inhalt der Zeitung anging (»Sie sind beide gute Leute. Ich vertraue darauf, dass Sie sich an die Charta halten«, hatte er in unserer ersten und einzigen Planungssitzung vielleicht etwas naiv gesagt), weshalb Grace und ich regelmäßig nach der Schule Brainstorming-Sessions einlegten. Ich rollte auf meinem Bürostuhl zu ihrem schmalen Schreibtisch und wir saßen Seite an Seite da. Ich trank Red Bull oder Kaffee (wir hatten mit Sondererlaubnis Zugang zum Lehrerzimmer yippieyeah!) und sie Pfefferminztee, während wir beide die Seiten der Zeitung mit unseren zunehmend beknackten Ideen füllten. »Neubeginne?« »Alles auf Anfang?« »Auf dem Weg zu dem, wofür wir bestimmt sind?« »Für immer jung?«

Während der ersten Wochen fragte ich mich in diesen langen, verschwimmenden Nachmittagen, ob sie ihren Körper genauso überdeutlich wahrnahm wie ich. Jedes Mal, wenn wir uns vorstreckten und zufällig Haut an Haut streiften, bei jedem Lachanfall, wenn einer von uns die Stirn in der Schulter des anderen vergrub. An manchen Tagen suchte Grace diesen spontanen Körperkontakt. An anderen Tagen benahm sie sich wie eine Marionette, und jede ihrer kontrollierten Bewegungen war darauf ausgerichtet, dass wir uns nur ja nicht berührten, dass wir nur ja nicht zu nah beieinandersaßen.

Normalerweise konnte ich andere Menschen ziemlich gut einschätzen, aber Grace Town war eine Anomalie, ein schwarzer Fleck auf meinem Radar. Ich war echt kein Fan von *Twilight*, aber mittlerweile verstand ich, wieso Edward sich zu so einer Langweilerin hingezogen fühlte (nicht dass Grace langweilig gewesen wäre – sie war klug und witzig und ihr Humor war schwarz wie Batman). Aber ich verstand endlich das Interesse des Glitzer-Boys an Bella. Je weniger ich Grace einschätzen konnte – je weniger ich sie verstand –, desto faszinierter war ich von ihr, und desto drängender wurde der Wunsch, endlich herausfinden, was in dem dunklen, verwinkelten Labyrinth ihres scharfen Verstands vor sich ging.

An manchen Tagen waren wir wie alte Freunde. An manchen Tagen steckte sie ihre Ohrstöpsel ein und sagte außer einem Abschiedsgruß kein Wort zu Lola und mir. An manchen Tagen tauchte sie gar nicht erst auf. Ich nahm es hin, wie es kam, und wurde dabei immer tiefer in den Tornado namens Grace hineingesogen.

An den Guten Grace-Tagen, den Tagen, an denen sie sich auf uns einließ, bekam ich Folgendes heraus:

- Grace Town war früher einmal Läuferin gewesen (einfach nur zum *Spaß*!). Genauer gesagt vor dem Unfall.
- Grace Town trank keinen Kaffee.
- Grace Town verbrachte ihre Freizeit damit, Wikipedia-Artikel über Serienkiller und Flugzeugabstürze zu lesen.
- Grace Towns Geburtstag war am Wochenende nach Thanksgiving.
- Grace Town mochte *Breaking Bad* und *Star Wars* und *Game of Thrones*, nicht jedoch *Star Trek* oder

Doctor Who (was fast das vorzeitige Aus bedeutet hätte – aber nur fast).

Wir hatten nur ein Fach zusammen, Drama. Ich war fast sicher, dass sie durchfallen würde, denn sie saß die ganze Zeit nur auf ihrem Platz in der letzten Reihe, und Beady forderte sie nie zum Mitmachen auf. Obwohl es mein Abschlussjahr war und alle total durchdrehten, weil es nur noch um die Aufnahme ins College, Durchschnittsnoten und Studierfähigkeitstests ging, verliefen die ersten Wochen gut. Bei den Lehrern, die ich schon im Unterricht gehabt hatte (Beady, Hink, mein Spanisch-Lehrer Señor Sanchez), rechnete ich mit Einsern, aber alle anderen waren neu, und ich musste ihnen erst noch etwas Honig ums Maul schmieren, damit ich halbwegs gute Noten bekam, weil die meisten von ihnen – auch nach einem Jahrzehnt – noch Groll gegen den Familiennamen Page hegten.

Es war jedes Jahr so: Die Lehrer, die schon länger an der Westland waren und meine Schwester unterrichtet hatten, reagierten immer gleich, wenn sie zum ersten Mal die Anwesenheitsliste durchgingen. Sie riefen meinen Namen auf. Stockten beim Nachnamen *Page*. Blickten entsetzt hoch. Starrten mich an. Sahen, wie sehr ich Sadie ähnelte. Begriffen, dass wir Geschwister waren. Mom hatte nicht übertrieben, als sie sagte, Suds hätte in meinem Alter bereits ihre dritte Verhaftung hinter sich gehabt. Ihre Probleme an der Schule waren sogar noch größer als ihre Schwierigkeiten mit dem Gesetz. Sie war fünfmal (inoffiziell) der Schule verwiesen und später wieder aufgenommen worden, denn sie hatte (unter anderem): Zigaretten vertickt, eine Videokamera gestohlen, die Hauswirtschaftsküche in Brand gesteckt (wobei Sadie stets darauf beharrte, dass es sich dabei um einen echten Unfall gehandelt habe), erfolgreich (über acht Monate hinweg) im Schrank des Chemielabors Schnaps destilliert und schließlich ebenfalls erfolgreich (und über drei Jahre hinweg) im Gewächshaus der Schule Marihuana angebaut. (Kein Wunder, dass sie Wissenschaftlerin geworden ist. Immerhin hat sie in ihrer Jugend sehr viel Zeit mit »Wissenschaftsprojekten« verbracht, auch wenn sie illegal waren.)

Warum man dennoch immer wieder ein Auge zugedrückt hatte? Weil Sadie Page eben auch ein Genie war. Ich schätze, unsere Schule wollte sich die einzige Chance auf eine zukünftige Nobelpreisträgerin von der Westland High nicht verbauen, was immer die Kandidatin auch anstellte. Direktorin Valentine hatte sogar eine Schwäche für ihre harmloseren Streiche (es heißt, sie habe Sadies Schnaps mit nach Hause genommen, nachdem sie ihn konfisziert hatte, und genehmige sich bis heute noch am Ende jeden Schuljahrs ein Schlückchen davon). Sadies Noten waren nicht nur außergewöhnlich gut, sie waren geradezu phänomenal. In ihren Zeugnissen fanden sich nicht nur die Ausdrücke *verhaltensauffällig* und *Unruhestifterin,* sondern auch Formulierungen wie *ihr mathematisches Verständnis geht weit über das ihrer Altersgenossen hinaus* und *sie ist erschreckend bril-*

lant. Tja, so war das. Der Familienname Page bescherte einem den Ruf, ein fieses Genie zu sein. Ich war weder das eine noch das andere, daher musste ich mir den Arsch aufreißen, um a) nicht als jugendlicher Straftäter angesehen zu werden und b) was die Intelligenz angeht, als bestenfalls leicht überdurchschnittlich zu gelten.

Bisher war mir das immer auf die Nerven gegangen. Jetzt bot es mir die Gelegenheit, so viel Zeit wie möglich mit Lernen zu verbringen, was man am besten gemeinsam machte, was wiederum Grace ins Spiel brachte. In der letzten Septemberwoche gingen wir fast jeden Mittag zu McDonald's, um zu »lernen«. Tatsächlich machten wir uns über Literaturanalysen lustig (»Am besten gefällt mir an *Animal Farm,* dass es dort keinen symbolischen Schnickschnack gibt. Es ist schlicht und einfach eine gute Geschichte über Tiere, die Menschen hassen«, sagte ich im Ton von Ron Swanson aus *Parks and Recreation,* wofür ich ein Lachen erntete und damit belohnt wurde, dass sie ihren Kopf in meine Schulter vergrub). Manchmal rissen wir auch Witze über dämliche Matheaufgaben (»Was hast du bei Frage sechs raus?«, fragte ich. Grace warf einen Blick in ihr Buch. »Lila, denn Aliens tragen keine Hüte.«)

Diese ersten Wochen in der Zeitungsredaktion waren die besten. Wir zu dritt in unserem kleinen Aquarium – das war magisch. Wir kamen zwar nicht mit der Arbeit voran, aber das spielte keine Rolle, denn die Deadline war noch Monate weit weg. Das Laub fing gerade erst an, sich zu verfärben, und die Mittagssonne hatte immer noch genug Wärme, wir hatten also alle Zeit der Welt. Alle Zeit der Welt, um darauf zu warten, dass ein Geistesblitz uns *das* perfekte Thema schenken würde. Wir wussten, es würde einfach großartig sein und wir würden angesichts von so viel Genialität zur Höchstform auflaufen, sodass wir die Zeitung in null Komma nichts auf die Beine stellen würden. Daher durften sich unsere Juniorredakteure (am Ende waren vier aufgetaucht – ein neuer Rekord) erst mal ganz auf die Inhalte konzentrieren, die nicht zum Thema passen mussten: Interviews, Reportagen über Veranstaltungen und Fotoseiten. Meistens arbeiteten wir überhaupt nicht, denn es machte – zumindest an den Guten Grace-Tagen – viel mehr Spaß, einfach nur zusammen Zeit zu verbringen.

Wir zeigten uns gegenseitig massenweise Youtube-Clips. Die Mädchen kannten das Video nicht, in dem Liam Neeson zu Ricky Gervais kommt und ihn um Rat fragt, weil er »Improvisations-Comedy« machen will. Wir sahen es uns dreimal hintereinander an, weil es so lustig war. Wir teilten Memes. Wir schickten uns zehnmal am Tag Snapchats. Wir tauschten wie selbstverständlich Insider-Witze aus. Ich war verblüfft, wie schnell jemand einen festen Platz im Leben einnehmen konnte. Anfang Oktober – es waren gerade mal vier kurze Wochen vergangen – hatten Grace und ich praktisch unsere eigene Sprache entwickelt. Wenn wir wollten, konnten wir uns nur mit Filmzitaten und GIFs verständigen. Wir schmuggelten Nerf-Guns in den Redaktionsraum und veranstalteten vor und nach der Schule Mini-

Kriege. Wir liehen uns gegenseitig unsere Lieblingsbücher (meins: *Die Straße* von Cormac McCarthy, ihres: *84, Charing Cross Road* von Helene Hanff), entsetzt darüber, dass der andere einen solchen Höhepunkt literarischer Perfektion nicht kannte.

Eines Nachmittags in der ersten Oktoberwoche nahm sich Lola großzügig meines Anliegens an und verkündete, dass sie Grace und mich als Models brauchte, um sich Anregungen für ihre Cartoons im Kunst-Kurs zu holen. Zu dritt gingen wir in der Dämmerung auf das menschenleere Fußballfeld. Lola hatte die Kamera um den Hals und machte eine Reihe von Aufnahmen, auf denen wir immer ausgelassener herumalberten. Sie waren nicht ganz so bewegt, wie La sie gern gehabt hätte – die *Dirty-Dancing*-Pose war für Grace mit ihrem verletzten Bein einfach nicht drin –, aber am Ende landeten wir von Lachanfällen geschüttelt im Gras.

»Du schuldest mir was«, sagte Lola am nächsten Morgen und drückte mir an meinem Spind im Vorbeigehen ein Foto an die Brust. Es zeigte einen unverstellten Augenblick, eingefangen in Schwarz und Weiß. Ich hatte die Augen geschlossen, den Kopf geneigt, und ein leichtes Lächeln umspielte meine Lippen. Grace hatte ihren Arm um meinen Hals geschlungen und blickte direkt in die Kamera. Ihre Nase kräuselte sich, so sehr musste sie lachen. Ich hatte sie noch nie herzlich lächeln sehen. Ich hätte nicht gedacht, dass sie dazu überhaupt fähig war.

Rasch steckte ich das Foto in mein Biologie-Buch.

Wenn Grace es in die Hände bekäme, würde sie es sofort konfiszieren. Aber als ich am Nachmittag den Redaktionsraum betrat, war irgendetwas anders als sonst. Ich brauchte ein paar Minuten, um herauszufinden, was es war. Ein kleines Rechteck klebte an der Glasscheibe vor Grace' Schreibtisch. Es war ein Foto. Ich stand von meinem Stuhl auf und ging hinüber, um es mir genauer anzusehen. Es zeigte ein blondes Mädchen und einen dunkelhaarigen Jungen in Grautönen. Das Mädchen gab dem breit grinsenden Jungen einen Kuss auf die Wange und ihre Hand umfasste leicht sein Kinn. Sie sahen uns nicht im Geringsten ähnlich. Da waren kein schlaksiger, linkischer Typ und kein ungepflegtes Tomboy-Mädchen mit Gehstock. Lola hatte uns beide so eingefangen, wie ich uns noch nie zuvor gesehen hatte.

Wir waren Figuren aus einem Film.

Wir sprühten vor Leben.

Wir waren einfach wunderschön.

»Ich glaube, ich brauche ein Pseudonym«, sagte ich am darauffolgenden Donnerstag zu Grace, die am anderen Ende des Raums saß. »Ich finde, jetzt, wo ich ein vielbeschäftigter und bedeutender Chefredakteur bin, sollte ich nicht mehr unter meinem eigenen Namen veröffentlichen.« Ehrlich gesagt hatten wir immer noch nicht viel vorzuweisen. Das Interview mit *Plastic Stapler's Revenge* hatte ein übereifriger Junior übernommen, Galaxy Nguyen (er hatte sich seinen Namen selbst aussuchen dürfen, als seine Familie aus China hierhergekommen war – damals zwar noch klein, aber schon ein ultracooler Typ). Auch von den anderen drei Freiwilligen hatten wir schon Artikel bekommen (meistens ging es um Themen, die sie beunruhigend ernst nahmen, wie zum Beispiel Magic-Karten oder Katzen.)

Trotzdem bestand noch kein Grund zur Panik.

»Ich nehme die Herausforderung an, mir einen unglaublichen Künstlernamen für dich auszudenken«, sagte Grace mit einer kleinen Verbeugung im Sitzen.

So kam es, dass ich fünfzehn Minuten später meinen ersten Artikel unter dem Namen Randy Knupps verfasste (nur mit Mühe hatte ich ihr Randy Nips ausreden können, weil sogar Hink, so naiv er auch war, diese Anspielung wahrscheinlich kapiert hätte). Aber in dem Moment, als sie sagte: »Das mit den Pseudonymen hat was. Vielleicht können wir ein Familien-Ding daraus machen. Ich bin Dusty Knupps, deine knupplige Frau, und Lola ist Candy Knupps, unsere knupplige Tochter«, schlug mein Herz doppelt so schnell.

»Die Knupps-Familienzeitung. Das gefällt mir.«

»Weißt du was? Ich denke, ich bin bereit, den nächsten Schritt in unserer Beziehung zu machen.«

»Echt?«, fragte ich, und mein Herz raste jetzt so schnell, dass ich die Schläge nicht auseinanderhalten konnte.

»Ich finde, es ist an der Zeit, Lola einen kleinen Bruder oder eine kleine Schwester zu schenken. Lass uns einen Fisch adoptieren.«

Und so verbrachten wir den Rest des Tages damit, die

Ankunft unseres adoptierten aquatischen Babys vorzubereiten. Lola baute ihm in der Kunststunde einen großen Fischpalast aus Ton, während Grace und ich in der Tierhandlung ein Aquarium und eine Wasserpflanze kauften. Wir setzten sogar eine Sorgerechtsvereinbarung auf, in der wir festhielten, dass unser noch namenloses Fischkind die Woche über im Redaktionsraum leben und die Wochenenden abwechselnd bei Grace und mir verbringen würde.

Am Abend schlichen wir uns zu dritt in den verlassenen Bahnhof, und Grace machte Gebrauch von ihren Fähigkeiten als Fisch-Flüsterin (sprich, sie verfütterte massenweise Brotkrümel), bis sich ein Schwarm silbriger Leiber um die Stufe scharte.

»Ich bin Grace aus dem Hause Town, Mutter von kiementragenden Wassertieren«, sagte sie und ließ das Netz, das wir im Zoogeschäft gekauft hatten, ins Wasser gleiten, um damit einen kleinen schimmernden Fisch einzufangen.

»Wie sollen wir ihn nennen?«, fragte ich, als Grace ihn in eine bereits mit Wasser aus dem unterirdischen Teich gefüllte Plastiktüte kippte.

»Sieht wie ein Junge aus«, sagte Lola. Sie nahm die Tüte und betrachtete den Fisch, der gemächlich darin herumschwamm. »Ein exotischer Prachtkerl. Wir sollten ihn Ricky Martin nennen.«

»Ricky Martin *Knupps*«, verbesserte ich. »Schließ deinen Bruder nicht so aus, La.«

Tragischerweise überlebte Ricky Martin Knupps die

folgende Nacht nicht. Wie sich herausstellte, war der Ton, aus dem Lola seinen großen Palast erbaut hatte, nicht für Fische geeignet, denn am Morgen trieb der Kleine mit dem Bauch nach oben im Wasser und hatte die irdische Welt längst verlassen.

»Das war ich«, flüsterte ich, als Grace mir den kleinen Leichnam zeigte. »Es ist meine Schuld. Auf meiner Familie liegt ein Fluch, der uns zu Fischmördern macht.«

»Er ist jetzt bei Toby und Gloria«, sagte La und legte mir die Hand auf die Schulter.

Grace trug RMK bis zur Mittagspause in einer Tupperbox in ihrem Rucksack mit sich herum, dann hielten wir ein kleines, aber feierliches Begräbnis für ihn unter der Freilufttribüne ab. Wir summten »Livin' la Vida Loca« und schaufelten sein winziges Grab zu, dessen Ort bis zum heutigen Tage mit einem Angelhaken markiert ist (geschmacklos, ich weiß).

Nachdem wir das Aquarium sauber geschrubbt und das Mörder-Schloss durch Pflanzen und einige für Fische gesundheitlich unbedenkliche Ewok-Figuren ersetzt hatten, brachten wir schließlich unser neues Baby nach Hause, Ricky Martin Knupps II, der ebenfalls aus dem Bahnhofsteich stammte.

»Er hat deine Augen«, sagte Grace, als wir im Redaktionsraum saßen und zusahen, wie er in seinem neuen, ungiftigen Zuhause herumschwamm.

»Er hat deine Flossen und Kiemen.« Die spielerische Leichtigkeit der Situation jagte mir einen Adrenalinstoß durch die Adern. Als wäre es das Natürlichste auf der

Welt, streckte ich die Hand nach ihr aus, wie frischgebackene Eltern es tun würden.

»Ihr zwei seid wirklich total verrückt«, meinte Lola.

»Du wirst ein toller Daddy für Ricky Martin Knupps II sein«, sagte Grace. Unsere Finger waren immer noch ineinander verschränkt. In diesem Moment fragte ich mich, ob Menschen zur Supernova werden können – meine Atome schienen Schockwellen aus Hitze und Licht auszusenden und sich voneinander zu spalten. »Aber er darf nie vom ersten Ricky Martin Knupps erfahren.«

Danach beschloss ich, dass unbewusste Körpersprache nichts als Bullshit ist, den sich irgendein durchgeknallter Psychologe ausgedacht hat, der schon seit einem halben Jahrhundert tot ist (ja, du bist gemeint, Freud). Grace gab mir nie eindeutige Hinweise darauf, dass sie mich mehr als nur mochte, und sie schlug auch nicht mehr vor, zusammen abzuhängen, wie damals, als sie mich zum ersten Mal zu dem verlassenen Bahnhof mitgenommen hatte. Allerdings fuhr sie mich jeden Tag nach der Schule nach Hause. Und an den Wochenenden sahen wir uns zwar nicht, schrieben uns aber ständig.

Körpersprache war also Quatsch. Wen interessierte es, dass sie nicht unbewusst ihre Beine verschränkte und zu mir drehte; immerhin hielt sie meine Hand *absichtlich* länger als nötig und strich mit dem Daumen über meine Haut, während wir zusahen, wie der Fisch in seinem Aquarium herumschwamm.

Was wirklich zählte, waren falsche Familiennamen

und adoptierte Tiere. In der Welt von Randy Knupps war Grace schon längst meine Frau und die Mutter unseres fabelhaften Flossenkinds Ricky Martin Knupps II.

Kapitel 10

Die Entscheidung, Madison Carlson – Profidetektivin und interschulische Informantin – zu engagieren, fiel an einem Dienstag in der zweiten Oktoberwoche, nachdem Murray an neun aufeinanderfolgenden Tagen nichts von seiner Ex gehört hatte. Er hatte mit seiner Gitarre vor ihrem Haus »Wonderwall« gespielt (und das ziemlich stümperhaft), doch das hatte nicht zur Versöhnung geführt, sondern zu mehreren Anrufen bei der Polizei und einer Verfolgungsjagd im Schneckentempo zu Fuß quer durch die Vorstadt.

Sugar Gandhi, Murrays große Liebe (die am Ende seines Juniorjahrs mit ihm Schluss gemacht hatte), hieß eigentlich Seeta Ganguly, aber entweder hatte er ihren Namen falsch verstanden, oder er weigerte sich, ihn richtig auszusprechen. Jedenfalls hatte er sie von Anfang an nur Sugar Gandhi genannt und wir hatten es übernommen (ich war mir zu 99 Prozent sicher, dass das total rassistisch war, aber Sugar Ghandi hatte darauf bestanden, dass wir sie auch weiterhin so nannten, nachdem sie den Namen zum ersten Mal gehört hatte, also war es wohl okay). Ihre Beziehung währte nur kurz – fünf Monate, in denen Murray gelernt hatte, Biryani und Samosas zu kochen, und in denen er regelmäßig »Du bist echt eine Topschnecke« auf ihrer Facebook-Seite gepostet hatte.

Wie alle Teenagerbeziehungen war auch diese zu einem frühen Ende verdammt. Seeta teilte Murray mit, dass für ihre Eltern nur ein »netter indischer Junge« als Freund für sie infrage kam (was, wie ich vermute, nur eine von *Kick It Like Beckham* inspirierte ausgeklügelte Lüge war, um Murrays Gefühle nicht zu verletzen).

Muz hatte seither immer wieder versucht, sie zurückzuerobern, aber dazu brauchte er nun Insider-Informationen. Auftritt Madison Carlson.

Von allen Mädchen unserer Highschool war Madison das furchterregendste, blondeste und kurvigste. Allein ihre Existenz führte dazu, dass man sich wie der letzte Idiot vorkam, weil Mädchen wie sie und Jungs wie wir in der Rangordnung des Tierreichs auf völlig verschiedenen Stufen standen. Ihr Instagram-Account wies eine absurd hohe Follower-Zahl auf, Designer schickten ihr andauernd kostenlos Teile ihrer Kollektion zu, und sie flog einmal im Monat für Fashion Shootings nach New York, wo sie sich mit Very Important People traf. Es kursierte das Gerücht, dass sie schon mehr Geld verdient hatte als ihre Eltern und locker die gesamten College-Gebühren auf einmal zahlen konnte.

»Ähm«, sagte ich, als ich sie am Dienstagmorgen an ihrem Spind abfing.

»Hey«, sagte Madison und sah mich schräg von der Seite an, was angesichts meiner smarten Begrüßung kein Wunder war.

»Mann, Henry, wenn du weiter so lahmarschig bist, wirst du dir nie eine angeln«, sagte Murray und stieß mich mit dem Ellbogen zur Seite, um Madisons Hand zu ergreifen und sich vor ihr zu verbeugen. »Miss Carlson. Wie ein Bumerang kehre ich immer zu Ihnen zurück.«

»Was willst du?«, fragte Madison.

»Infos. Von East River. Geld spielt keine Rolle. Wenn wir zusammenlegen, haben wir acht Dollar und fünfundsiebzig Cent, und es wäre uns ein Vergnügen, dich auf eine extragroße Portion in einer Fastfood-Kette deiner Wahl einladen zu dürfen.«

»Ihr wollt *Gossip*? Wir sind nicht in der Mittelstufe, Murray. Ich mache so was nicht mehr.«

»Mads, liebste Freundin. Du bist immer noch mit diesem Trampeltier von East River zusammen – was übrigens die reinste Farce ist –, daher hast du garantiert die eine oder andere Info. Seeta Ganguly. Sie geht dort in die Abschlussklasse. Peil mal die Lage, was ihr Liebesleben angeht. Deine Bezahlung …« – Murray ließ etwas in Madisons Jeanstasche gleiten – »kann sich sehen lassen.«

Madison zog das gefaltete Papier wieder hervor und sah es sich an. »Das ist ein abgelaufener Gutschein von Pizza Hut.«

»Wo das herkommt, gibt es noch jede Menge davon.« Murray beugte sich vor und flüsterte in Madisons Ohr: »Treffpunkt morgen Nachmittag vor deinem Spind. Du weißt, wie du hinkommst. Und falls jemand fragt … diese Begegnung hat nie stattgefunden.« Murray tauchte rückwärtsgehend in der Menge unter und versuchte einen dieser Jason-Bourne-Tricks, aber wir beide sahen, dass er sich nicht in Luft auflöste, sondern nur in der Mädchentoilette abtauchte.

»Er ist nicht witzig«, sagte Madison. »Kannst du ihm bitte sagen, dass er nicht witzig ist?«

»Tut mir leid, dass du das mit ansehen musstest.«

»Ich werde mich mal wegen Seeta umhören. Du kannst Murray ausrichten, dass ich mit Sean Schluss gemacht habe, und zwar schon vor zwei Monaten.«

»Mach ich. Ähm, und … könntest du vielleicht auch … Grace Town. Murray möchte wissen, warum sie von East River weggegangen ist.«

»Murray möchte das wissen, hm?«

»Seine Neugier ist grenzenlos.«

Madison schloss ihren Spind. »Mal sehen, was sich machen lässt.«

Ungefähr vierundzwanzig Stunden später (wenn es um Gossip ging, konnte man sich auf Madison Carlson verlassen) trafen wir uns wieder vor ihrem Spind.

»Hast du mit Seeta gesprochen?«, fragte Murray. »Hat sie sich einen Lover geangelt? Wen muss ich umbringen?«

»Sie hat einen psychotischen australischen Ex-Freund erwähnt und dass ihr Dad sogar die Cops rufen musste, aber davon mal abgesehen ist Seeta Single«, sagte Madison.

»Mensch, Milhouse, das läuft ja wie geschmiert!«

»Du endest noch im Knast, Murray. Deine Besessenheit ist nicht romantisch, sondern verstörend.«

»Hey, nicht sie, sondern ihr Alter hat die Cops gerufen. Sie hat mir geschrieben, dass sie reden will, aber dann haben ihre Eltern ihr Handy einkassiert.«

»Wie du meinst.«

»Und Grace?«, fragte ich.

»Lass sie in Ruhe, Henry. Glaub mir. Du willst da nicht mit reingezogen werden.«

»Ach komm schon, Mads«, sagte Murray. »Stell dich nicht so an. Mit deiner Weigerung, Informationen rauszurücken, machst du uns neugierig, und das weißt du auch. Kürz die Sache ab und spuck es aus.«

»Ich kann nur sagen, dass ihre Familie total verkorkst ist und dass es vor ein paar Monaten einen Autounfall gab. Mehr weiß ich nicht, okay?«

»Eine kleine Aufwandsentschädigung«, sagte Murray und reichte Madison einen Gutschein von Pizza Hut.

»Wow, der ist ja tatsächlich noch gültig.«

»Du kannst nicht behaupten, dass ich nicht nett zu dir bin.«

Madison seufzte, ihr Blick glitt vom Gutschein zu mir und wieder zurück. »Geh auf keinen Fall am Dienstagabend um neun zur Leichtathletikbahn von East River. Dort gibt es ganz sicher nichts zu sehen.«

»East River, Leichtathletikbahn. Dienstag, neun Uhr.

Danke«, sagte ich. »Hey, wo wir schon dabei sind … hättest du Lust, für die Zeitung zu schreiben? Wir brauchen eine Kolumne im Stil von *Gossip Girl*.«

»Ich würde lieber Filmkritiken schreiben oder so.«

»Ach ja? Welche Filme würdest du denn gern besprechen?«

»Moderne Klassiker vielleicht? *Fight Club, Inception, Matrix, Pulp Fiction*. Alles, was gut ist.«

Ich kniff die Augen zusammen. »Hast du das von Lola?«

»Was denn?«

»Ähm, vergiss es. Das wäre wirklich klasse. Es ist noch nicht eilig, wir gehen erst Anfang Dezember in Druck. Danke.«

»Genau, danke, Sis«, sagte Murray und gab ihr einen Klaps auf den Rücken.

»Ich hasse euch beide«, sagte Madison. Aber ihr Blick verweilte einen Herzschlag zu lange auf Murray, und mich beschlich der Verdacht, dass Madison Carlson ihn nicht hasste – nicht mal ansatzweise, nicht das kleinste bisschen, keine Spur.

Sie kam am Mittwochabend. Die erste persönliche Nachricht, die Grace von sich aus schrieb und die nichts mit der Zeitung zu tun hatte. Sie erschien auf meinem Handy, als ich kurz vor Mitternacht mit dem Bus von Murray nach Hause fuhr.

Grace Town:

Wie war Simba? Hat er sich den Dämonen gestellt und den Sieg davongetragen?

Am Abend zuvor hatte ich mit Sadie und Ryan König der Löwen angeschaut. Grace gegenüber hatte ich es beiläufig erwähnt, vor etwa einer Woche. Es war ein lustiger Abend geworden. Nach dem Musical hatten wir ein Foto vor einer Statue von Rafiki gemacht und waren dann noch in der Stadt geblieben, um in der Nähe des Theaters Eiscreme mit flüssigem Stickstoff zu essen.

»Schau, Henwi, schau!«, hatte Ryan gerufen, als die Bedienung ihm sein Pfefferminz-Eis in einem Pappbecher gebracht hatte, der größer war als sein Kopf. »Das Leben ist groß«, hatte er ganz ernst gesagt und sein Eis begutachtet. Sadie und ich waren vor Lachen fast umgekippt.

Henry Page:

Es war toll! Aber sie haben lauter neue Songs und alles Mögliche hinzugefügt und ich dachte immer nur: »Wann geht's endlich weiter?« Dann hat Scar versucht, Nala flachzulegen – und das war's dann mit meiner Kindheit.

Oh, wow. Mir wäre lieber gewesen, ich hätte das nie erfahren.

Genau. Auch bei den Details gab es Änderungen. Timon und Pumbaa trugen Frauenklamotten und tanzten Charleston und nicht Hula. Ich meine, warum? Und Zazu durfte nicht mal *Sur le pont d'Avignon* singen.

Das ist ein Skandal! Bitte sag mir, dass Rafiki immer noch ein Badass ist?

Ja, Rafiki war voll fly.

Hab ich richtig gelesen?

Muss ich dich an #YOLO erinnern?

Diese Runde geht an dich, Page.

Lola hat mir gerade geschrieben, dass sie mit uns als Models sehr zufrieden war. Sie würde uns jederzeit wieder nehmen.

Natürlich würde sie.

Ich glaube, einmal hat sie mich sogar aus dem Bild herausgeschnitten, damit sie »Grace, in dreifacher Ausführung« hat.

Lola hat eben einen ausgezeichneten Geschmack.

Manchmal frage ich mich, ob es nicht auch noch anderes im Leben gibt, als nur super-super-super-gut auszusehen.

Nächstes Mal testen wir deinen Blue-Steel-Blick.

Gute Idee.

blickt auf die Seitenzahlen

Was ist das ... eine Zeitung für Ameisen?

Ha.

Die Leute im Bus halten mich jetzt für verrückt, weil ich laut losgelacht habe.

Es macht mir nichts aus.

PS: Rektorin Valentine ist heute Nachmittag im Redaktionsraum aufgetaucht. Die Frau kann einem echt Angst einjagen. Ich musste so tun, als hätten wir schon längst ein Thema gefunden. Habe behauptet, dass wir es noch geheim halten, weil es ein echter Knaller ist. Wir müssen eine Entscheidung treffen. ASAP.

Wie lange bist du geblieben?
Tut mir leid, dass ich heute nicht in der Schule war.

Ich bin auf dem Heimweg. Präsens.
Ich war fast den ganzen Nachmittag bei Murray und habe einen von Galaxys Artikeln über die deprimierende Konsistenz von Hühnchen in der Cafeteria überarbeitet. Ein wahrhaft fesselndes Werk.

Igitt.

Ich habe plötzlich großes Verständnis für Miranda Priestly. (Kann sein, dass ich letztes Wochenende Der Teufel trägt Prada geschaut habe).

Ich frage mich, wie es unser Vorgänger geschafft hat, die Zeitung ganz allein zu redigieren.

Amphetamine?

Klingt plausibel.

Wir sollten uns für den Redaktionsschluss schon mal Speedballs besorgen.

Nach allem, was ich von Kyle gehört habe, würde es mich nicht wundern, wenn er irgendwo im Redaktionszimmer einen Vorrat angelegt hat.

Wetten, dass auf den Visitenkarten, die Hink uns gegeben hat, noch Überreste kleben! Vielleicht sollten wir mal dran lecken?

Schau dir nur das dezente Grauweiß an.
Die gediegene Stärke des Papiers.
O mein Gott, sie haben ja sogar Wasserzeichen!

Business Class. Die einzig wahre Art zu fliegen.

Vielleicht sollten wir uns erst mal als leidende Alkoholiker versuchen, bevor wir auf harte Drogen umsteigen. Das ist angemessener für uns Schriftsteller. Ich schlage vor, dass wir uns nachmittags im Redaktionsraum betrinken. Lass uns einen Mini-Kühlschrank voller Bier aufstellen.

Wir können ihn unter Lolas Schreibtisch verstecken. Sie ist klein. Wahrscheinlich merkt sie es gar nicht.

»Hier kannst du nicht sitzen. Tut mir leid, da sitzt schon das Bier.«

Dieses Mal haben wir keinen Layouter. Wir haben die Stelle mit Bier besetzt.

#BeerBeforePeople

Klingt wie eine Regierungskampagne. Hillary Clinton, 2016: Beer before people.

So was würde nur Hillary fertigbringen.

Auf jeden Fall.
Meine Stimme hätte sie.

Meine auch. Okay, Gute Nacht. Soll ich dich morgen Nachmittag mitnehmen?

Klar. Man sieht sich, Kiddo.

Und dann, am Donnerstag, erreichten uns wie aus heiterem Himmel die ersten Meldungen von der Party. (Wie beim Ersten Weltkrieg wurde das historische Ereignis später nur noch als »Die Party« bezeichnet. Davor hieß besagte Veranstaltung noch Heslins Party (so wie der Erste Weltkrieg zuerst noch der Große Krieg hieß). Heslins Party/Die Party nahm ihren Anfang als Gerücht, das sich zum Hauptthema der Mittagspause entwickelte und dann zu einer echten Tatsache wurde, als James Heslin es keine vierundzwanzig Stunden später auf Facebook offiziell machte. Die ganze Stufe war eingeladen, dazu die Hälfte der Juniors (natürlich die heiße, weibliche Hälfte). Trotz gelegentlicher Auseinandersetzungen einzelner Schüler verstanden wir uns in der Abschlussklasse eigentlich ganz gut. Vielleicht waren wir ein anormaler Haufen oder vielleicht wurden in Highschool-Filmen nur Lügen verbreitet – bei uns jedenfalls hingen die Sportfreaks auch mal mit den Nerds ab und die meisten Leute waren die meiste Zeit über nett zueinander.

Die Party sollte am Freitagabend stattfinden und für den Rest des Tages gab es kein anderes Gesprächsthema mehr. Lola und Murray würden natürlich hingehen. Las Freundin Georgia wollte sogar extra mit dem Auto aus der nächsten Stadt kommen. Ich war nicht so der Partygänger, aber diesmal … Diesmal war es anders.

Ich wünschte mir nichts sehnlicher, als mit Grace Town zur Party zu gehen. Ich wollte den ganzen Abend neben ihr sitzen, während der Beat der Musik in meiner Brust hämmerte – weit weg von der Stille des gläsernen Redaktionsaquariums und weit weg von der Stille ihres Jungs-Autos.

Ich öffnete die Notiz-App auf meinem Handy und schrieb unter den zweiten Entwurf:

> **Dritter Entwurf**
>
> Weil mir nicht klar war, dass man sich in Menschen genauso verlieben kann wie in Songs. Auch wenn ihr Lied dir anfangs nichts sagt, verwandelt sich die unbekannte Melodie schon bald in eine Symphonie und dringt dir unter die Haut. Sie wird zur Hymne im Geflecht deiner Adern, zur Harmonie, eingestickt in das Gewebe deiner Seele.

Kapitel 11

»Ich werde auf die Party gehen«, verkündete ich am Freitagmorgen vor dem Unterricht. (Rückblickend betrachtet habe ich vielleicht »Heslins Party« gesagt, aber ich schweife ab).

Grace blickte von ihrem Bildschirm hoch, wo sie gerade durch Tumblr scrollte – was sonst?

»Du gehst definitiv hin?«, fragte sie.

»Definitiv.« Ich legte meine Sachen auf den Schreibtisch, schaltete den Computer ein und merkte, dass Grace sich bereits wieder dem Bildschirm zuwandte. Der Augenblick der Wahrheit war gekommen. Entweder sie mochte mich oder sie mochte mich nicht. Entweder sie erwiderte meine Gefühle oder nicht. Eine Minute verstrich und dann noch eine, und als ich schon dachte, ich würde allein auf diese bescheuerte Party gehen müssen – kneifen ging nicht, man kann nicht erst groß ankündigen und dann einen Rückzieher machen –, sagte Grace, ohne mich dabei anzusehen: »Ich glaube, ich gehe auch hin.«

Und da wusste ich es. Die wunderschöne, geheimnisvolle, verletzte und komplett verrückte Grace Town mochte mich. Ihre uneindeutige Körpersprache und die Tatsache, dass sie nicht mal den Versuch machte, zu flirten – das alles war bedeutungslos, weil Grace zur Party gehen würde. Partys bedeuteten Alkohol und schummrige Räume, und nach einem Drink würde sie vielleicht ein bisschen lockerer werden und vielleicht sogar über den Friedhof, den Autounfall und alles reden.

Grace blickte mich zum Glück nicht direkt an, deshalb konnte ich sie gefahrlos ansehen und so lässig wie möglich sagen: »Cool.«

»Hast du vor, was zu trinken?«, fragte sie.

Ich war nicht unbedingt scharf auf Alkohol. Mit sechzehn hatte ich meinen ersten Vollrausch gehabt und dabei war es auch geblieben. Murray hatte mich genötigt, mit ihm Tequila zu trinken, als Praxistest, ob das »ein Tequila, zwei Tequila, drei Tequila, und *Zack!* auf dem Boden«-Theorem den Tatsachen entsprach. Im Laufe des Abends erfuhr ich am eigenen Leib, dass »ein Tequila, zwei Tequila, drei Tequila, und *Zack!* auf dem Boden« die Realität nur äußerst ungenau wiedergab. In Wirklichkeit lief es so: ein Tequila, zwei Tequila, drei Tequila, kotze deine Kleider voll, heule, während dein Vater dich in die Dusche bugsiert, kotze weiter, heule und bitte deine Mutter, dir »Lachseier« zu machen, was auch immer das ist, werde von ihr ins Bett gebracht, mache einen Fluchtversuch, um dem totalitären Regime deiner Eltern zu entkommen, kotze auf der Flucht in den Garten, werde von deinem Vater zurück ins Bett verfrachtet, und *Zack!* auf dem Boden.

Also nicht ganz so vorschriftsmäßig und geordnet, wie die Redensart einen glauben machen wollte.

»Ein oder zwei Drinks könnten es schon werden«, sagte ich. Zum einen, weil ich davon ausging, dass Grace trinken würde, zum anderen, weil ich bei ihr sein und sie beobachten wollte, während sie an ihrem Drink nippte, denn ich war gespannt, wie der Alkohol sie veränderte. Ich war neugierig darauf, wie sie in angetrunkenem Zustand sein würde. Zornig? Vielleicht. Auf einen Flirt aus? Eher nicht. Traurig? Sehr wahrscheinlich.

»Ich kann uns Drinks besorgen«, sagte Grace, und ich sagte noch mal: »Cool.« Gleich darauf läutete die Schulglocke. Grace packte ihre Sachen und verließ wortlos den Raum.

Eins stand fest: Es waren gerade mal fünf kurze Wochen vergangen, seit Grace Town in mein Leben getreten war, und schon spukte sie als Endlosschleife in meinem Kopf herum.

In den Tagen bis zum Freitagnachmittag hielt der Herbst Einzug. Die Sonnenstrahlen waren dunstig, und ihr Licht nahm die Farbe von den goldenen und orangen Blättern auf, die bei jedem Windstoß von den Bäumen wirbelten. Alle Vorausetzungen für die Party waren gegeben: Getränke und Location (Heslins Eltern waren übers Wochenende weggefahren – das totale Klischee, aber was soll's).

Jetzt musste ich nur noch meine Eltern einweihen, und das lief so:

Ich: »Vater, ich habe vor, heute Abend an einem illegalen Besäufnis unter Minderjährigen teilzunehmen.«

Dad: »Gute Güte, Henry. Es wird aber auch Zeit. Soll ich dich fahren?«

Irgendjemand hatte es für eine gute Idee gehalten und es prompt zum Ritual für die Seniors erklärt, auf dem Fußballplatz der Schule vorzuglühen, bevor wir alle Heslins Party stürmten. Als ich bei Sonnenuntergang dort ankam, waren einige schon nicht mehr ganz sicher auf den Beinen, denn die Wanne mit Punsch war bereits zur Hälfte leer getrunken. Und wenn ich *Wanne* sage, dann meine ich eine echte Badewanne. Jemand hatte sie gekauft oder geklaut und mit einer Mischung aus billigem Wodka, noch billigerem Wein und »Fruchtdrink« gefüllt (Highschool-Schüler haben nicht das Geld für richtigen Saft).

Grace war bereits da. Den Gehstock über den Schoß gelegt, saß sie mit verschränkten Beinen neben einem Baum am Rand des Felds. Vor ihr standen zwei Plastikflaschen, die eine leer, die andere halb voll mit einer merkwürdigen hellgelben Flüssigkeit.

»Henrik«, rief Grace, als sie mich entdeckte. Ich weiß nicht mehr genau, wann wir uns gegenseitig deutsche/russische Spitznamen gegeben haben und auch nicht warum, aber so war es, und ich fand es wunderbar.

»Abend, Grakov«, begrüßte ich sie.

»Ich habe dir ein Hilfsmittel für den Rausch beschafft.« Sie reichte mir die leere Plastikflasche und nickte Richtung Wanne, wo Murray gerade mit bloßen Händen schöpfte, während er einer kleinen Zuschauerschar demonstrierte, wie man gefahrlos aus einem krokodilverseuchten Wasserloch trinkt. Bei solchen Gelegenheiten trug er gern »Safari-Look«, um das Bild von Steve Irwin heraufzubeschwören und sich selbst als eine Art Buschmann darzustellen. Heute Abend hatte er die Haare zu einem unordentlichen Knoten zusammengebunden, dazu trug er ein Halsband, an dem ein großer Zahn baumelte. Viele Mädchen sahen ziemlich beeindruckt aus.

»Als du gesagt hast, ›ich besorge uns Drinks‹, hast du da gemeint, ›ich durchsuche meine Mülltonne nach einer alten Flasche‹? Ich komme mir irgendwie betrogen vor.«

»*Zwei* alte Flaschen, mein Freund. Es hat den ganzen Tag gedauert, bis ich die Babys aufgetrieben hatte. Außerdem habe ich noch *das* …« Sie zog einen silbernen Flachmann aus ihrem BH (Flachmann, du Glückspilz). »Und jetzt geh und hol uns was zu trinken.«

Der Punsch war inzwischen nur noch eine abgestandene Brühe. So mancher Käfer hatte darin ein tragisches, wenn auch poetisches Ende gefunden, nicht zu vergessen das Stück Holz, das Muz zu Anschauungszwecken als feindliches Reptil in das widerlich gelbe Gebräu geworfen hatte. Aber das war mir egal. Ich tauchte meine leere Flasche ein und wartete, bis keine Bläschen mehr aufstiegen. Dann nahm ich zwei große Schlucke – fast die halbe Flasche – und füllte noch mal auf. Ich war nicht scharf auf einen »Lachseier«-Rausch, aber vielleicht würde mich der Alkohol etwas lockerer machen.

Als ich gerade meine Flasche wieder zuschraubte, kam Lola mit großen Schritten auf mich zu. Sie hatte ihre Freundin Gloria dabei.

»Fass mich an, Henry Page«, forderte Gloria mich auf. Sie nahm meine freie Hand und drückte sie an ihre Wange. Das war ihre Standardbegrüßung, und mehr musste man über Georgia McCracken eigentlich nicht wissen, außer dass sie a) ein blasser, sommersprossiger Rotschopf im Kleinformat war und b) aus unerfindlichen Gründen mit irischem Akzent sprach, obwohl sie nie in Irland gelebt hatte.

»Hey G.« Ich umarmte sie behutsam, weil sie so zierlich war, dass man Angst haben musste, ihr mit einer echten Umarmung das Rückgrat zu brechen. »Wie bekommt dir das Kleinstadtleben?«

»Schau dir *Swamp People* an. Das ist praktisch eine Dokumentation meines derzeitigen Lebens.«

»Oje.«

»Mann, das verspricht ein interessanter Abend zu werden«, sagte Lola. Nachdem sie sich einen großen Schluck genehmigt hatte, deutete sie mit einem Kopfnicken auf jemanden hinter mir. Ich drehte mich um und sah, wie Murray auf ein total unbeeindrucktes indisches Mädchen einredete und dabei ihre Hände umklammerte. Sugar Gandhi. »Der Junge weiß einfach nicht, wann er aufhören soll.«

»Shit«, seufzte ich. »Das läuft mal wieder auf einen

Nervenzusammenbruch nachts um halb eins raus. La, heute musst du das Babysitten übernehmen. Letztes Mal habe ich mich um ihn gekümmert.«

»Fuck«, war alles, was Lola sagte, denn sie war tatsächlich an der Reihe und wusste es auch. Sie nahm noch einen großen Schluck, ließ Georgias Hand los und sagte: »Am besten, wir schreiten sofort ein, bevor er anfängt, Bollywood-Liebeslieder zu singen.«

»Warum? Was gibt es Romantischeres als einen gelegentlichen rassistischen Ausrutscher?«, fragte Georgia, während Lola sie schon zu Sugar Gandhi zerrte, die jetzt *mich* finster anstarrte, als wäre ich für Muz' schreckliches Benehmen verantwortlich. Ich zuckte die Schultern und gab mich reumütig, kehrte aber nach einem bedauernden Blick zu Grace zurück. Als ich neben ihr auf den Boden sank, hatte ich bereits das nächste Viertel Punsch in mich hineingekippt. Ich spürte, wie sich die eigenartige und doch vertraute Wärme des Alkohols in mir ausbreitete und von meiner Brust bis in die Schenkel ausstrahlte.

»Das wird ein toller Abend.« Ich lehnte mich gegen den Baumstamm und schmiegte mich an Grace' Schulter. Die Worte kribbelten auf meiner Zunge und mein Mund war plötzlich viel zu klein für mein Gesicht.

Als wir endlich zur Party aufbrachen, war ich so betrunken, dass ich hinterher nicht mehr wusste, wie wir dorthin gelangt waren und wer die Badewanne (mit Murray darin) zu Heslin geschleppt hatte.

Genauso wenig wusste ich, wie es dazu gekommen

war, dass Grace und ich nebeneinander an einem Verandatisch in Heslins Garten saßen. Es war wie bei Reise nach Jerusalem. Einer musste zur Toilette, einer ging, um sich noch einen Drink zu holen, jemand setzte sich auf den Stuhl eines anderen, bis schließlich keiner mehr an seinem ursprünglichen Platz war und Grace Town neben mir landete. Ganz nah. So nah, dass sich unsere Beine berührten. Inzwischen hatte sie mindestens anderthalb Flaschen Punsch intus und war gelöster und freundlicher als je zuvor. Sie lachte über die Witze der anderen. Sie lächelte mich an. Sie machte mit. Selbst wenn niemand redete und sie sich unbeobachtet glaubte, funkelten ihre Augen. Sie saß aufrechter als sonst. Die bisher eher vage Körpersprache war nun, da Grace beschwipst war, umso deutlicher ausgeprägt. Und obwohl sie sich nicht gekämmt hatte und immer noch ein wenig ungepflegt aussah, war sie sehr hübsch.

Viele wurden zum ersten Mal auf sie aufmerksam. Bemerkten, wie attraktiv sie war. Bemerkten, dass sie da war. So verrückt es auch klingt, aber Grace Town erwachte durch den Alkohol erst so richtig zum Leben.

Bei unseren Brainstorming-Sessions für die Zeitung saßen wir immer beisammen und gelegentliche Berührungen ließen sich nicht vermeiden. Aber wenn Grace nüchtern war, zog sie sich jedes Mal sofort wieder zurück. Sie setzte sich ganz nah neben mich, nur um dann von mir abzurücken. Immer wieder suchte sie Körperkontakt, aber sobald ich sie berührte, änderte sie ihre Meinung. Heute Abend war das anders. Haut streifte

Haut, zuerst nur ab und zu, dann öfter, und als ich eine Geschichte erzählen wollte, lachte Grace mich an und sagte: »Halt, halt, du machst dich lächerlich.« Sie legte ihre Hand auf meinen Mund, um mich am Weiterreden zu hindern, und ich tat so, als würde ich mich wehren. Kichernd kämpften wir miteinander. Meine Hand landete auf ihrer Hüfte, ihre auf meinem Knie. Wir saßen Körper an Körper, obwohl keine Notwendigkeit dazu bestand, weil genug Platz war.

»Henry! Das ist unser Lied!«, sagte sie, als eine Cover-Version von »Someday« erklang. Es überraschte mich, dass sie sich an meinen Lieblingssong erinnerte. Noch mehr überraschte es mich, dass sie es als *unser* Lied bezeichnete. Nicht *mein* Lied. *Unser* Lied.

Grace flocht ihre Finger in meine, zog mich auf die Füße und führte mich zur überfüllten Tanzfläche (das Parkett in Heslins Wohnzimmer). Als ein neuer Rhythmus einsetzte, fing sie an, sich auf eine Art zu bewegen, die nichts, aber auch gar nichts mit der Grace zu tun hatte, die ich kannte. Ich konnte nur dastehen und schauen. Unter den goldenen Lichtern des Deckenleuchters verschob sich die Zeit. Ein Portal öffnete sich, und vor mir war das Mädchen, das sie früher einmal gewesen war, das Mädchen von den Profilbildern auf Facebook.

Mitten in der Bewegung zog sie das übergroße Flanellhemd aus und schlang es sich um die Hüfte. Darunter trug sie nur ein eng anliegendes weißes Tanktop zu ihren Jeans. Unter ihren unförmigen Kleiderschichten war sie schlank und kantig und schön. Schultern, Schlüsselbein,

Kiefer, alles war scharf konturiert, so als würde sie nicht genug essen. Okay, da waren auch die tiefen Augenhöhlen, die eingefallenen Wangen, die stumpfen, selbst geschnittenen Haare, weshalb sie immer ein bisschen wie ein Heroin-Junkie aussah.

Aber die Art, wie sie sich bewegte. Gott, wie sie sich bewegte. Wie sie die Augen schloss und sich auf die Lippe biss, als spürte sie, wie die Musik durch ihre Adern pulsierte.

»Henrik, du tanzt ja gar nicht«, sagte Grace, als sie mich dastehen sah. Sie nahm meine Hand und rüttelte mich durch, wie um den pulsierenden Rhythmus auf mich zu übertragen. Ich war kein begnadeter Tänzer, aber ich war hier, bei ihr, und ich war betrunken, und sie war so umwerfend schön und ich wollte sie genau jetzt küssen, während »unser Lied« lief. Ich zog sie an mich, und als der Beat wechselte und alle um uns herum johlten, fing ich an zu tanzen.

Grace berührte mich, fand immer wieder Gelegenheiten, über meine Haut zu streichen. Jetzt musste ich nur noch den Mut aufbringen und meine Lippen auf ihre drücken. Einen Moment außerordentlichen Muts, mehr brauchte es nicht.

»Henry! Grace!«, rief eine vertraute Stimme, und schon war Lola da. Sie umarmte uns und zwängte sich zusammen mit Georgia zwischen Grace und mich. Ich hätte sie umbringen können. Dann war das Lied zu Ende und es kam der nächste Song. Wir tanzten gemeinsam, hüpften im Takt der Musik auf und ab, während ich insgeheim dem nachtrauerte, was hätte passieren können.

Drei Songs später nahm Grace meine Hand und sagte: »Ich brauch was zu trinken.«

Ich warf La einen »Später drehe ich dir den Hals um«-Blick zu, den sie nicht zu bemerken schien, und folgte zähneknirschend den drei Mädchen von der Tanzfläche hinaus in den Garten. Vom Badewannenpunsch war nur noch eine verdächtig trübe braune Brühe übrig, in der einer von Murrays Schuhen schwamm. (Nach unserer Ankunft bei den Heslins hatte ich Muz nur ganz kurz gesehen – er trug ein grauenvolles Piratenkostüm und schlürfte den Punsch mit einem Strohhalm aus einem großen Yard-Glas, der arme Teufel).

Grace hatte noch den Flachmann in der Tasche. Wir teilten den Inhalt unter uns auf, kippten das einzige verfügbare Mixgetränk dazu (Barq's Red Creme Soda) und setzten uns in die Dunkelheit des Gartens.

Grace reichte mir ihre Tasse. »Ich muss mal.«

»Oh, ich auch«, sagte Georgia sofort.

Als die beiden außer Hörweite waren, drehte ich mich zu Lola um und sagte: »Ich will nicht unhöflich sein, aber ihr müsst verdammt noch mal Leine ziehen. Ich glaube, zwischen mir und Grace läuft was.«

»Ja, Händchenhalten und so. Ist mir schon aufgefallen.«

»Warum zur Hölle bist du dann überhaupt hier aufgetaucht?«

»Weil sie betrunken ist und du auch. Das ist keine gute Idee.«

»Lola.«

»Hast du inzwischen herausgefunden, wessen Grab sie täglich besucht? Je mehr ich darüber nachdenke, desto verrückter erscheint mir das Ganze.«

»Lola.«

»In wen hast du dich verliebt, Henry? In die Grace, die wir kennen? Oder in das Mädchen auf den Facebook-Profilbildern? Aber dieses Mädchen ist sie nicht mehr, so sehr du dir das vielleicht wünschst.«

»Lola.«

»Wie du meinst! Aber komm bloß nicht angerannt, wenn sie dir das Herz bei lebendigem Leib herausreißt. An meiner Schulter kannst du dich dann nicht ausheulen.«

»Doch, das kann ich. Wozu hat man denn Freunde?« Mit einem Nicken über Lolas Schulter deutete ich zu Murray und Sugar Gandhi, die sich heftig zu streiten schienen. Muz trug immer noch das Piratenkostüm.

»Gott.« Lola schüttelte den Kopf. »*Männer.*«

Als unsere beiden Angebeteten wieder da waren, stand La auf, gab Georgia einen Kuss auf die Wange und sagte: »Komm, Schatz, verziehen wir uns.«

Dann war es so weit, Grace und ich waren endlich allein. Es gab nur uns beide und das Universum.

Grace zog mich hoch. Händchen haltend wanderten wir durch die Partygäste und ließen den Alkohol in unseren Blutkreislauf sickern, damit uns wieder der herrliche Dunstschleier einhüllte, wie schon eine halbe Stunde zuvor.

Ich weiß nicht, wer den Anfang machte oder ob wir beide gleichzeitig dieselbe Idee hatten, jedenfalls befanden wir uns plötzlich in dem dunklen Aufgang an der Seite des Hauses. Ich lehnte mich gegen die Steinmauer, um nicht das Gleichgewicht zu verlieren, und bevor ich wusste, wie mir geschah, fiel Grace schon über mich her. Ihr Mund presste sich auf meinen, ihre Finger gruben sich in mein Haar. Mein erster Gedanke war: *Verdammt, ich weiß nicht mal, welcher Song gerade läuft*, aber dann war diese Frage nebensächlich, weil Grace Town mich küsste und es genauso war, wie ich es mir immer vorgestellt hatte. All die Wochen, in denen ich mich gefragt hatte: *Mag sie mich überhaupt?* schmolzen dahin, denn die Antwort war Ja, sie mag mich, sie muss mich mögen, es geht gar nicht anders.

In einer Hand hielt ich immer noch den Becher, in der die Flüssigkeit schwappte. Ich wollte den Kuss nicht unterbrechen, deshalb legte ich schützend den Arm um Grace' Taille, damit das rote Zeug nicht auf ihren Rücken spritzte. Wir schmiegten uns aneinander wie ein Mosaiksteinchen ans andere. Am liebsten hätte ich sie hochgehoben, damit sie die Beine um meine Hüfte schlang, aber die anderen Partybesucher konnten uns sehen, und Sex in der Öffentlichkeit war etwas, auf das ich verzichten konnte.

Der Kuss dauerte zwei Songs, die ich beide nicht kannte, dann befreite sich Grace aus meiner Umarmung. Sie biss sich auf die Unterlippe und sah mich an, als wollte sie mir etwas anvertrauen. Doch dann presste sie die Handflächen gegen meine Brust und sagte: »Ich sollte jetzt besser nach Hause gehen.«

»Ich kann dich begleiten, wenn du möchtest.«

»Okay.«

Ich holte unsere Taschen und Jacken aus dem Zimmer von Heslins kleiner Schwester (an der Tür hing ein Schild: KEIN SEX HIER DRIN, IHR VERDAMMTEN HEIDEN), während Grace ihre Eltern anrief, um ihnen zu sagen, dass sie auf dem Heimweg war, womit sie mir sicher auch zu verstehen geben wollte, dass ich auf keinen Fall mit ins Haus kommen konnte. Was mir nur recht war. Ich hatte noch nie mit einem Mädchen geschlafen, und so betrunken, wie ich war, würde ich keine tolle Performance hinlegen können, Neuling hin oder her. Also ging ich mit ihr durch die nächtliche Kälte, ohne sie zu berühren, ohne ihre Hand zu halten. Stattdessen dachten wir uns gemeinsam Themen für die Zeitung aus (Teamgeist und Schule? Was bisher geschah? Neue Zeichen setzen?), so als hätten wir nicht gerade eben noch geknutscht.

Vor ihrem Haus winkte sie mir zum Abschied, sagte, wir würden uns ja am Montag sehen, und das war's dann.

Ich hatte immer noch genug Alkohol im Blut, um mich mutig zu fühlen. Auf dem Weg zu Murrays Haus, in das man nachts problemlos einsteigen konnte und das viel näher war als unseres, schrieb ich ihr eine Nachricht.

Henry Page:

Okay, Dusty Knupps. Inzwischen müsste klar sein, dass ich dich vielleicht irgendwie sozusagen heiß finde.

Grace Town:

Gut zu hören! Ich hätte nicht Jagd auf dich gemacht, wenn es mir nicht genauso ginge.

Gut zu hören, Knupps, gut zu hören. Werde am Wochenende schreiben und dich über dies und das auf dem Laufenden halten.

Haha, okay. Bin schon gespannt auf dies und das.

Hervorragend. Ich werde dafür sorgen, dass du bestens informiert bist. Adieu, Mrs Knupps. Es war mir ein Vergnügen.

In der Tat, Mr Knupps, das war es.

»Muz«, flüsterte ich und klopfte gegen Murrays Schlafzimmerfenster. Als keine Antwort kam, schob ich das

Fenster hoch und schwang mich über das Sims. Ich legte mich in voller Montur auf Murrays Bett und schlief ein, allein mit meinen Gedanken an Grace Town und ihre Seele, die – wenn es stimmte, dass die Menschen aus Teilchen des Universums zusammengesetzt waren – aus Sternenstaub und Chaos bestand.

Kapitel 12

Unsere Eltern waren es gewohnt, nicht immer die eigenen Kinder vorzufinden, wenn sie morgens deren Zimmer betraten, sondern manchmal auch Freunde. Murrays Dad Baz (Kurzform von Sebastian und nicht etwa von Barry – was er immer betonte, wenn er sich jemandem vorstellte), riss mich mit dem Duft von gebratenem Speck und Kaffee aus dem Schlaf. Beim Aufstehen stellte ich fest, dass mein Gehirn offenbar frei herumschwappte. Sobald ich mich bewegte, klatschte es in meinem Schädel hin und her wie eine zornige Qualle und versetzte mir jedes Mal einen Stich.

Ich schleppte meinen hämmernden Kopf ins Esszimmer, wo Murrays Mom und seine drei jüngeren Schwestern bereits um den Tisch saßen.

»Morgen, Henry«, sangen die Mädchen kichernd im Chor. Sie sahen genauso aus wie Muz: blonde Lockenmähne und blaue Augen (nur ohne den kümmerlichen Bartflaum).

»Geht das nicht etwas leiser, ihr Höllenfurien?« Ich

sank auf den Esszimmerstuhl und stützte die Stirn vorsichtig auf dem Holztisch ab, was die drei nur noch lauter kichern ließ. »Warum ist das Licht hier so grell?« Die Sonnenstrahlen kamen von überall her, brannten sich durch meine Wodka-und-Punsch-getränkten Adern und loderten wie Buschfeuer. »Vielleicht war Dracula gar kein Vampir, sondern nur ein vergammelter Alkoholiker mit Dauerkater.«

»Also die Geschichte würde selbst ich gern lesen«, meinte Baz.

»Du kannst mir nicht zufällig sagen, wo unser Sohn abgeblieben ist, oder?«, fragte Murrays Mom Sonya. Ohne den Kopf von der kühlenden Tischplatte zu nehmen, checkte ich mein Handy. Es gab drei Nachrichten.

• LOLA LEUNG:
Alles läuft verdammt noch mal wie immer.

Dazu gab es das Foto eines sturzbetrunkenen Murray, der halb weggetreten war, wie ein Schlosshund auf Lolas Küchenboden heulte und sich an ein Plüschkänguru klammerte.

• LOLA LEUNG:
(Das Känguru habe ich ihm der Wirkung halber in den Arm gegeben, aber das muss ich ja nicht sagen, wenn ich ihm morgen das Bild zeige.)

Und dann, um 04:03 Uhr:

• MUZ FINCH:

Ich bin Lolas Terrorregime entkommen. Dein Dad hat mich in euer Haus gelassen. Ich werde jetzt gleich in deinem Bett stockbesoffenen Versöhnungssex haben. Hoffe, du hast nichts dagegen.

Ich schloss die Augen und ächzte. »Dieser australische Bastard.«

»Henry«, sagte Baz und deutete mit einem Nicken auf die Mädchen. »Wortwahl.«

»Oh, tut mir leid. Murray ist übrigens bei mir zu Hause.«

»Matratzentanz?«

»Ja, wie immer. Zuerst ist er bei Lola eingeschlafen. Vermutlich auf dem Küchenfußboden. Womöglich mit einem Känguru. Euer Sohn ist ein Strolch.«

»Das ist der Grund, warum er so viel Zeit mit dir verbringen darf. Weil du Wörter wie *Strolch* verwendest«, sagte Sonya und zerzauste mein Haar. Dann goss sie mir ein Glas Orangensaft ein.

Wir frühstückten gemeinsam im viel zu grellen Sonnenlicht, dann schleppten mich die Mädchen ins Spielzimmer, wo ich *Avatar: Der Herr der Elemente* anschauen musste, bis meine Eltern mit Murray auftauchten. Ich wehrte mich nicht, als seine Schwestern meine Fingernägel mit Silberglitzer bemalten, denn als Gegenleistung schafften sie mir Snacks aus der Küche heran. Sie versuchten, mir die Haare zu flechten, aber keine von ihnen konnte es richtig.

Schließlich trafen Mom und Dad für den Austausch der Söhne ein. Murray war barfuß und trug immer noch sein Piratenkostüm. Er hatte ein leeres Backblech in der Hand und trug ein Schild um seinen Hals, auf dem stand: KOSTENLOSE UMARMUNGEN UND KEKSE.

Ich stellte keine Fragen. Das musste ich nicht.

Meine Leute beschlossen, zum Mittagessen zu bleiben, weshalb ich die nächsten anderthalb Stunden in Murrays Bett döste, während er sein Zimmer aufräumte und mir haarklein erzählte, wie er sich (zweimal) mit Sugar Gandhi in meinem Bett »versöhnt« hatte. Worüber ich nicht gerade begeistert war. Murray wies mich darauf hin, dass meine Bettwäsche ein glatter Skandal und ein Waschgang längst überfällig war, womit er nicht ganz unrecht hatte. Ich erzählte ihm von Grace, von dem Kuss, von der Nachricht, die sie mir danach geschickt hatte. *Ich hätte nicht Jagd auf dich gemacht, wenn es mir nicht genauso ginge*. Dass ich Grace nicht gleichgültig war, wie ich es befürchtet hatte, sondern dass sie auf ihre seltsame, stille Art schon die ganze Zeit hinter mir her gewesen war. Normalerweise redeten Murray und ich nicht über solche Dinge, einfach, weil ich mit so was keinerlei Erfahrung hatte. Trotzdem gefiel es mir irgendwie. Es war schön, zur Abwechslung mal mitreden zu können.

»Schau uns an – zwei verliebte Narren«, seufzte Muz und ließ sich neben mir aufs Bett fallen. Er legte sein Bein auf meine Hüfte und schmiegte sich schnüffelnd an meinen Hals wie ein zotteliger Hund, aber das kannte ich schon von ihm.

Was die Liebe anging, war ich mir nicht sicher, aber Narren waren wir ganz bestimmt.

Kapitel 13

Und dann war plötzlich alles weg.

Keine Ahnung, was genau ich mir erhofft hatte. Dass ein einziger Kuss unter Alkoholeinfluss kein Beweis dafür war, dass Grace sich mir mit Leib und Seele hingeben würde, war sogar mir bewusst, aber ich hatte zumindest angenommen, dass wir unsere Gefühle auch nach außen zum Ausdruck bringen würden. Dass es einfacher sein würde, sie an ihren düsteren Tagen aus dem Schneckenhaus zu holen, nun, da ich wusste, wie sie zu mir stand. Dass es einfacher sein würde, es auszuhalten, wenn sie wieder mal so tat, als wäre sie allein auf der Welt. Einfacher, zufällig ihren Arm zu streifen, ohne dass sie sich sofort versteifte, als würde ein elektrischer Stoß durch sie hindurchjagen.

Wenn man erst mal rumgeknutscht hatte, dann, so hatte ich gedacht, würde sich alles von ganz allein ergeben. Aber da hatte ich mich natürlich wieder mal geirrt.

Die Woche nach unserem ersten Kuss verlief ungefähr so:

SAMSTAG

Als ich am frühen Nachmittag von Murray nach Hause kam, schickte ich Grace eine Nachricht (allerdings erst nachdem ich – mit Schutzhandschuhen und Mundschutz – meine Bettwäsche abgezogen und in die Waschmaschine gestopft hatte).

Henry Page:

Uff. Bin aufgewacht und hatte das Gefühl, einen toten Hamster verschluckt zu haben. Heslin hat angeblich Hausarrest, der arme Kerl. Wie geht es Grakov? Gib mir Bescheid, wenn du am Wochenende was unternehmen willst.

Grace Town:

So weit alles okay. Wegen Wochenende melde ich mich. Schönen Tag noch.

SONNTAG

Entgegen ihrer Ankündigung ließ Grace Town in Sachen Wochenende nichts mehr von sich hören. Das konnte ich deshalb so genau sagen, weil ich den Großteil der folgenden vierundzwanzig Stunden damit verbrachte, vergeblich auf eine Nachricht von ihr zu warten. Sonntagabend ging ich um acht ins Bett, schlief aber erst ein, als sich der Himmel rosa färbte und die ersten Strahlen der aufgehenden Sonne durchs Kellerfenster fielen.

MONTAG

Kurz vor der ersten Stunde erschien Grace Town im Redaktionszimmer, nickte mir kurz zu, nahm einen Stapel Papiere von ihrem Schreibtisch und verließ den Raum. Das war der Augenblick, an dem ich zu dem Schluss kam, dass DER KUSS (wie ich ihn seither nannte) nichts als ein Hirngespinst war, hervorgerufen durch eine leichte Methanol-Vergiftung vom Punsch. Den Rest des Tages hatte ich nur noch den Wunsch, nach Hause zu gehen und mir eine neue Schule zu suchen, die auch mitten im Abschlussjahr einen neuen Schüler aufnahm.

Leider musste ich nach dem Unterricht noch bleiben, um meine erste Englischarbeit für Hink fertigzustellen (sprich: anzufangen), um Mathehausaufgaben nachzuholen, das Spanischbuch zum allerersten Mal aufzuschlagen und endlich über meine Collegebewerbungen nachzudenken. Als Grace' Nachricht kam, war ich daher noch in der Bibliothek. Beim Lesen hatte ich das Gefühl, als würde mir jemand das Herz in der Kehle zerquetschen. Es war viel, viel schlimmer als befürchtet.

Grace Town:

Hast du Lust, donnerstagabends Touch Football zu spielen? Hink stellt ein Freizeitteam aus Lehrern und Schülern zusammen und fragt, ob du mitmachen willst? Anscheinend sind alle mit von der Partie (zumindest alle Lehrer). Ich spiele zwar nicht, aber ich werde kommen und euch anfeuern.

Ich hatte mit etwas gerechnet wie »Freitagabend war ein Fehler« oder »Ich will nicht, dass jetzt etwas zwischen uns steht«, aber das? Das war die reinste Folter.

Einerseits hatte es zwei Vorteile, der Hobbymannschaft beizutreten:

1. Grace Town natürlich.
2. Es war eine Gelegenheit, bei den Lehrern zu punkten, besonders bei denen, die mich immer noch für Sadie Page' männliches Gegenstück hielten. Ich konnte ihnen beweisen, dass ich weder ein durchtriebener Krimineller noch ein psychotisches Genie war.

Andererseits gab es da diesen einen großen Nachteil:

1. Es handelte sich um Sport.

Das Gegenargument hätte beinahe den Ausschlag gegeben. Allein der Gedanke, dass Grace Zeuge meiner tollpatschigen Versuche in punkto Hand-Auge-Koordination werden würde, ließ mich zusammenzucken. Trotzdem wollte ich mir keine Chance entgehen lassen, mehr Zeit mit ihr zu verbringen. Also schrieb ich:

Henry Page:

Vielleicht könnte ich endlich mal auf Tuchfühlung mit Mr Hotchkiss gehen. Im Unterricht hat er mich nach hinten verbannt, aber auf dem Spielfeld kann er sich nicht vor mir verstecken.

Weißt du schon, wann sie spielen? Und wie war dein Montag?

Das Spiel fängt um vier an. Jeden Donnerstag. Heute war okay. Ich habe Lola beim Layout der Artikel geholfen, die wir schon auf dem Tisch haben. Wollen wir wirklich einen Text im Umfang von 10000 Wörtern über Magic-Cards-Turniere reinnehmen?

Hey! Was hältst du von »Magic Cards« als Hauptthema?

Sorry, dass ich heute nicht mithelfen konnte. Zu viel Arbeit für die Schule und so.

Hab ich dir nicht erzählt, dass ich vor etwa einer Woche »Magic Cards« als Thema festgelegt habe? Dieses epische Stück Weltliteratur wird das Opus Magnum der Westland Post.

(Vielleicht sollten wir es auf 9000 Wörter kürzen.)

Was hast du heute Abend vor?

Komme gerade aus dem Redaktionszimmer und mach mich jetzt auf den Weg, um mit einigen Mädels aus East River abzuhängen, mit denen ich früher immer gelaufen bin. Ich habe mich lange genug mit Galaxys Grammatikfehlern rumgeschlagen und kann jetzt zwei, drei Bier vertragen.

Meine Idee mit dem Bierkühlschrank war vielleicht doch nicht so gut. Echt jetzt, wenn das so weitergeht, bin ich Ende des Jahres Alkoholiker.

Alle guten Schriftsteller waren das. Hemingway wäre stolz auf dich. Also ... vor dem Football kurz vorglühen? Nicht umsonst wird Alkohol auch als »flüssiger Mut« bezeichnet.

Sich vor dem Footballspiel anzutrinken macht 95 % meiner Strategie aus.

Und die anderen 5 %?

1 % reines und unverfälschtes athletisches Talent, 4 % Glück.

Eine kühne Strategie, Cotton. Mal sehen, ob sie sich auszahlt.

Kühn, kann man wohl sagen.
In 60 % der Fälle funktioniert es hundertprozentig.

DIENSTAG

In der Mittagspause gingen wir in ein Café in der Nähe des Einkaufszentrums. Schweigend reihten wir uns in die Warteschlange ein. Es war einer von den Schlechten Grace-Tagen, an denen sie stundenlang kaum ein Wort sagte. Ein Gespräch in Gang zu bringen, ist gar nicht so leicht, wenn beim anderen Funkstille herrscht. Als dann auch noch die Elvis-Version von »Can't Help Falling in Love« aus dem Lautsprecher kam, war die Situation so lächerlich klischeehaft, dass ich die Lippen zusammenpressen musste, um nicht loszulachen.

An der Theke bestellte ich Tee. Grace wollte nichts

trinken, bestand aber darauf, zu bezahlen. Ich ließ es zu, weil es mir gefiel. Man bezahlt schließlich keine warmen Getränke für x-beliebige Leute, oder?

In diesem Moment, während im Hintergrund Elvis *Take my hand, take my whole life too* sang, war Tee viel mehr als nur in kochendes Wasser getauchte Blätter. Nach einer halben Woche im Gefühlsvakuum war er ein Symbol dafür, dass Grace Town sich immer noch für mich interessierte, auch wenn sie das nicht in Worte fassen konnte.

»Jetzt musst du mir nur noch verraten, was genau an diesem Outfit unauffällig sein soll«, sagte ich.

Es war Dienstagabend. Eine Woche war vergangen, seit Madison Carlson uns mit Insider-Infos versorgt hatte. Ich fuhr Richtung East River High. Murray saß neben mir auf dem Beifahrersitz, mit Trenchcoat und breitkrempigem Hut, im Mundwinkel eine unangezündete Zigarre.

»Der Regen trommelte wie Gewehrfeuer«, nuschelte Murray mit amerikanischem Akzent. Er kommentierte die Ereignisse des Abends im Stil eines Hard-boiled-Krimis aus den Fünfzigern. Tatsächlich war kein Regentropfen weit und breit zu sehen. »Ich drehte mich zu dem Burschen um« – Murray drehte sich zu mir – »und sagte: ›Ich hoffe, du weißt, auf was du dich einlässt.‹ Er war ein anständiger Kerl, ein 1,80 großes, dürres Klappergestell, und er hatte ordentlich Grips im Kopf. Ich brachte es nicht fertig, ihm zu sagen, dass die Dame, der er nachstellte, genauso war wie Passivrauchen: schön, aber tödlich.«

»Passivrauchen ist nicht schön.«

»Der Kleine ließ eine dumme Bemerkung los, aber ich ging darüber hinweg. ›East River liegt vor uns‹, sagte ich, als wir um die Ecke bogen und die grellen Lichter der Schule sahen. ›Stell den Wagen hier ab, sonst entdecken sie uns in null Komma nichts.«

»Im Ernst, wenn du nicht endlich die Klappe hältst und den Hut abnimmst, lasse ich dich allein im Auto zurück.«

»Das Gewimmer des Kleinen ging mir gewaltig gegen den Strich. Ich brauchte dringend einen Schuss Nikotin.« Murray entzündete ein Streichholz und machte Anstalten, seine Zigarre zu rauchen. Und das im Auto meiner Mutter. Ich verpasste ihm eine Kopfnuss.

»Au, verflucht, schon gut, schon gut!«, sagte er und wedelte mit dem Streichholz, bis die Flamme erlosch. Er nahm den Hut ab und ließ die Zigarre im Auto zurück, dann gingen wir gemeinsam auf die in Scheinwerferlicht getauchte Leichtathletikbahn von East River zu. Der Wind frischte auf und wehte den sauberen, frischen Geruch des Herbstes zu uns. Dürres Laub knirschte unter unseren Füßen. Die Straßenlaternen spendeten gedämpftes Licht und die Straßen lagen ruhig und verlassen da. Ich grub meine Hände in die Taschen und überlegte, warum zum Teufel uns Madison Carlson hergeschickt hatte.

Im Schatten der leeren Tribüne gingen wir in Deckung.

Muz knuffte mich in die Rippen und deutete übers Feld. »Da drüben«, sagte er, was vollkommen unnötig war, denn außer ihr war niemand da. Eine kleine Gestalt in einer weiten Galaxie aus fluoreszierendem Licht.

Grace trug wie üblich Jungsklamotten, die ihr viel zu groß waren, und doch war heute Abend etwas anders als sonst. Sie hatte die Haare zurückgebunden, ihr Gesicht war rosig und glänzte vor Schweiß. Die Hände auf den Knien, stand sie vornübergebeugt da und holte keuchend Luft. Nach einer Minute richtete sie sich auf, humpelte – ohne Gehstock – zurück an die Startlinie und kniete sich hin. Dann holte sie tief Luft und rannte los. Ihre Bewegungen waren unkoordiniert, und ihr Gesicht wurde zur Grimasse, verzerrte sich bei jedem Schritt, den sie mit ihrem verletzten Bein auf dem roten Gummibelag der Laufbahn machte.

»Was tut sie da?«, fragte Muz, während wir wie gebannt zusahen.

Vielleicht lag es daran, dass sie sonst immer so blass war und zerbrechlich wirkte – nicht zart, ganz im Gegenteil, eher hart –, jedenfalls hätte ich nie gedacht, dass sie zu einer solchen körperlichen Anstrengung fähig war. Nachdem sie etwa hundert Fuß gerannt war, blieb Grace stehen, fing an zu schreien und zerrte an ihren Haaren. Sie hob den Gehstock auf, der neben der Bahn lag, und schlug damit auf ihr verletztes Bein ein. Immer und immer wieder, bis sie schließlich schluchzend zu Boden sank. Kein Wunder, dass ihr Hinken einfach nicht besser werden wollte.

»Ach du Scheiße«, sagte Murray und zog eine zweite Zigarre aus der Tasche seines Trenchcoats. Diesmal hielt ich ihn nicht davon ab, sie anzuzünden. Er nahm einen tiefen Zug wie einer dieser ausgebufften Detektive aus den Kriminalromanen.

»Ein Fall von Passivrauchen, ganz klar«, knurrte er mit amerikanischem Akzent. Kleine graue Wölkchen quollen aus seinem Mund, als er den Rauch ausstieß. »Ich wollte dem Youngster ja nicht reinreden, aber während wir die Kleine beobachteten, dachte ich mir: Je mehr er sie inhaliert, desto schlechter wird es ihm bekommen.«

MITTWOCH

»Bitte sie um ein Date«, sagte Muz am folgenden Nachmittag zu mir. Wir waren übereingekommen, Lola nicht zu erzählen, dass wir Grace auf der Bahn nachspioniert hatten, weil sie uns a) unter die Nase reiben würde, dass Grace leider emotional tief gestört war – als wäre das nicht ohnehin klar –, und mir dann kühlen Kopfes den Rat geben würde, besser die Finger von ihr zu lassen, und weil wir uns b) ohnehin schon mies genug fühlten nach allem, was wir getan und gesehen hatten. Die Erinnerung daran verfolgte mich den ganzen Tag, sie klebte an meiner Haut wie ein Spinnennetz, obwohl ich versuchte, sie aus meinen Gedanken zu verbannen, wie damals das Bild von Grace auf dem Friedhof. »Du kriegst sie nie rum, wenn du nur wie ein zartes Sonnenblümchen den Kopf hängen lässt und Trübsal bläst. Also sei keine Pussy.«

»Murray«, blaffte Lola ihn an. »Hatten wir das mit ›Pussy‹ nicht längst geklärt?«

»Oh, Scheiße, du hast recht«, sagte Muz ehrlich schuldbewusst. Er unterbrach sein Call-of-Duty-Spiel und drehte sich auf der Couch zu uns um.

Lola und ich lümmelten auf dem Bett. »Vaginas sind total klasse und ich wollte in keiner Weise die weiblichen Fortpflanzungsorgane schmähen. Ich habe die Bezeichnung in einem allgemein gebräuchlichen, übertragenen Sinn verwendet, muss allerdings zugeben, dass man sie als abwertend missverstehen kann. In Zukunft werde ich von solchen Formulierungen absehen.«

»Danke.«

»Wie auch immer, Kumpel, du musst jetzt eine große Geste machen. Auf diese Weise habe ich auch Sugar Gandhi rumgekriegt.«

»Sugar Gandhi hat dir fast eine gescheuert, als du auf Heslins Party losgeheult hast.« Lola schüttelte den Kopf und wandte sich mir zu. »Henry, du musst ihr sagen, was du fühlst. Schluss mit diesem kryptischen Bullshit. Wenn du etwas willst, dann musst du es aussprechen. Am besten, du schickst ihr sofort eine Nachricht. Wie wär's mit: ›Es war schön, dich zu küssen, ich würde es gern wiederholen. Hast du Lust?‹«

»Bist du dir überhaupt im Klaren darüber, was du von der Braut willst?«, fragte Murray. »Ich meine, willst du hier eine Beziehung anfangen, obwohl du nächstes Jahr aufs College gehst? Oder geht es dir nur darum, sie flachzulegen?«

»Eloquent wie immer, mein australischer Freund«, erwiderte ich. Das Problem war, ich wusste ganz genau, was ich von Grace Town wollte. Natürlich wollte ich mit ihr schlafen. Aber ich wollte auch, dass sie meine Freundin ist. Dass wir in ein paar Jahren heiraten. Und wenn wir alt waren, wollte ich Pfefferminztee trinken und unseren Enkeln Harry Potter vorlesen, während ich gemeinsam mit ihr auf der Veranda eines alten Hauses irgendwo auf dem Land saß und ein heraufziehendes Sommergewitter beobachtete. War das zu viel verlangt?

»Vielleicht bin ich auf alle Ewigkeit zum Alleinsein verdammt.« Ich zog mein Handy hervor, öffnete die Notiz-App und fing an zu schreiben.

Vierter Entwurf

Weil es ziemlich anstrengend ist, jemanden so gernzuhaben. Das Gehirn läuft heiß, die Zahnräder knirschen in deinem Kopf, bis das ganze Öl deiner Gedanken aufgebraucht ist. Das Feuer geht auf deine Brust über, wo es deine Lunge versengt und dein Herz zu Asche zerfallen lässt. Und wenn du denkst, dass die Flammen dich bis aufs Skelett verbrannt haben, springen die Funken von deinen Knochen über, um nicht nur deinen Leib, sondern auch dein ganzes Leben in Rauch aufgehen zu lassen.

»Meine Güte, Henry«, sagte Lola und verdrehte die Augen, während sie über meine Schulter hinweg mitlas. »Wie dramatisch.«

»Halt die Klappe. Du hast keine Ahnung, wie sehr ich leide.«

Später am Nachmittag schickte ich Grace eine Nachricht mit der einzigen Ausrede, die mir einfiel, um ein Gespräch anzufangen:

Henry Page:

Weißt du, ob morgen das erste Touch Game stattfindet? Soll ich mich darauf einstellen, allen die Fresse zu polieren?

Grace Town:

Ja, es fängt um vier an. Bring dich schon mal in Rage. Ich will sehen, wie du sie fertigmachst.

O ja, das werde ich. Vielleicht. Möglicherweise.

Dein Selbstvertrauen ist ansteckend.

Okay, wie wär's mit: »Ich nehme an euch, die ihr euch meinem Touch-Team in finsterer Gesinnung entgegenstellt, gewaltige Rache mit grimmigen Strafen. Dann werdet ihr erkennen, dass ich Randy Knupps bin, wenn ich mich an euch räche.« Besser? Besser.

Ich bin froh, dass Sie in meinem Touch-Team sind, Mr Winnfield.

Sag noch einmal Touch, sag noch einmal »Touch«, ich warn dich, ich warn dich doppelt, du kleiner Schwanzlutscher! Wag es, auch nur noch ein einziges Mal »Touch« zu sagen.

DONNERSTAG

Der Nachmittag ging viel zu schnell vorbei, so wie immer, wenn etwas bevorsteht, auf das man gern verzichten würde. Nach der letzten Stunde ging ich direkt in die Jungs-Umkleide und zog die einzigen Kleidungsstücke aus meinem Schrank an, die halbwegs als »Sportklamotten« durchgehen konnten. Vor etwa einem Jahr hatte ich die 1,80-Marke geknackt, aber mein Gewicht hatte meine Größe noch nicht eingeholt, obwohl ich Essen in mich hineinstopfte wie ein Müllschlucker. In meinen Sportsachen sah ich besonders schlaksig aus, nichts als Arme und Beine. Ich konnte nur hoffen, dass mein blasser, spindeldürrer Körper Grace nicht allzu sehr abschreckte.

»Das geht nicht gut aus«, seufzte ich und wünschte, ich hätte Muz dazu überredet, mitzuspielen. Alle wären so beeindruckt von dieser Sportskanone, dass keiner mitkriegen würde, wie ich mich davonschlich und unter der Tribüne versteckte.

»Sehr schick, Henrik«, sagte Grace und unterdrückte ein Grinsen, als sie mich in meinen Sportsachen sah. Sie hinkte wieder etwas stärker, wie ein Schurke aus einem alten Bond-Film, und zuckte bei jedem Schritt zusammen. (»Habe mich mal wieder bei der Reha abgequält«, hatte sie tags zuvor erklärt. Ich hatte genickt und mir vorgemacht, nicht zu merken, wie leicht ihr die Lüge über die Lippen kam.)

»Ich hasse dich«, sagte ich.

Die Lehrer trafen sich einmal die Woche zu einem Freundschaftsspiel mit Lehrern anderer Highschools. Oft brachten sie Schüler mit, als Verstärkung für ihr Team. Hink – der noch nie mitgemacht hatte und ganz offensichtlich beträchtlichen Ehrgeiz entwickelte – hielt es für eine gute Idee, etwas frisches Blut in die Mannschaft zu bringen, daher waren außer Grace und mir noch zwei andere Schüler mit dabei. Suki Perkins-Mugnai, anscheinend eine Art Football-Wunderkind, und ein Typ, der das Abschlussjahr ungefähr zum dritten Mal wiederholte und den ich nur als »Buck« kannte. Buck war klein und untersetzt und sein Bartflaum war noch armseliger als Murrays. Ich hatte den Verdacht, dass er nur deshalb im Team war, weil er aussah wie ein dreißigjähriger Schwerverbrecher aus dem Knast.

»Alles klar, Team?«, fragte Hink, als wir uns zehn Minuten später vor seinem Büro versammelten. Er trug Sportsachen und sah aus wie ein zweiter Kip Dynamite, der an der Bushaltestelle LaFawnduh trifft. Wir bemühten uns alle, beim Anblick seines Schweißbands und seiner kniehohen Strümpfe nicht loszuprusten. Zumindest würde ich nicht die lächerlichste Figur auf dem Spielfeld sein.

Hink ging mit uns zum Footballfeld, wo sich die anderen Lehrer bereits aufwärmten, Dehnübungen machten und einander Bälle zuwarfen.

»Gott, wie schrecklich«, sagte Suki. »Kein Highschool-Schüler will seinem Lehrer bei solchen Verrenkungen zusehen müssen.«

»In einem Film«, sagte ich und schnitt angesichts des zusammengewürfelten Haufens, aus dem unsere Mannschaft bestand, eine Grimasse, »wären wir die Underdogs, die über sich selbst hinauswachsen und das Turnier am Ende gewinnen. Wie in *Dodgeball.*«

»Tja, ich glaube nicht, dass es etwas hilft, wenn ihr euch vor Schraubenschlüsseln wegduckt wie die Spieler im Film«, sagte Grace. »Ihr habt nicht die geringste Chance.«

»Ts, ts, ihr Kleingläubigen«, sagte ich nur, und dann ahmte ich Hink hinter seinem Rücken nach, wie er Stretch-Übungen machte, woraufhin Suki vor Lachen zusammenklappte.

»Realitätsgläubig trifft es besser«, erwiderte Grace. Sie deutete mit einem Nicken zum anderen Ende des Spielfelds. »*Das* sind eure Gegner.«

Wie sich herausstellte, war es tatsächlich ein bisschen wie in *Dodgeball,* nur ohne Happy End. Statt uns bei den Anfängern oder wenigstens in der Mittelliga anzumelden, wollte Hink gleich bei den Fortgeschrittenen mitmachen – vor allem (besser gesagt: ausschließlich) deswegen, weil Suki Perkins-Mugnai schon Spielerfahrung hatte und er der Meinung war, das würde reichen.

Die gegnerische Mannschaft bestand aus Sportlehrern und leicht verletzten Topathleten der Rockwood High, die alle eine bemerkenswerte Ähnlichkeit mit Gregor »Der Reitende Berg« Clegane aus *Game of Thrones* hatten. Sie spielten (und gewannen) schon so lange zusammen, dass sie sich sogar richtige Trikots geleistet hatten – schwarze T-Shirts mit einem roten, anatomisch genauen Herz, das von einer Hand zerquetscht wurde.

Das Spiel verlief wie erwartet. Grace saß auf der Tribüne und fuchtelte mit ihrem Gehstock, an den sie einen Pom-Pom gebunden hatte, um uns anzufeuern, während die *Gutcrushers* ihrem Namen alle Ehre machten. (Wir hatten es Hink zu verdanken, dass unser Team-Name immer noch »Hi Maria, können wir uns das noch überlegen und später nachreichen?« war). Unsere Gegner waren entweder ehemalige oder aktive Footballspieler und vergaßen immer wieder, dass Touch Football die Soft-Variante des Spiels war, zumindest nahmen sie das Tackling sehr ernst.

Als Buck zum ersten Mal den Ball zugeworfen bekam, starrte er erst ihn, dann die heranstürmende Horde an und sagte: »Nicht mit mir«, bevor er sich umdrehte und die Flucht ergriff. Er wurde nie wieder gesehen.

Ich tat mein Bestes, dem Ball aus dem Weg zu gehen oder ihn so schnell wie möglich an Suki weiterzugeben, die tatsächlich als Einzige von uns wusste, was sie tat. Sie erzielte zwei Touchdowns für uns, über die sich die Gutcrushers sehr aufregten, obwohl sie uns sowieso plattmachten.

Hink sprang umher wie eine neugeborene Gazelle, die das Laufen erst noch lernen musste. Beady verstauchte sich nach sieben Minuten auf dem Feld den Knöchel. Mein Mathelehrer Mr Hotchkiss schien mich jetzt noch mehr zu hassen als im Unterricht, was genau das Gegenteil von dem war, was ich bezweckt hatte. Und dann, als die Höllenschlacht fast vorbei war und die arme Suki völlig fertig aussah, weil sie für unser ganzes Team gegen eine Horde wilder Bestien angekämpft hatte, fiel mir aus Versehen der Ball in die Hände, und es war niemand da, an den ich ihn weitergeben konnte.

Der Aufprall war so heftig, dass der Horizont wegzukippen schien. In der einen Sekunde stand ich noch auf beiden Beinen und überlegte panisch, was ich mit dem blöden Ball anstellen sollte, und in der nächsten lag ich auf dem Boden und bekam keine Luft mehr.

»Tut mir leid, Kumpel, war grad so in Fahrt«, sagte der Riese, der mich umgepflügt hatte und mich jetzt am Arm packte und auf die Füße zog. Es war bestimmt gut gemeint, aber ich war so außer Atem, dass ich nur mit meiner freien Hand einen Schlenker in seine Richtung machen konnte. »Ihr solltet es vielleicht mal in der Mittelliga versuchen. Oder bei den Anfängern.«

Grace lachte natürlich hämisch, als ich auf die Tribüne zustolperte. Ich war mir sicher, dass ich mir ein paar Rippen gebrochen hatte. Während ich über das Feld schwankte, warf ich ihr immer wieder verstohlene Blicke zu. Von der durchgeknallten Fremden, die ich am Dienstagabend auf der Laufbahn gesehen hatte, war keine Spur mehr zu sehen.

»Nie. Wieder«, waren die ersten Worte, die ich zu ihr sagte, als ich wieder sprechen konnte.

Nachdem die Gutcrushers uns massakriert hatten, lud Hink uns alle zum Essen ein, als eine Art Wiedergutmachung dafür, dass das Spiel zu einer Art rituellen Opferung ausgeartet war – Endergebnis 16 zu 2. Aber beim Essen saß ich neben Grace und allein dafür hatte es sich gelohnt. Sie war gut gelaunt wie sonst nur selten, neckte mich, weil ich es nicht schaffte, mein Sushi mit Stäbchen zu essen, und überlegte laut, ob wir Buck jemals wiedersehen würden oder ob er einen auf Forrest Gump machte und immer noch rannte.

Hotchkiss stellte sogar fest, dass ich in Mathe längst nicht so gut war wie Sadie und schleunigst damit anfangen sollte, meine Hausaufgaben bei ihm einzureichen, wenn ich nicht durchfallen wollte. Wie nett von ihm. Vielleicht hatte er endlich kapiert, dass wir nicht ein und dieselbe Person waren und er nicht befürchten musste, dass ich unter seinem Schreibtisch ein Feuerwerk hochgehen lassen würde.

Am Ende schlossen wir einen Pakt, dass wir bis in unser Grab niemals wieder Football spielen würden. Für ein paar Stunden mit Grace an einem ihrer guten Tage nahm ich die blauen Flecken und die leichte Gehirnerschütterung fast gern in Kauf.

FREITAG

Wir trafen uns am Morgen vor der ersten Stunde in der Bibliothek. Ich hatte mir die Seitenvorlagen der Zeitung unter den Arm geklemmt, und sie trug eine Thermoskanne und zwei feine Porzellantassen mit Motiven aus *Alice im Wunderland* und kleinen gemalten Schildchen am Henkel, auf denen stand: *Trink mich*. Lola war nämlich der Geduldsfaden gerissen, und sie hatte von uns verlangt, ihr endlich ein Thema zu nennen, damit sie mit dem Layout der Titelseite und der Hauptartikel anfangen konnte. Wir hatten alles zusammengekratzt, was wir aufbieten konnten: den Artikel über die Magic-Karten, mehrere Fotoseiten und Galaxy Nguyens enthusiastische Wochenberichte über das bisherige Schuljahr. Langsam kamen wir in die heiße Phase.

Ich folgte Grace schweigend zwischen den Regalen hindurch, viel weiter in die Tiefen der Bibliothek als sonst. Wir waren beide noch zu verschlafen, um viel zu reden.

Hier gab es weder Stühle noch Tische, deshalb setzten wir uns im Schneidersitz auf den Teppich und breiteten die Blätter zwischen uns auf dem Fußboden aus. Grace schenkte uns Tee ein – Karamell und Vanille, wie sie mir sagte, also viel zu wenig Koffein, um mein Zombie-Ich zu dieser gottlos frühen Stunde in einen Menschen zu verwandeln –, und dann begannen wir damit, schweigend die Kästchen von 1 bis 30 zu nummerieren. Sie standen für einzelne Zeitungsseiten, aus denen später ein vollwertiges Magazin im Kleinformat werden sollte. Als wir alles vor uns ausgebreitet hatten, wurde uns klar, dass alle brauchbaren Beiträge, die wir bisher zusammengetragen hatten, nur etwa ein Drittel des Platzes füllten, den Leitartikel über die Magic-Karten im Umfang von insgesamt 9000 Wörtern schon mitgerechnet.

Fuck.

Anfangs konzentrierten wir uns ganz auf die Arbeit. Wir saßen ein Stück voneinander entfernt, Grace mit durchgedrücktem Rücken und ausdruckslosem Gesicht. Sie schrieb ein paar Ideen auf. *Potenziell kontroverse Kommentare zu Sex-Themen?*, notierte sie. *Klischeebeladene Reportage über aufstrebenden Nachwuchsathleten/Highschool-Sportler?*

Im Lauf der nächsten Stunde wurden wir beide etwas wacher, und es zeichnete sich ab, dass heute ein Guter Grace-Tag sein würde. Sie rutschte zu mir herüber. Legte bei der Arbeit den Kopf auf meine Schulter, als wäre es das Natürlichste auf der Welt. Als wären wir uns schon hundert Mal so nah gewesen.

Ich weiß noch, dass ich dachte: *Gott, sie ist so verwirrend.* Denn das war sie. Eine Woche lang praktisch Funkstille und jetzt das. Sie war (ganz untypisch) gepflegt und ihr gekämmtes Haar floss über ihren Rücken. Sie hatte den Ellbogen auf mein Knie gestützt und malte mit den Fingern kleine Kreise auf meinen Schuh. Ihr Geruch, warm und berauschend und auch ein kleines bisschen muffig, stieg mir in die Nase und ließ meinen Kopf von irrwitzigen Möglichkeiten schwirren. Es war fast, als wären wir wirklich zusammen.

Danach gab es nichts weiter zu tun. Ich hielt den Stift in der Hand, wagte es aber nicht, etwas auf das Papier zu schreiben, denn ich wollte mich nicht unnötig bewegen, damit Grace nicht auf den Gedanken kam, es wäre mir unbequem. Stattdessen schmiegte ich meinen Kopf an ihren und atmete ruhig und gleichmäßig, während sie auf den Seiten herumkritzelte und unsere ungewohnte Nähe nicht zu bemerken schien. Wir blieben eine ganze Weile so, bis die Schulglocke läutete und Grace sich langsam aufsetzte und gähnte, als würde sie gerade aus einem Traum erwachen. Aber als sie sich zu mir umdrehte, war da wieder dieser Blick, den ich schon nach dem KUSS in ihren Augen gesehen hatte und der mich so verwirrte. Es war ein kurzer Moment der Bestürzung, ja beinahe Fassungslosigkeit, als hätte sie jemand anderen neben sich erwartet und nicht mich.

Wie war dieser Blick zu verstehen? Was bedeutete er? Oder bildete ich mir das alles nur ein?

»Soll ich dich heute Nachmittag wieder mitnehmen?«, fragte sie, als sie sich wieder gefasst hatte. Sie faltete die Musterseiten zusammen und reichte sie mir.

»Ja«, antwortete ich. »Das wäre super.«

Grace nickte nur, dann stand sie auf und ging davon, so teilnahmslos wie immer.

Ich beschloss, die ersten zwei Unterrichtsstunden zu schwänzen, denn heute war der Tag der Entscheidung. Es ging nicht anders. Noch so ein Wochenende würde ich nicht durchstehen, und schon gar keine ganze Woche in Ungewissheit darüber, ob sie meine Gefühle erwiderte. Also ging ich ins Redaktionszimmer, schaltete alle Lichter aus und setzte mich unter den Schreibtisch. Ich rollte mich zusammen wie ein Baby und schrieb ihr eine Nachricht, wie Lola mir geraten hatte, aber irgendwie reichte das noch nicht. Es kam mir zu nichtssagend vor. Wenn wir wie durch ein Wunder doch noch zusammenkämen, sollte unsere Geschichte einen außergewöhnlichen Anfang nehmen und nicht nur mit einem Facebook-Chat beginnen.

Schließlich entschloss ich mich zu einer PowerPoint-Präsentation á la Henry mit dem Titel »Gründe für ein Date mit mir«, in Anlehnung an eine äußert überzeugungskräftige Vorlage, die ich auf Imgur gesehen hatte. Bevor ich Grace kannte, wäre mir so etwas nie in den Sinn gekommen, aber ich dachte an unseren Abend am geheimen Fischteich und unser Gespräch über kosmische Erlösung. Grace hatte von Mut geredet und davon, dass man am Ende wieder zum unbeschriebenen Blatt wird und dass man die Zeit nutzen sollte, solange die Atome ein Muster bilden, das ein Bewusstsein erschafft.

Während ich also meine PowerPoint-Präsentation zusammenstellte, glaubte ich endlich zu verstehen, warum ihr das Vergessenwerden nichts ausmachte. Der Gedanke, dass das Universum dich am Ende auffängt, kann dir jede Furcht nehmen. Er verspricht Erlösung von all den idiotischen Dingen, die man getan hat. Wahre Vergebung der Sünden.

So gesehen spielte es keine Rolle, ob sie Ja oder Nein sagte. Am Ende machte es keinen Unterschied.

Ich saß also unter dem Tisch und bastelte. Irgendwann kam Lola ins Zimmer, was ich allerdings nur am Rande wahrnahm. Sie schien sich nicht besonders darüber zu wundern, dass ich auf dem Boden unter einem Möbelstück kauerte, und stellte keine Fragen, weshalb ich schweigend weiterarbeitete. Und dann hatte ich es geschafft. Die Präsentation war spielerisch und albern und hoffentlich witzig genug, um sie zum Lachen zu bringen.

Gründe für ein Date mit mir

Eine PowerPoint-Präsentation von Henry Page
mit wissenswerten Fakten

Hauptargumente

- Du stehst auf männliche Wesen (hoffe ich zumindest – es wäre nicht das erste Mal, dass ich mich irre).
- Zufälligerweise gehöre ich zur männlichen Spezies.
- Es hat mir gefallen, mit dir zu knutschen. Und zwar so sehr, dass ich es gerne regelmäßig tun möchte.
- Wie hast du einmal so weise bemerkt: #YOLO

Vorteile einer Beziehung mit mir

- Ich spreche GIF korrekt aus.
- Bei Taco Bell spare ich nie an Guacamole.
- Star-Wars-Marathons mit Pizza und Eis.
- Du würdest mich daten.
- Du hättest die Erlaubnis, über mich herzufallen, wann immer du möchtest.
- Bitte.
- Meine Referenzen kennen keine Grenzen.

Was dich erwartet

Grafische Aufschlüsselung von Henry Isaac Page

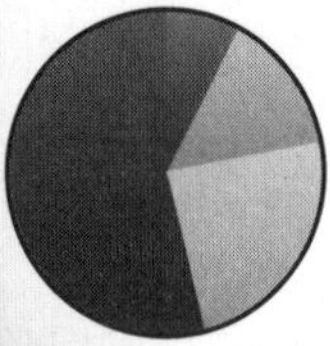

- geistreicher Witz
- Meme-Kenntnisse
- umwerfende Persönlichkeit
- Bescheidenheit

Pro- und Kontra-Argumente

Pro	Kontra
Ich kann sowohl Cupcakes als auch Minipizzas machen.	Nichts davon schmeckt besonders gut.
Ich schreibe romantische PowerPoints.	Möglicherweise erfüllt das den Tatbestand sexueller Nötigung.
Ich habe eine umfangreiche Sammlung von Pókemon-Karten und *Doctor-Who*-Fanartikeln.	Deine Eltern könnten etwas dagegen haben, dass du einen Bad Boy datest.
Ich werde dich nicht im Stich lassen wie dein Freund aus der Grundschulzeit. (Was für ein Arsch.)	Das könnte als Stalking interpretiert werden.
Ricky Martin Knupps II hätte eine bessere Kindheit, wenn wir offiziell ein Paar werden.	Kein Kontra-Argument mehr. Pro gewinnt!

Promi-Empfehlung

»Als absolut verlässlicher Erzähler gebe ich dir mein Wort, dass Henry Page eine besondere, einzigartige Schneeflocke ist. Vertrau auf Tyler.«
– Zitat des fürs verlässliche Erzählen berühmten Tyler Durden

Ich las es, einmal, zweimal, immer wieder und dachte: *Soll ich es ihr zeigen? Soll ich es wirklich machen?*

Dann kam auf Lolas Spotify »Someday« von den Strokes.

Mein Lied für Grace.

Unser Lied.

»Ich wusste gar nicht, dass du die Strokes magst«, sagte ich zu Lola.

»Hm?« Lola drehte sich langsam in ihrem Stuhl zu mir um. »Oh, ich kenne sie nicht besonders gut, aber vor ein paar Tagen habe ich bei Grace mitgehört, und es hat mir gefallen.«

Ach, was soll's, dachte ich. Entschlossen öffnete ich Facebook und schrieb:

Henry Page:

Grakov. Komm in der letzten Stunde in die Aula. Behaupte einfach, es ginge um die Zeitung. Ich muss dir was zeigen.

Grace Town:

Henrik. Wie durchtrieben. Dann bis später.

Ich blinzelte ein paar Mal und schaltete den Computer aus. Den Rest des Tages verbrachte ich im Redaktionszimmer. Einmal kam Rektorin Valentine vorbei, und als sie mich sah, wie ich dasaß, die Stirn auf den Schreibtisch gelegt, sagte sie: »Page. Hast du keinen Unterricht?«

Worauf ich ohne mich aufsetzen antwortete: »Meine Teenager-Hormone haben mich in einen emotional labilen Zustand versetzt, sodass ich mich derzeit außerstande sehe, in einem Lern-Umfeld zurechtzukommen.«

Valentine schwieg ein paar Sekunden lang, dann sagte sie nur: »Dann lass dich nicht stören.«

Und das tat ich auch nicht.

Kapitel 14

Mir wird nichts anderes *übrig bleiben, als mich umzubringen,* dachte ich, als ich in der Aula auf der Bühne auf und ab ging. Es gab keinen anderen Ausweg. Mein Plan war selten dämlich, und ich konnte mir nicht vorstellen, wie ich mit der Demütigung einer Abfuhr weiterleben sollte, Erlösung des Universums hin oder her.

Grace war spät dran, und ich schob Panik, dass sie womöglich gar nicht auftauchen würde, was vielleicht gar nicht so schlecht gewesen wäre. Ich spielte mit dem Gedanken, einen Rückzieher zu machen, aber da ging die Tür hinten in der Aula quietschend auf, und Grace kam, schwer auf ihren Stock gestützt, den Mittelgang zwischen den Reihen entlang. In dem großen leeren Raum sah sie ganz klein aus, nur der Schatten, den sie warf, war lang. Sie war wie eine Miniatur-Figur in einem Schaukasten.

»Was wird das hier?«, fragte sie, als ich von der Bühne hüpfte und ihr entgegenlief.

»Eine große Geste, die ich in ungefähr fünf Minuten bereuen werde.«

»Oh.«

Ich schaltete den Projektor ein. Auf der Leinwand erschien die Titelfolie meiner Präsentation.

»Du bist ein lächerliches Wesen«, sagte Grace, aber es war ein Scherz, denn sie lächelte und humpelte neben mir her zur ersten Reihe, wo sie ihre Tasche ablegte und sich hinsetzte. »Dann lass den Reue-Zug mal abfahren.«

Grace schlug die Hände vors Gesicht und spähte zwischen den Fingern hindurch, als würde sie einen Horrorfilm anschauen. Sie sagte Sachen wie »Ich schäme mich gerade für dich in Grund und Boden« und lachte dabei. Ich klickte mich immer weiter durch die Folien. Dann kamen wir zu der Tabelle mit Pro und Kontra. Ich beobachtete sie, wie ihr Blick beim Lesen hin und her glitt und ihr Grinsen immer breiter wurde. Aber beim vorletzten Pro-Argument (*Ich werde dich nicht im Stich lassen wie dein Freund aus der Grundschulzeit*) erstarrte Grace.

»Stopp«, sagte sie laut und deutlich, aber dazu kam ich gar nicht mehr, denn sie war bereits aufgesprungen, hatte sich den Rucksack über die Schulter geworfen und eilte zum erstbesten Ausgang. Es war wie in *Und täglich grüßt das Murmeltier*, ich erlebte das Gleiche wie an dem Nachmittag, als ich Grace aus Hinks Büro hinterhergerannt war: Ich schnappte meine Sachen und folgte ihr, aber sie war schnell und humpelte mit hektischen Bewegungen übers Schulgelände.

»Warte!«, rief ich, aber das tat sie nicht. Sie blieb erst

stehen, als ich sie eingeholt hatte und meine Hand auf ihre Schulter legte. Dann sank sie plötzlich neben der Bushaltestelle auf den Boden. Verdammt, es war wie bei Obi-Wan im *Krieg der Sterne* – Grace schien sich förmlich aufzulösen, bis nur noch ein Häufchen Kleider übrig blieb.

»Das ist nicht ganz so gelaufen, wie ich es mir vorgestellt hatte.« Ich setzte mich neben sie und fuhr mir durch die Haare.

Grace lachte und schluchzte zugleich, so eine Art Mittelding zwischen hysterischem Kichern und Hyperventilation.

»Er saß am Steuer«, stieß sie zwischen zwei Atemzügen hervor. »Dom hat das Auto gefahren. Ich habe ein kaputtes Bein, aber er … er …« Grace konnte den Satz nicht beenden, aber das brauchte sie auch nicht. Meine Eingeweide zogen sich zusammen und mein Magen und meine Lunge schrumpften auf die Größe eines Pennys. Als Kind hatte ich Asthma gehabt. Ich kannte diese Enge in der Kehle, wenn die Stelle hinter dem Brustbein zu Beton wird und jeder Atemzug eine Qual ist.

Plötzlich ergab alles einen erschreckenden Sinn. Der Friedhof. Die Kleider. Das Auto. Die Rennbahn. Der verlassene Bahnhof. Gott, sogar die Strokes.

Ich hatte nicht ihre Musik angehört, sondern seine. *Unser Lied*. Fuck. Unser Lied war nicht unser Lied, sondern das Lied der beiden. Ich verspürte den plötzlichen Drang, Julian Casablancas aus meinem Blutkreislauf auszukotzen.

Grace vergrub den Kopf an meiner Schulter, in erster Linie, um sich abzustützen, als fürchtete sie, sonst in der Erde zu versinken. »Das ist der Grund, warum ich die Schule gewechselt habe. Ich brauchte einen Neuanfang, weit weg von all den Orten, an denen wir zusammen waren. Ich wollte mich wirklich zusammenreißen, aber dann bist plötzlich du aufgetaucht. Ich hatte nicht vor, dich zu mögen, und ich hatte nicht vor, dich zu küssen, und ich hatte auch nicht vor … ich wollte nicht das Mädchen mit dem toten Freund sein, sondern … sondern …«

»O mein Gott. Grace. Ich weiß nicht, was ich sagen soll. O *mein Gott.*« Mein Gesicht glühte. Murray und Lola standen in der Warteschlange am Bus und beobachteten uns stirnrunzelnd. Ich hätte nichts lieber getan, als in den Bus einzusteigen, einfach abzuhauen und nach Hause zu gehen und mir Selbstmord-Methoden rauszusuchen. In diesem Moment hätte ich sogar Selbstverbrennung in Kauf genommen. Ich winkte ihnen und formte mit den Lippen: *Wartet auf mich*.

Grace hob ihren Kopf, der schwer auf meiner Schulter gelegen hatte. Sie atmete immer noch abgehackt.

»Ich kann verstehen, wenn du nicht willst …«, fing ich an, aber da packte sie mich am Kragen und küsste mich, als wäre ich Sauerstoff und sie eine Ertrinkende, und ich ließ es zu, dass sie meinen Atem von meinen Lippen sog, um sich zu retten.

In diesem Moment wurde mir klar, dass Grace Town ein zersplittertes Stück Glas war, an dem ich mich immer wieder schneiden würde, wenn ich mich auf sie einließ. Dass der Weg mit ihr immer die Spuren von Kummer, Trauer und Eifersucht tragen würde.

Ich dachte an das Gedicht von Pablo Neruda, das immer noch zusammengefaltet in meinem Geldbeutel steckte, wie an dem Tag, an dem sie es mir gegeben hatte. Ich dachte, dass auch ich sie im Geheimen lieben könnte, zwischen Schatten und Seele. Vielleicht wäre es das Beste. Vielleicht gehörten meine Gefühle für Grace Town genau dorthin, in die Dunkelheit, wo sie nie ans Licht gelangten.

Aber ich hatte mich noch nie in ein Mädchen verliebt, jedenfalls nicht auf diese Art, und so egoistisch das klingt, ich hatte Angst, dass es das erste und einzige Mal bleiben würde. Was, wenn meine Familie mit einem uralten Voodoo-Fluch belegt war, der dafür sorgte, dass der erstgeborene Sohn sich nur alle siebzehn Jahre verlieben durfte? Dads älterer Bruder, Onkel Michael, hatte (soweit ich wusste) nie eine ernsthafte Beziehung zu einer Frau gehabt. (Er hatte allerdings einen »Mitbewohner« namens Albert, der verdächtig oft zu Familientreffen mitkam, aber ich schweife ab.) Wenn der Liebesfunke nur alle siebzehn Jahre auf mich übersprang, dann würde ich mich erst mit vierunddreißig wieder in ein Mädchen verlieben können. Und wenn es mit ihr nicht klappte, hätte ich erst mit einundfünfzig wieder eine Chance.

Grace mochte mich. Wir ergänzten uns. Und ich wollte sie. Gott, und wie ich sie wollte. Aber war ich wirklich bereit, alle Warnungen in den Wind zu schlagen und mich auf jemanden einzulassen, der ganz offensichtlich tief in Trauer war?

Plötzlich ertönte die Stimme eines Lehrers durchs Megafon: »Lasst Platz für Jesus!« (An unserer Schule galt das Prinzip »kein Schmusen, kein Schubsen« – eine Maßnahme mit dem Ziel, Teenager-Schwangerschaften und Schulhofkämpfe zu unterbinden.) Grace löste sich von mir und rappelte sich auf. Alle anderen Schüler waren schon im Bus. Der Fahrer hupte, und Murray rief: »Beweg deinen Arsch, du Drongo!« Ich überlegte, ob Grace mir wohl anbieten würde, mich nach Hause zu bringen, damit wir mehr Zeit zum Reden hätten, aber das tat sie nicht, also sagte ich: »Ich will dich trotzdem.« Dann drehte ich mich um, rannte auf wackeligen Beinen zum Bus und atmete keuchend durch den Mund wie damals als Kind, bevor der Inhalator seine Wirkung tat.

Als der Bus vom Schulgelände fuhr, kamen wir an Grace vorbei, die bereits die Straße entlanghumpelte. Sie fuhr sich mit der freien Hand durchs Haar und ließ den Kopf hängen, als hätte sie soeben eine tragische Schreckensnachricht erfahren. Stechende Verzweiflung raunte in meinen Adern, und ich dachte unwillkürlich, dass ich noch nie einen Menschen gesehen hatte, der so traurig war wie Grace Town in diesem Augenblick.

Kapitel 15

Am darauffolgenden Montag wurden die Ereignisse des zurückliegenden Freitags mit keinem Wort erwähnt. Wenn ich mich recht erinnere, wurde überhaupt nie mehr ein Wort darüber verloren. Übers Wochenende war ich zu dem Schluss gekommen, dass ich nicht eher eine Entscheidung darüber treffen würde, was aus Grace und mir werden sollte, bevor ich sie wiedergesehen hatte. Ich war noch unschlüssig, tendierte aber mehr zu »lass uns einfach Freunde sein«, weil es idiotisch kompliziert und steinig werden würde und ich mir nicht sicher war, ob ich damit klarkäme.

Es war mein Abschlussjahr. Mit Schule, Zeitung und der Auswahl von Colleges, für die ich mich bewerben wollte (kleiner Hinweis: jedes, das mich nehmen würde), sowie dem Versuch, wenigstens den Anschein von sozialen Beziehungen aufrechtzuerhalten, war mein Leben schon hektisch und verworren genug.

Und natürlich hatte ich den Unfall gegoogelt. Es hatte eine Weile gedauert, bis ich einen Artikel darüber gefunden hatte, denn Grace' Name wurde nie erwähnt, und ich wusste ja nicht, wie ihr früherer Freund hieß. Als ich schließlich einen Bericht fand, wollte ich ihn gar nicht lesen. Es war so, wie ein Essay mit einer schlechten Note zurückzubekommen, und darunter stand noch ein Textschwall, in dem der Lehrer alles aufzählt, was ich falsch gemacht hatte und jetzt nicht mehr rückgängig machen konnte – also wozu das Ganze?

Trotzdem überflog ich den Artikel, blieb hier und da an einzelnen Satzfetzen hängen und versuchte, trotzdem so wenig wie möglich zu lesen, weil die Worte wie Stacheldraht waren.

An der East River Highschool wurde am Mittwoch der Unterricht abgesagt, nachdem ein Junior-Schüler tödlich verunglückte und eine Mitschülerin schwer verletzt wurde …

Nächster Absatz.

Die nicht näher genannte siebzehnjährige Beifahrerin, bei der es sich wohl um die Freundin des Fahrers handelt, befand sich am Freitag noch in kritischem Zustand. Sie trug schwere Verletzungen am …

Nächster Absatz.

Das Fahrzeug kam von der Straße ab und überschlug sich mehrmals, bevor es gegen einen Baum …

Nächster Absatz.

Der siebzehnjährige Fahrer, Dominic Sawyer, verstarb noch am Unfallort. Die Beifahrerin hingegen …

Nächster Absatz.

»Das Auto ist völlig zerstört«, sagte der zuständige Polizeibeamte. »Es ist so gut wie nichts davon übrig …

Nächster Absatz.

Die East River Highschool hat eine psychologische Betreuungsstelle eingerichtet, an die sich Schüler und …

Nächster Absatz.

Jeffers beschrieb Sawyer als »einen der nettesten Schüler, den ich je unterrichtet habe. Begabt in jeder Hinsicht und …

Nächster Absatz.

Für den beliebten Schüler wird ein Gedenkgottesdienst …

Website geschlossen.

Als ich am Nachmittag zum Theaterkurs ging, hatte ich so gut wie entschieden, dass aus uns nichts werden würde. Wie sollte es auch funktionieren? Grace' Seele war zu verletzt und sie war total neben der Spur. Wie sollte man da eine Beziehung aufbauen? Sie brauchte einen guten Freund, keinen Partner. Zumindest das könnte ich für sie sein. Ich konnte ein guter Freund sein. Den hatte sie auch bitter nötig. Also setzte ich mich auf meinen üblichen Platz an der schwarzen Wand des Theaterraums, gegenüber der Tür und nah bei der Bühne, und wartete auf sie. Es war bestimmt noch nicht zu spät, die Notbremse zu ziehen. Gefühle konnte man unterdrücken, wenn man es nur richtig wollte, oder nicht?

Grace kam wie immer zu spät und Mrs Beady sagte wie immer kein Wort.

Sie sah genauso aus wie sonst auch. Ihre Haare waren immer noch wirr und zerzaust. Ihre Haut war immer noch fahl. Sie trug immer noch Jungsklamotten – die ihres toten Freunds Dom. Sie humpelte, was nicht gerade attraktiv war. Aber in dem Moment, als sich unsere Blicke durch den Raum hinweg trafen und ihre harten Züge bei meinem Anblick etwas weicher wurden, wusste ich es.

Ich wusste, dass ich es auf einen Versuch ankommen lassen wollte.

Sie trauerte und sie litt, und es würde fast sicher damit enden, dass einer von uns oder beide am Boden zerstört wären. Aber für manches lohnt es sich zu kämpfen, oder nicht?

Kapitel 16

Feige, wie ich war, traute ich mich nicht, sie nach ihm zu fragen. Vielleicht wäre es das Beste für uns beide gewesen, wir hätten uns hingesetzt und sie hätte von ihm erzählt und geweint und mir gesagt, dass sie regelmäßig an sein Grab geht.

Es gab so vieles, was ich sie gern gefragt hätte. Wie lange waren sie zusammen gewesen? Wie lange hatten sie sich gekannt? Hatten sie miteinander geschlafen?

Hatte sie ihn geliebt?

Aber Grace gehörte mir nicht. Sie war nicht meine feste Freundin. Ich hatte sie nur zweimal geküsst. Sie hatte mich sogar darum gebeten, niemandem von uns zu erzählen und alles noch geheim zu halten, zumindest bis sie sich entschieden hatte, was sie eigentlich wollte. Außerdem galt es als verwerflich, sich schon so bald nach dem Tod des Freunds mit einem anderen zu treffen. Ich versuchte, nicht verletzt zu sein, dass sie mich verstecken wollte, denn … na ja, irgendwie konnte ich sie verstehen.

Ich hatte also das Gefühl, dass es mir nicht zustand, sie danach zu fragen, und wenn ich ehrlich bin, wollte ich es auch gar nicht so genau wissen. Ich hatte mich in Grace verliebt und nicht in das Mädchen, das um einen anderen trauerte. Sie war ein Geheimnis gewesen, das es aufzudecken galt, und ich wollte mir noch etwas davon bewahren.

Nach langer Überlegung kam ich zu dem Schluss, dass der Trick bei einem Date darin bestand, etwas zu unternehmen. Ins Kino zu gehen, war lahm und unsozial, aber es gab einen neuen Action-Streifen mit Liam Neeson, und wir hatten diesen Insider-Witz mit Liam Neeson und der Impro-Comedy am Laufen, daher schrieb ich ihr am Montagnachmittag eine Nachricht, um vorzufühlen.

Henry Page:

Hast du heute Abend was vor?

Grace Town:

Noch nicht. Hast du was geplant?

Habe mir überlegt, den neuen Film mit Liam Neeson anzuschauen. Bestimmt gibt es jede Menge improvisierte Comedy. Ich meine, höchstwahrscheinlich ist die Handlung die gleiche wie in allen seinen Filmen, aber das macht mir nichts aus.

Wo und wann?

Normalerweise würde ich das Kino bei mir in der Nähe vorschlagen, aber das Regal Cinema ist einfacher zu erreichen, wenn man so ein Underdog ist, dass man mit dem Bus fahren muss. 19:45 Uhr.

Ja, werde wohl den Bus nehmen müssen. Aber klingt gut. Liam Neeson gegen den Rest der Welt. Ich wette auf den großen Mann.

Gegen Neeson kommt keiner an! Treffen wir uns so gegen 19:30 Uhr?

Einverstanden, Henrik Page. Bis dann.

Als ich vor dem Kino ankam, wartete Grace bereits. Ungekämmt wie immer, beugte sie sich gerade über ihr Handy.

»Hey«, sagte ich, als sie aufblickte und mich sah. War ein Kuss angebracht? Ich hatte sie ja schon mal geküsst, aber hieß das auch, dass ich sie ab sofort küssen durfte, wann immer ich wollte? War es erlaubt, in der Öffentlichkeit Zärtlichkeiten auszutauschen, oder verstieß das gegen die Geheimhaltungsregel?

»Henry Page«, sagte Grace.

Warum hatte ich sie immer noch nicht geküsst?

»Lass uns die Karten holen.«

»Klar, warum nicht?«

An den Guten Grace-Tagen konnten wir uns mühelos unterhalten. Ab und zu verfielen wir in betretenes Schweigen, wenn mir nicht die richtigen Worte einfielen und ich mir vergeblich das Gehirn zermarterte. Aber heute Abend war es anders. Zwischen uns herrschte eine nie dagewesene Spannung, denn immerhin handelte es sich um ein echtes *Date* (oder?). Irgendwas hatte sich zwischen uns verändert. Wir wussten jetzt, dass wir uns zueinander hingezogen fühlten, und das machte es nicht leichter.

Als die Lichter gedimmt wurden, überlegte ich, ob ich ihre Hand nehmen sollte. Ich hatte einmal mit Lola im Kino Händchen gehalten, damals in der Woche, die mit dem Kuss endete, bei dem ihr endgültig klargeworden war, dass sie auf Frauen stand. Ich konnte nur hoffen, dass es diesmal anders ausgehen würde.

Erst als alle Trailer und die Werbungen für Snacks und Getränke gelaufen waren, berührten sich unsere Finger wie träge Magneten, die im Dunkeln zueinander finden.

Den ganzen Film über hielten wir uns an den Händen. Grace malte mit ihren Fingerspitzen langsam Kreise auf meine Haut. Ab und zu zog sie meine Hand an ihre Lippen und küsste mich. Ich starrte zwei Stunden lang auf die Leinwand und bekam nur verschwommen mit, dass Liam Neeson Leute vermöbelte. Wenn man mich später nach der Handlung des Films gefragt hätte, wären mir nur vage Details eingefallen.

Als der Film zu Ende war, gingen wir gemeinsam zur Bushaltestelle, die Hände in den Jackentaschen vergraben, weil es fast November und schon ziemlich kalt war. Vielleicht lag es nicht an der Kälte. Vielleicht lag es daran, dass unsere Beziehung (war es überhaupt eine Beziehung?) ein Geheimnis bleiben sollte. Auf schummrigen Partys zu knutschen und in schummrigen Kinosälen Händchen zu halten, war okay, aber in der Öffentlichkeit, wo andere uns sehen konnten, waren Grace und ich nicht mehr als Freunde.

»Liam Neeson«, sagte Grace, als wir an der Bushaltestelle stehen blieben. »Krasser Typ.«

»Finde ich auch.«

»Bester Comedian der Welt.«

»Nur dumm, dass sich alle seine Witze um AIDS drehen.«

»Was redest du da? Was könnte sich besser für Comedy eignen als AIDS? Oh, sieh mal, dein Bus.«

Verdammt. Jetzt schon? Ich hatte gehofft, dass Grace' Bus zuerst kommen würde. Dass wir uns beim Warten auf die kleine Steinmauer des Stadtparks setzen und reden und lachen und rummachen würden.

»Mist. Okay, dann Tschüs«, sagte ich. Wie originell, Page. Total originell.

Ich beugte mich vor. Küsste sie flüchtig. Drückte meine Stirn für eine Sekunde an ihre und hoffte, dass diese kleine Geste sagen konnte, was ich nicht laut auszusprechen wagte: *Ich hab dich sehr gern*.

Dann drehte ich mich um und fragte mich im Weggehen, ob ich heute Abend überhaupt irgendetwas richtig gemacht hatte. Die grellen Busscheinwerfer vertrieben die Dunkelheit und damit auch den Dunstschleier, der mich in den vergangenen Stunden eingehüllt hatte, und plötzlich sah alles viel hässlicher aus. Die ganze Fahrt starrte ich aus dem Fenster, umklammerte mein Handy und dachte darüber nach, ob ich ihr eine Nachricht schreiben sollte, um ihr zu sagen, wie schön der Abend gewesen war und wie sehr ich sie mochte. Aber das wäre mir irgendwie geschmacklos vorgekommen. Wie ein unfairer Seitenhieb gegen ihren toten Freund, der in seinem Grab lag und noch nicht mal verwest war.

Da wurde mir klar, dass dies keine normale Liebesgeschichte sein würde, falls es so etwas überhaupt gibt. Selbst wenn keiner von uns beiden über ihn sprach, würde Dom immer da sein, wie ein Geist, dem keiner von uns entkommen konnte. Ich hatte seine Anwesenheit im Kino gespürt, als er zwischen uns gesessen hatte, und ich spürte ihn auch jetzt, glaubte seinen halb verrotteten Leichnam auf dem leeren Sitz gegenüber zu sehen. Er schüttelte den Kopf und sagte: »Du machst dich an mein Mädchen ran, während meine Augäpfel verfaulen? Was für ein Scheißtyp bist du eigentlich?«

Vielleicht würde es leichter werden. Vielleicht würde es Grace irgendwann besser gehen. Sie könnte wieder das Mädchen werden, das sie mal gewesen war. Das

Mädchen, auf das ich jetzt schon hin und wieder einen Blick erhaschen konnte.

Mein Handy vibrierte.

Grace Town:

Mr Neeson hat mich dazu inspiriert, einen Job als freiwillige Undercover-Bus-Aufsicht zu übernehmen. Bisher keine verdächtigen Aktivitäten. Ich halte dich auf dem Laufenden.

Henry Page:

Ich finde immer noch, dass es ein toller Plot Twist gewesen wäre, wenn sich das Kind als Terrorist herausgestellt hätte.

Sehe ich auch so.

Ich bin immer noch der Meinung, dass Neeson ab jetzt in allen Filmen nur noch Qui-Gon Jinn spielen sollte.

Es würde das Leben als Bus-Aufsicht viel einfacher machen, wenn ich auf die Macht zurückgreifen könnte.

Warte, ich versuch's mal.

Und?

Kein Glück gehabt.

Ich versuche das schon seit Jahren.
Aber eines Tages, eines Tages …

Es gibt immer noch die dunkle Seite.

Was die dunkle Seite angeht, bin ich voreingenommen. Ich habe mal geträumt, das Bellatrix Lestrange meine Freundin ist. So viel dazu. Sie war keine sehr gute Freundin. Alles drehte sich bei ihr nur darum, Harry Potter umzubringen.
Wir haben immer nur gestritten.

Du hast aber auch Ansprüche.

Ich habe mich lediglich nach ein bisschen Aufmerksamkeit gesehnt, aber nein, sie hing immer nur mit Voldemort und seinen Todessern ab und war nur damit beschäftigt, Pläne für Völkermorde zu schmieden und Kinder abzumurksen.

Die arme Frau hatte ganz offensichtlich Probleme und hätte deine Hilfe gebraucht, aber du warst nur mit dir selbst beschäftigt, Henry Isaac Page. Du enttäuschst mich.

Vielleicht hätte ich ihr öfter den Rücken stärken sollen … zum Beispiel hätte ich ihr hin und wieder sagen können, dass sie ein echtes Talent für die Verfolgung von Schlammblütern hat. Wenn der Traum noch mal wiederkehrt, werde ich ganz bestimmt mehr Begeisterung für ihre Interessen zeigen, wie zum Beispiel junge Kerle um die Ecke zu bringen und sich ganz dem Dunklen Lord zu verschreiben. Vielleicht können wir eine Pärchen-Aktion daraus machen. Gemeinsam killen, gemeinsam chillen.

Viel Glück damit. Ich muss dir übrigens ein Geständnis machen (bitte hass mich nicht): Ich habe nie Harry Potter gelesen. Und auch keinen der Filme gesehen. Ich kann also nur erahnen, wovon du redest.

WHAT. THE. ACTUAL. FUCK?

Ja.

WAS HATTEST DU BITTE FÜR EINE KINDHEIT? WAREN DEINE ELTERN NAZIS?

Nicht unbedingt. Ich habe mir noch nie viel aus Fantasy gemacht. Todessterne und AT-ATs sind mir lieber als Zauberstäbe und Umhänge.

Es ist nur … ich weiß nicht mehr, was ich von dir halten soll …

Harry Potter ist die Gewissensfrage?

Wir müssen uns entscheiden zwischen dem richtigen Weg und dem leichten, Grace. Harry Potter zu lesen, ist der richtige.

Das ist ein Zitat, oder? Wer hat das gesagt? Dieser Dumbledings?

DASS SIE ES WAGEN, DORT ZU STEHEN, WO ER STAND!

Ich habe nicht die geringste Ahnung, wovon du redest.
Ich bin gleich zu Hause!

Gut. Dann kann ich jetzt zusammenbrechen. Eigentlich hatte ich vor, dir ein sehr romantisches GIF aus Anchorman 2 zu schicken, aber das musst du dir erst noch verdienen, und dieses Harry-Potter-Sakrileg hat dich eine ganze Menge Brownie Points gekostet.

Toll. Danke für die Einladung. Bis morgen.

Schlaf schön.

Kapitel 17

Nach dem Aufwachen schrieb ich als Erstes eine Nachricht an Grace.

Henry Page:

Lust, heute Abend zum Essen zu kommen, Town? Meine kulinarischen Verführungskünste sind legendär.

Grace Town:

Yo, Page, koch für mich, aber meine Momma ist trotzdem die beste Köchin der Welt.

(Das heißt Ja, falls du's nicht kapiert hast.)

(Und meine Mutter kann überhaupt nicht kochen.)

Super. Bis später im Theaterkurs.

Ich überlegte, ob ich noch ein X dazuschreiben sollte, unsicher, ob wir schon so weit waren; der Gedanke, dass sie kein X zurückschreiben würde, war so entmutigend, dass ich es sein ließ. Ich blieb im Bett und döste vor mich hin, bis Mom oben an der Treppe rief: »Henry, lebst du noch?« Ich quälte mich aus meinem zerwühlten, weichen Bett und schlüpfte widerwillig in meine Klamotten, um den Tag zu beginnen.

Oben absolvierten meine Eltern ihre übliche Morgenroutine: Mom war bereits fertig angezogen. Sie trug ein hellblaues Kostüm und hatte ihre blonden Haare lockig hochgesteckt, bereit für die Arbeit in der Galerie. Dad hatte sich in einen irre flauschigen weißen Morgenmantel gehüllt und trug seine schwarzgeränderte Brille. Die zwei saßen an den beiden Enden des Tischs, weit weg voneinander, und lasen auf ihren iPads die Morgenzeitung.

»Mutter. Vater. Ich habe euch etwas mitzuteilen«, fing ich an.

Dad blickte von dem Zeitungsartikel hoch, bei dem es um eine der Kardashians ging. »Bist du zum Kriegsdienst eingezogen worden? In welchem Jahrzehnt lebst du?«

»Uff, also gut: Home-Daddy, Mama P., gleich gibt's 'nen Live Tweet. Besser?«

»O Gott, dann doch lieber zurück in die Zeit des Zweiten Weltkriegs«, sagte Mom.

»Was gibt's, Junge?«, fragte Dad.

»Kann ich heute das Abendessen kochen?«

»Aber Schatz, außer Mini-Pizzen kannst du doch nichts«, antwortete Mom.

»Ich weiß. Ich werde Mini-Pizzen für alle machen. Du müsstest allerdings die Zutaten einkaufen. Also …« Ich räusperte mich. »Ich habe ein Mädchen dazu eingeladen.«

»Habt ihr Gruppenarbeit?«, fragte Mom.

»Gibt sie dir Nachhilfe?«, fragte Dad.

»Verkaufst du ihr etwas?«

»Hast du sie unter falschen Voraussetzungen hergelockt?«

»Denkt sie, deine Familie gehört zum alten Geldadel?«

»Erpresst du sie?«

»Ist sie schwer drogensüchtig?«

Ich verdrehte die Augen. »Haha, ihr seid ja so was von witzig.«

»Finden wir auch«, sagte Mom. Dad und sie gaben sich ein High-Five. (Okay, dass meine Eltern »cool« sind, nehme ich zurück.)

»Wie heißt sie denn?«, wollte Dad wissen.

»Grace. Wir, äh, geben zusammen die Schülerzeitung heraus.«

»Ach Henry. Hast du die Redensart noch nie gehört: Man scheißt nicht da, wo man isst.«

»Justin, das ist ja widerlich«, schimpfte Mom.

»Ich scheiße nirgendwohin«, sagte ich.

»Tja«, sagte Dad. »Ich nehme an, das ist der Moment,

in dem man normalerweise sagt: ›Kein Sex, keine Drogen, kein Rock 'n' Roll unter unserem Dach.‹ Aber deine Schwester ist in diesem Haus groß geworden, daher ist zu neunundneunzig Prozent davon auszugehen, dass es das alles hier schon längst gegeben hat.«

»Ich habe tatsächlich mal ein Tütchen mit weißem Pulver im Maul des Elchs gefunden«, erwiderte ich und strich mir übers Kinn.

»Na also«, sagte Dad.

Mom stand auf, leerte ihren Teller und drückte mir auf dem Weg zum Spülbecken einen Kuss auf die Schläfe. »Wir machen den Einkauf, du kochst. Dein Vater kann es halten, wie er will, aber ich werde ganz bestimmt ›Kein Sex, keine Drogen, kein Rock 'n' Roll unter unserem Dach‹ sagen.«

Ich tätschelte ihr den Rücken. »Was mich nicht davon abhalten wird, mir das Koks von der nackten Haut einer Nutte reinzuziehen und dabei Led Zeppelin zu hören, aber hey, du hast es wenigstens versucht.«

Sie schüttelte den Kopf. »Gott, manchmal frage ich mich, was wir bei euch beiden falsch gemacht haben.«

Als Grace und ich zu Hause ankamen, waren Mom und Dad in der Küche und packten die Abendesseneinkäufe aus. Beide waren in voller Star-Trek-Montur, mit Vulkanier-Ohren und allem.

»Nein«, stieß ich hervor. »Lieber Gott, *nein*.«

Der Nachmittag war merkwürdig genug gewesen. Wir waren wie immer zu Grace' Haus gegangen, aber als wir in ihre Straße eingebogen waren, hatte Grace einen langen, hohen Seufzer ausgestoßen und ihre Handfläche gegen meine Brust gedrückt, wie um mich wegzuschieben. Wir waren noch ein gutes Stück vom Haus entfernt, aber Grace schien eine Erschütterung in der Macht gespürt zu haben – in Gestalt eines dreifarbig lackierten Kleinwagens, der in der Auffahrt neben ihrem Hyundai parkte.

»Bleib da«, raunte sie mir zu.

»Wer ist das?«, fragte ich zurück.

»Bleib hier, wenn du willst, dass ich dich später mitnehme.«

Es hörte sich an wie *Bleib hier, wenn dir dein Leben lieb ist.*

Ich setzte mich an den Bordstein und beobachtete, wie Grace hastig die Straße entlanghumpelte und ihr trauriges graues Haus betrat. Sie blieb ziemlich lange weg, vielleicht fünfundvierzig Minuten, so lange, dass ich bereits mit dem Gedanken spielte, die Cops anzurufen oder zu Fuß nach Hause zu gehen. Plötzlich ging die Haustür auf und eine stark blondierte Frau stakste über den Rasen zu dem kleinen, schäbigen Auto. Sie setzte das Fahrzeug so schwungvoll zurück, dass sie die Abfalltonne auf der gegenüberliegenden Straßenseite rammte, bevor sie mit qualmenden Reifen davonraste.

»War das deine Mom?«, fragte ich, als Grace etwa zehn Minuten später mit dem Autoschlüssel zurückkehrte, die Kiefer zusammengepresst, die Lippen nur ein dünner Strich.

»Nein. Ja. Es spielt keine Rolle.«

»Du siehst ihr ähnlich.«

»Ich sehe aus wie eine fünfundvierzigjährige Alkoholikerin Schrägstrich Meth-Süchtige?«

»Jesus, Grace, ich wollte nicht …«

»Ich weiß. Schon gut. Fahr einfach los.«

»Wohnst du bei deinem Dad?«

Grace schwieg.

»Ich weiß nicht das Geringste über dich, und wenn ich dich frage, antwortest du nicht.«

»Du kennst mein Lieblingslied und meine Lieblingsfarbe.«

»Wir sind nicht mehr im Kindergarten. Ich möchte Dinge von dir wissen, die wichtig sind. Und damit meine ich auch das, was scheiße ist.«

»In einem Geheimnis liegt besondere Schönheit.«

»Ich will aber nicht, dass du ein Geheimnis bist.«

»Doch, Henry. Das willst du.«

Grace hatte recht, und das ärgerte mich am meisten. Meine besten Freunde und ich hatten es nie mit problematischen Familienverhältnissen und einem schwierigen Elternhaus zu tun gehabt. Lola, Murray und ich waren das vom Glück gesegnete Trio. Der schlimmste Krach, den einer von uns je mit der Familie hatte, war damals, als La mit elf von zu Hause weggerannt war (den ganzen weiten Weg bis zu uns). In der wöchentlichen Englisch-Stunde beim YMCA hatte Lolas zierliche Mutter Widelene, die aus Haiti stammte, stolz vor der gesamten Klasse verkündet, dass sie ein neues Wort gelernt habe: Pimmel. Die Information hatte sie von ihrer pubertierenden Tochter. Als Las Vater davon erfuhr, bekam sie mächtig Ärger und ergriff die Flucht. Lola und ich versteckten uns unter meinem Bett, aßen Rees's Peanut Butter Cups und schauten uns Bilder von nackten Brüsten auf Sadies Laptop an. Rückblickend hätte mir Lolas Schwäche fürs weibliche Geschlecht also schon damals klar sein müssen und nicht erst viel später.

Grace und ich hatten auf der Fahrt zu mir nach Hause kein Wort gewechselt. Und jetzt taten meine Eltern auch noch ihr Bestes, um mich in Verlegenheit zu bringen. Eigentlich hätte ich jetzt eine Stinkwut auf sie haben sollen, aber weder meine Mutter noch mein Vater waren alkohol- oder methsüchtig, ein Umstand, den ich noch nie richtig zu schätzen gewusst hatte. Als Dad sagte: »Lebe lang und in Frieden« und dabei die Hand zum Vulkanier-Gruß erhob, hielt ich daher nur ergeben die Hand hoch und erwiderte matt: »Bitte. Hör auf.«

Grace verzog die Lippen – ein lahmer Versuch zu lächeln –, aber ihre Augen waren glasig, und sie hatte den in die Ferne gerichteten Blick eines gefechtsmüden Generals, der jede Art von Quatsch missbilligte. Jesus. Das konnte ja lustig werden.

Ich räusperte mich und fuhr mit der Vorstellung fort. »Grace, meine Eltern. Eltern, Grace.«

Während Grace die Hand meiner Mutter schüttelte, rief Dad: »Henry, fang!«, und weil ich seit meinem ersten und letzten Einsatz beim Touch Football offenbar Reflexe im Lichtgeschwindigkeitsbereich entwickelt hatte, fing ich das, was er mir zuwarf, ohne jedes Zögern auf. Es war eine Packung Trojan-Kondome. »Nur für den Fall. Ich möchte dir die Hölle einer ungeplanten Schwangerschaft ersparen, so wie wir sie hatten. Das Kind, von dem ich spreche, warst natürlich du. Wir wollten eigentlich nur Sadie.«

»Echt jetzt. Ich erzähle allen Leuten, wie cool ihr seid, und du schaffst es in kürzester Zeit, mich als notorischen Lügner hinzustellen.«

»Du erzählst anderen, wie cool wir sind?«, fragte Mom. »Okay, beam mich hoch, Scotty!«

»So was haben wir doch gar nicht nötig«, sagte Dad. »Ich weiß auch so, dass wir die unvernünftigsten Vulkanier der ganzen Stadt sind.«

»O Gott. Grace, bloß weg von ihnen, aber ganz langsam.«

»See you later, alligator«, rief Dad, als ich Grace bei der Hand nahm und sie aus der Küche zerrte.

»Es war nett, Sie kennenzulernen«, sagte Grace über die Schulter.

»Nein, das war es nicht, also lüg nicht.«

»Kein Beischlaf im Haus, bitte«, rief Mom uns zuckersüß hinterher. Dann fügte sie etwas leiser hinzu: »Warum sagt einem niemand, wie viel Spaß das Elternsein machen kann?«

Ich streckte ihr die Zunge raus und schloss die Kellertür hinter mir.

»Tut mir leid wegen meiner Eltern«, sagte ich.

»Entschuldige dich nicht. Dazu besteht kein Anlass.«

»Willst du über deine Mom sprechen oder …«

»Ganz schön frech«, unterbrach sie mich und nahm mir die Kondome ab, während wir Stufe für Stufe nebeneinander die Kellertreppe hinabstiegen. »Ich habe mir überlegt … vielleicht könnte ich ja am Wochenende nach der Halloween-Party bei dir übernachten.« Sie schüttelte die Schachtel. »Die Dinger könnten nützlich sein.«

»Ähm … äh …«

»Das ist die Stelle, an der du etwas sagst, um mich zu verführen.«

»Wenn du eine Karotte wärst, dann wärst du eine prima Karotte?«

Grace prustete los und warf die Kondom-Schachtel durchs Zimmer. »Tja, ich schätze, wir brauchen sie doch nicht.«

Ich hob die Packung auf und legte sie auf meinen Nachttisch. »Ich finde, wir sollten nichts ausschließen.«

Grace setzte sich an die Bettkante, zog mich zu sich herunter und küsste mich. »Ich meine es ernst. Wegen Halloween. Wenn du willst, dass ich bleibe, dann bleibe ich.«

»Was subtile Verführung angeht, bin ich nicht sehr gut, also komm ich lieber gleich zur Sache: Gehe ich recht in der Annahme, dass hier von Sex die Rede ist?«

Grace verdrehte die Augen. »Ja, Henrik. Bravo.«

»Ich verstehe. Tja, das hört sich doch gut an.«

»Ausgezeichnet.«

»Du bist … ich meine, du und … *er*?« Wir nannten ihn

so gut wie nie beim Namen. »Ich nehme an, du bist keine …«

»Nein, ich bin keine Jungfrau mehr.«

»Okay. Ich wollte nur mal fragen.«

»Und du …?«

»Ich, ähm … ich meine, ich habe noch nicht … das Tier mit den zwei Rücken gemacht.«

Grace brach vor Lachen zusammen und vergrub das Gesicht an meiner Brust. Mann, ich war heute ja ein echter Knaller. »Es fällt dir noch schwerer, über Sex zu reden, als es dir schwerfällt, über dich zu reden.«

»Was soll ich sagen, ich bin eben ein echter Gentleman.«

»Nein, du bist ein echter Spinner. Sex ist eine menschliche Grundfunktion. Du scheust dich doch auch nicht, über das Atmen oder Blinzeln zu reden.«

»Das Luftholen ist eine ziemlich private Angelegenheit. Halt, wo willst du hin?«, fragte ich und zog an Grace' Handgelenk, weil sie Anstalten machte aufzustehen.

»Ich habe noch kein abschließendes Urteil über dein Zimmer gefällt.«

»Immer diese Urteile«, seufzte ich, aber Grace war bereits ein paar Schritte in die Mitte gegangen und drehte sich langsam im Kreis.

»Man erfährt sehr viel über einen Menschen, wenn man sein Zimmer anschaut, findest du nicht? Schlafzimmer sind wie Tatorte. Sie halten jede Menge Hinweise bereit.«

»Wie sieht dein Schlafzimmer aus?«

»Vielleicht wirst du es eines Tages herausfinden. Fürs Erste werde ich mein detektivisches Talent, das einer CSI-Agentin alle Ehre machen würde, dazu einsetzen, um herauszufinden, wer du wirklich bist.«

»Und?«, fragte ich, nachdem ich ihr ein paar Minuten lang zugehört hatte, wie sie die CSI-Titelmelodie vor sich hin summte. »Wer bin ich?«

Grace räusperte sich. »Der Einrichtung und den jahrzehntealten elektronischen Geräten nach zu urteilen …«, sie setzte lässig meine Sonnenbrille auf und gab einen ziemlich überzeugenden Horatio Caine ab, »handelt es sich hier um den Bunker eines Verschwörungstheoretikers, der offensichtlich den Präsidenten für einen reptilischen Gestaltwandler hält.«

»So ein Quatsch. Die Mitglieder der königlichen Familie sind reptilische Gestaltwandler. Der Präsident ist nur ein ganz normaler Hexenmeister, mehr nicht.«

»Ach so, natürlich. Tut mir leid. Und was ist das?« Grace deutete auf die kleine antike Vitrine, in der mein Urgroßvater seine Absinth-Sammlung und das nötige Zubehör aufbewahrte, bis Absinth in den Niederlanden verboten wurde, woraufhin er prompt mit seiner Vitrine samt der ganzen Familie in die Staaten auswanderte.

Oben an der Vitrine befand sich eine Plakette in Form einer Flagge. *Matigheid is voor de doden*, stand darauf. *Maßhalten kann man noch, wenn man tot ist*. Johannes van de Vliert war diesem Grundsatz treu geblieben und im Alter von siebenundvierzig an Säuferleber gestorben. Er war eindeutig mein Lieblingsvorfahre.

»Das beste Stück in diesem Raum. Abgesehen von dir, natürlich.«

»Es ist eine Ausstellungsvitrine … mit kaputtem Krempel …«

»Das ist kein Krempel!« Ich sprang auf und ging zu ihr und der Vitrine, in der ich seit Grundschulzeiten alle meine Schätze aufbewahrte. »Grakov Town, du elende Banausin. Es ist ein Raritätenkabinett. Die Schalen sind meine Lieblingsstücke. In der Mittelstufe bin ich in einem Kunstbuch auf Kintsukuroi gestoßen. Hast du von dieser Technik schon mal was gehört?«

Grace schüttelte den Kopf.

»Es handelt sich um eine traditionelle japanische Kunstfertigkeit, bei der man zerbrochene Keramik mit Goldfäden neu zusammensetzt. Im Grunde werden die Einzelteile einfach wieder zusammengeklebt und das fertige Stück ist dann von feinen Goldadern durchzogen. Die Philosophie dahinter besagt, dass manche Dinge schöner werden, wenn sie einmal zerbrochen waren.«

Grace nahm eines der Kintsukuroi-Objekte in die Hand. Es waren insgesamt elf, einige hatte ich im Lauf der Jahre von Lola geschenkt bekommen, andere hatte Mom von einer Kunsteinkaufstour nach Japan mitgebracht, und den Rest hatte ich mit meinem Taschengeld auf Ebay oder Craigslist erstanden. In der Vitrine waren auch noch andere Dinge, aber alle waren entweder zerbrochen oder irgendwie schief und falsch. Ein krummer Silberarmreif, den Sadie geschenkt bekommen hatte. Eine Coke-Dose mit Falschaufdruck.

»Zu schade, dass man Menschen nicht mit Goldkleber reparieren kann«, sagte Grace und drehte die Schale in ihren Händen.

Ich war mir nicht sicher, ob sie von sich sprach oder ihrer Mutter oder sonst wem, und vermutlich würde ich das auch nie erfahren, denn Grace Town gefiel sich darin, ein Geheimnis zu sein. Als sie spürte, dass die Unbeschwertheit des Augenblicks verflogen war und einer gewissen Schwere Platz gemacht hatte, stellte sie die Schale wieder zurück und sagte: »Das hier ist fast genauso gruselig wie eine Puppensammlung der Cabbage Patch Kids, weißt du das?«

»Du hast ja keine Ahnung, Grace Town. Die Damenwelt liebt Kintsukuroi.«

Grace zwang sich zu einem gequälten Lächeln. »Wie wär's, wenn wir Abendessen machen? Ich bin am Verhungern.«

»Einverstanden«, sagte ich. »Lass uns anfangen.«

Grace half mir bei den Mini-Pizzen. Na ja, mehr oder weniger. Eine Küche schien für sie unbekanntes Terrain zu sein, auf das sie noch nie einen Fuß gesetzt hatte, denn ich musste ihr jeden Handgriff erklären. *Würde es dir etwas ausmachen, die Tomaten zu schneiden? Wenn du willst, kannst du den Käse reiben.* Nach jeder kleinen Aufgabe trat sie zur Seite, beobachtete mich und wartete auf neue Anweisungen.

Nachdem wir die Pizzen in den Ofen geschoben hatten, legten wir uns im Keller aufs Bett und starrten zur Decke, ohne uns zu berühren.

»Was erhoffst du dir davon?«, fragte ich in einem Anflug von Mut, denn ich war wirklich neugierig. Was genau wollte sie? Was erwartete sie von mir?

Grace sah mich nicht an. »Keine Ahnung. Was erhoffst du dir?«

»Das weißt du genau.«

»Da bin ich mir nicht sicher.«

»Ich will dich.«

Sie lächelte, sagte aber nicht: »Ich will dich auch.«

Beim Abendessen verhielt sich Grace meinen Eltern gegenüber genauso merkwürdig, wie sie sich allen anderen Menschen gegenüber verhielt, mich ausgenommen. Alle Wärme war verschwunden. Sie sprach nur, wenn sie etwas gefragt wurde, und selbst wenn ein Lacher angebracht gewesen wäre, rang sie sich nicht mal ein Lächeln ab. Sie aß wenig und redete noch weniger.

Als ich sie um elf Uhr zur Tür brachte und zusah, wie sie in der Dunkelheit Richtung Friedhof verschwand, war ich beinahe froh, dass sie weg war. Beklommen fragte ich mich, was meine Eltern wohl von dem ersten Mädchen, dass ich je mit nach Hause gebracht hatte, halten würden.

Mom und Dad waren in der Küche und stapelten gemeinsam das Geschirr in die Spülmaschine. Ich setzte mich schweigend an die Frühstückstheke und wartete auf das Urteil, das sie unweigerlich fällen würden, ob ich wollte oder nicht.

»Sie ist sehr grüblerisch«, sagte Mom nach einer Weile. »Schön, aber grüblerisch.«

»Findest du?«, fragte ich verblüfft. Grüblerisch waren allenfalls Vampire, aber doch nicht Grace. »Ist mir noch nie aufgefallen.«

»Sie hat allerdings ein hübsches Lächeln – *wenn* sie lächelt. Ein sonderbares Mädchen.«

»Schönheit ist immer auch ein klein wenig sonderbar«, sagte Dad und schlang den Arm um Moms Taille.

Meine Mutter nickte, befreite sich jedoch aus seinem Griff. In den folgenden zehn Minuten, in denen ich die beiden beobachtete, während sie in der Küche hantierten, sich nicht berührten, nicht die Nähe des anderen suchten, fragte ich mich, wie lange es wohl her war, dass ich gesehen hatte, wie sie sich küssten oder Händchen hielten oder langsam miteinander tanzten, wenn sie sich unbeobachtet glaubten.

Die Antwort war: sehr, sehr lange.

In den darauffolgenden drei Tagen verging kaum eine Stunde, in der Grace und ich uns nicht sahen. Morgens vor dem Unterricht saßen wir im Redaktionszimmer, arbeiteten an der Zeitung und neckten uns pausenlos. Wir brachten ein Badminton-Set mit und stellten alberne Familienfotos von uns und Ricky Martin Knupps II auf unsere Schreibtische. Mittags gingen wir zu McDonald's oder lasen uns gegenseitig Passagen aus Bibliotheksbüchern vor (ich: immer Harry Potter, sie: immer Gedichte). Manchmal schlenderten wir am Rand des Pausenhofs entlang, wirbelten mit den Füßen das letzte Laub auf, während wir uns Nonsens-Themen für die Zeitung ausdachten, und merkten erst, wenn der Schulgong läutete, dass wir noch gar nichts gegessen hatten.

Abends, nachdem alle Arbeiten erledigt waren, folgten wir immer der Routine, die sich inzwischen schon zu einem Ritual entwickelt hatte: Wir gingen zu ihr, ich wartete im Garten, sie holte den Autoschlüssel, und ich fuhr mit dem Wagen zu mir nach Hause. Das war immer der Moment, in dem eine Veränderung mit ihr vorging. Sobald die Sonne unterging, verwandelte sich Grace, so als würde sie ihre ganze Energie aus den Sonnenstrahlen ziehen und ohne sie leer und ausgebrannt zurückbleiben. Donnerstags kam sie mit ins Haus, dann saßen wir verlegen im Keller herum und klammerten uns an Lola wie an einen Rettungsring. Mit Murray sprachen wir kaum ein Wort, ein Gespräch zu viert kam so gut wie nie zustande. Wenn wir unter uns waren, war Grace quicklebendig und sprühte nur so vor Intelligenz und Witz. In Gegenwart anderer erlosch ihr Glanz.

»Ich schwör dir, früher konnte ich das echt gut«, sagte sie einmal, als Muz sich verabschiedet hatte, überzeugt davon, dass Grace ihn nicht leiden konnte. »Ich liebte Gesellschaft und konnte mit anderen Menschen gut umgehen.«

»Ich nehme an, es ist jetzt schwerer für dich. Ohne ihn, meine ich.« Es war eine der seltenen Gelegenheiten, bei der einer von uns die Rede darauf brachte, dass es vor mir jemand anderen gegeben hatte, der jetzt nicht mehr da war.

Grace schüttelte den Kopf. »Nicht schwerer, nein. Ich habe nur vergessen, wie man es macht. Ich ziehe mich in meinen Kopf zurück, falle immer tiefer in den Abgrund und vergesse, dass draußen eine Welt existiert.«

An dieser Stelle hätte ich vielleicht sagen sollen: »Das hört sich an, als würdest du unter einer seelischen Krankheit leiden, vielleicht könnten eine Therapie oder Medikamente dir helfen«, aber ich tat es nicht, weil ich nicht wollte, dass sie krank oder zerbrochen oder depressiv war. Ich wollte, dass sie ihre Haare kämmte und ihre Kleider wusch, dass sie heil und gesund und glücklich war.

Also tat ich so, als wäre sie das auch.

Langsam, Stunde um Stunde, lief der Countdown zur Halloween-Party, und dann war es endlich so weit. Unsere Straße verwandelte sich in eine Erweiterung des Friedhofs mit Grabsteinen, Spinnennetzen und Skeletten. Bis Samstagmittag entfaltete sich eine Art Kitsch-Apokalypse in unserem Vorgarten. Sadie war mit Ryan gekommen, um auf dem Rasen Kürbisse auszuhöhlen, aber ich war mit den Gedanken bereits bei der Party am Abend. Besser gesagt bei dem, was *nach* der Party passieren würde und auf das ich völlig unvorbereitet war.

»Hey, was hast du mit dem Kürbis angestellt?«, fragte Sadie, als sie mein Werk begutachtete. Mit ihren Piercings, den Dreadlocks und ihrer Lederjacke sah Sadie wie eine Wahnsinnige aus, wie sie da vor mir saß, mit einem Messer in der Hand und einem Kürbis zwischen den Knien. Mein Kürbis war ziemlich weich und mein Messer ziemlich stumpf, weshalb mein Kürbisgesicht auch aussah, als hätte jemand aus nächster Nähe eine abgesägte Schrotflinte abgefeuert. »Deiner ist ja noch schlimmer als der von Ryan, und dessen Feinmotorik muss sich erst noch entwickeln. Nichts für ungut, Ryan.«

»Das ist die surrealistische Interpretation eines traditionellen Kürbiskopfs, vielen Dank auch.«

»Wenn er sprechen könnte, würde er ›Töte mich‹ raunen und dann seine Kerne und das Fruchtfleisch überallhin kotzen.«

Seufzend legte ich mein Messer beiseite. »Suds, ich weiß, es verstößt gegen dein Ethos, aber könntest du mir Valium aus dem Krankenhaus mitbringen?«

»Wofür um alles in der Welt brauchst du Valium?«

»Grace kommt nach der Party mit hierher. Genauer gesagt will sie hier übernachten. Zum ersten Mal.«

»Oh. *Oh*. Wie schnell mein Baby groß wird!«

»Geh weg, du Teufelin!« Ich versuchte, Sadie wegzuschubsen, als sie mir mit einer Bärenmutterumarmung die Rippen quetschte, während ihr Kürbis übers Gras rollte. »Uff, ich hätte es dir nicht sagen sollen.«

»Stress dich bloß nicht. Seit Millionen Jahren vögeln Menschen miteinander. Hast du Kondome?«

Ich schnitt eine Grimasse. »Ja.«

»Und du weißt, wie man sie benutzt?«

»Himmel noch mal, Sadie. Ja.«

»Und du willst wirklich Sex mit dem Mädchen haben?«

»Sie ist ein weibliches Wesen, das Bereitschaft signalisiert, und ich bin ein Junge im Teenager-Alter. Die Frage stellt sich nicht.«

»O doch. Sieh mal, es muss keine Liebe mit im Spiel sein, wenn du deine Jungfräulichkeit verlierst, aber du solltest zumindest deine Sexpartnerin kennen und ihr vertrauen und dich in ihrer Gesellschaft wohlfühlen und wirklich, wirklich mit ihr schlafen wollen.«

»Ähm, ja. Ich schätze schon. Ich meine, ja, ich will mit ihr zusammen sein.«

»Du magst die Frage für ein dummes Klischee halten, aber bist du wirklich bereit dazu? Ich meine, Sex ist keine große Sache, aber es ist auch keine Kleinigkeit, verstehst du?«

»Ich glaube, ich bin bereit?« Es hatte eigentlich nicht wie eine Frage klingen sollen.

»Okay, gut. Nur darauf kommt es an. Alles andere ist Biologie. Und jetzt gib mir den armen Kürbis, bevor du ihn völlig massakrierst.«

Grace kam abends zu mir, um mich für die Party zu schminken. Sie hatte eine ominöse kleine Reisetasche dabei.

»Ist es wirklich okay, wenn ich hier übernachte?«, fragte sie, als sie meinen Blick bemerkte.

»Ja. Ja, natürlich.« Es war nicht so, als wollte ich keinen Sex haben. Seit ich zwölf war, hatte ich praktisch an nichts anderes mehr gedacht.

»Gut.« Sie kramte eine Palette mit Schminke und eine Dreiviertelliter-Flasche Theaterblut aus der Tasche.

»Okay, willst du als Zombie gehen oder lieber als Unfallopfer? Das sind die beiden einzigen Make-ups, mit denen ich mich auskenne.«

Mein Blick huschte unwillkürlich zu ihrem Gehstock, den sie auf mein Bett gelegt hatte. »Ähm … ich weiß nicht …«

»Das war ein Scherz, Henry.«

»Oh …«, sagte ich und fügte noch ein nervöses »Ha!« hinzu. Sich über den grauenvollen Autounfall lustig zu machen, bei dem der Freund ums Leben kam – wirklich saukomisch. »Ich bin für Zombie.«

Die nächste Stunde saß ich auf meiner Bettkante, während Grace um mich herumrutschte, sich in der für sie typischen, marionettenhaften Art immer auf Abstand hielt, während sie flüssige Latex-Wunden auf mein Gesicht auftrug, um es in eine verweste Fratze zu verwandeln. Das war ohnehin nicht gerade die romantischste Situation, aber bei ihr wirkte es klinisch steril und distanziert.

Ich hatte erwartet, dass sie ein schräges Kostüm wählen und sich vielleicht als Meme oder als obskure literarische Figur aus einem impressionistischen Kunstwerk des achtzehnten Jahrhunderts verkleiden würde. Aber dann ging sie nach oben, um sich umzuziehen und zu schminken – während ich ein altes T-Shirt zerfetzte und mich mit Theaterblut überschüttete –, und kehrte in einem sexy Vampirkostüm zurück. Dazu hatte sie sich Blutstropfen in den Mundwinkel geschminkt.

Es war das erste Mal, dass ich sie in weiblicher Kleidung sah. Die Wirkung war umwerfend. Die dunklen Strümpfe zeigten ihre langen, schlanken Beine. Das schwarze Spitzenkorsett betonte Brüste und Taille und verlieh ihr Formen, wie man sie bei einem Highschool-Mädchen nicht vermutete. Sie hatte ihre blonden Haare gebürstet, eingerollt und unter einem schwarzen Netz zurückgebunden, das vorne ihre Smokey Eyes bedeckte. Sie hatte sogar ein rotes Band um ihren Stock gebunden.

Grace war auf eine düstere Art schön, eine Femme fatale, eine von den Toten auferstandene Heroinsüchtige. Ich erkannte sie beinahe nicht wieder.

»Ich habe mir keine große Mühe mit dem Kostüm gegeben, sondern einfach das vom letzten Jahr genommen«, sagte sie schulterzuckend. »Ziemlich langweilig.«

»Nein. Es ist fantastisch.«

»Wirklich? Du siehst irgendwie … schockiert aus.«

»Es ist nicht ganz das, was ich erwartet habe … Ich hätte nicht gedacht, dass du so etwas anziehen würdest, das ist alles. Jedenfalls nicht die Grace, die ich kenne. Ich habe mit etwas anderem gerechnet. Keine Ahnung, etwas Verrücktes, etwas, bei dem ich erst nach einigem Rätselraten weiß, was es ist. Du siehst verdammt sexy aus.«

»Die Grace von letztem Halloween ist eine völlig andere Person als die Grace, die ich heute bin.«

Ich sah sie lange an, dann nickte ich.

»Sag es, Henry.«

»Was soll ich sagen?«

»Was auch immer in deinem geheimnisvollen Gehirn

vor sich geht. Ich sehe es förmlich rattern, aber du schweigst und nickst. Sag es endlich.«

»Es ist nur … ich frage mich manchmal … Mann, ich bin echt nicht gut, wenn es darum geht, frei zu sprechen. Was, wenn du eine ganz andere bist? Und zwar die, die du früher warst. Ich meine, ich kenne sie ja gar nicht, ich weiß absolut nichts über sie. Manchmal erhasche ich einen kurzen Blick auf sie, dann blitzt in dir das Mädchen auf, das du gewesen bist. Aber ich frage mich, ob du damals eine Rolle gespielt hat und ich die echte Grace kenne, oder ob du jetzt eine Figur in einem Stück spielst, bis du irgendwann wieder du selbst sein kannst?«

»Menschen verändern sich. Auch du bist nicht mehr der, der du mit sechzehn warst.«

»Mag sein, aber ich habe nicht die Schule gewechselt und trage nicht die Klamotten meines toten Freunds.«

Einen Herzschlag lang herrschte Stille. »Du weißt es also«, sagte sie gedehnt und sah mich durchdringend an. »Die Katze ist aus dem Sack.«

»Tut mir leid, ich hätte nicht …«

»Mir ist klar, was du in mir sehen willst, Henry. Es ist nicht schwer zu erraten.«

»Was hat das …«

»Ich erkenne es an der Art, wie du mich manchmal ansiehst. Du denkst zwar, ich merke es nicht, aber das stimmt nicht. Es gibt Zeiten, da magst du mich, und es gibt andere, da magst du mich nicht so sehr. Aber ich kann nicht vorgeben, etwas zu sein, weil du es so möchtest.«

»Grace, so ist es doch gar nicht …«

»Lass uns heute Abend nicht darüber reden, okay?«

»Ich will *dich*, immer nur *dich*.«

»Das denkst du nur. Manchmal frage ich mich, welche Version von mir du haben willst. Die Grace, die ich jetzt bin? Die Grace, die ich einmal war? Oder erträumst du dir ein Kintsukori-Mädchen, das ich vielleicht in ein paar Monaten für dich sein könnte?«

»Du hast doch selbst gesagt, dass man Menschen nicht mit Goldfäden zusammenflicken kann.«

»Das ist genau der Punkt.« Sie fing an, die Treppe hochzugehen, rückwärts, Stufe für Stufe, mit mühsamen Schritten.

Ich tippte meinen fünften Entwurf von »Warum Henry Page noch Single ist«, während ich ihr die Treppe hinauf folgte und dabei eine Blutspur auf dem Boden zurückließ.

Entwurf Nummer fünf

Weil man Mädchen hinterherjagen muss, selbst wenn sie nicht rennen können.

Kapitel 18

Die erste Hälfte der Party verlief zum großen Teil so wie bei Heslin. Zuerst gingen wir zum Footballfeld, um dort zu trinken, diesmal allerdings nicht aus einer Badewanne, sondern – kein Witz – aus einem großen Regenwassertank. (Die Badewanne war während Heslins Party irgendwie auf dem Dach des Hauses gelandet. Es war kein Schuldiger gefunden worden, aber ich hatte sehr stark Murray in Verdacht.) Diesmal war das Gebräu rötlich und verdächtig schaumig, als hätte jemand den Tank mit Spülmittel gesäubert, ihn aber nicht sorgfältig genug ausgespült, ehe er zehn Packungen billigen Wein hineingeschüttet hatte. Trotzdem schmeckte das Zeug nicht so giftig wie beim letzten Mal. Nachdem ich zwei Flaschen davon in mich hineingekippt hatte, war ich ziemlich angetrunken und Grace auch – zum Glück, denn beschwipst waren wir beide viel nettere Menschen als sonst.

Nach einer Weile schlichen wir uns weg und gingen zum Freund eines Freundes irgendeines Verwandten, der bereits vor drei Jahren seinen Schulabschluss gemacht hatte und bei dem eine Party im Keller stattfinden würde. Wir waren früher da als alle anderen Gäste. Grace wählte eine schummrige Ecke, wo uns niemand beim Herumknutschen stören würde, aber ich dachte andauernd daran, was später noch passieren würde, und trank einfach weiter.

Die Musik wurde lauter, und der Keller füllte sich langsam mit Zombies, Hexen, Piraten und sexy Variationen von Gestalten, die absolut nicht sexy sind, wie zum Beispiel Teenage Mutant Ninja Turtles oder einem Pappmaché-Planeten Pluto im Bikini, nicht zu vergessen Madison Carlson, die sich aus mir unverständlichen Gründen als nuttiger Maiskolben verkleidet hatte.

Grace beugte sich zu mir und gab mir einen flüchtigen Kuss, dann schaute sie zu, wie immer mehr Leute den Raum bevölkerten.

»Ich werde nicht mehr auf den Friedhof gehen«, flüsterte sie etwas undeutlich. »Ich hab's dir nie erzählt, aber ich besuche ihn fast jeden Tag. An seinem Grab. Damit werde ich jetzt aufhören. Für dich.«

Ihre Ankündigung verschlug mir die Sprache. Jetzt, wo ich mich damit abgefunden hatte, Doms gespenstische Gegenwart als gegeben hinzunehmen, weil es sonst kein Date mit Grace Town geben würde. Denn sie würde sich auch weiterhin anziehen wie er. Sie würde riechen wie er. Sie würde sein Grab aufsuchen. Und nun eröffnete sie mir, dass sie gewillt war, ein Stück von ihm aufzugeben.

»Das wäre schön«, sagte ich, ohne zu zögern, denn in dem Moment, in dem sie es gesagte hatte, war mir klargeworden, dass ich es wirklich wollte. Ich wollte, dass sie nicht mehr so viel Zeit mit ihrem toten Freund verbrachte. Ich wollte, dass sie nicht mehr über seinem Leichnam im Gras lag und weinte. Ich wollte, dass sie keine Tränen mehr vergoss, die durch die Erde auf den Sarg sickerten.

»Ich möchte nicht, dass du denkst, du wärst nur zweite Wahl oder so«, fuhr sie fort, ohne mich direkt anzuschauen. »Ich bin noch nie mit jemandem so gut ausgekommen wie mit dir.«

Ich widerstand der Versuchung, sie zu fragen, wen von uns beiden sie wählen würde, wenn Dom und ich vor ihr stünden, beide gesund und lebendig. Ich wusste, dass sie sich für ihn entscheiden würde. Für lange Zeit würde es immer noch *er* sein. Vielleicht sogar für immer. Bei dem Gedanken vertiefte sich der Riss in meinem Herzen. Da stand sie und versuchte, ihre Gefühle für mich zum Ausdruck zu bringen, bewirkte damit aber nur, dass der bohrende Schmerz in mir noch stärker wurde.

»Du hast getrunken. Triff heute keine Entscheidung. Warte, bis du wieder nüchtern bist. Denk drüber nach. Ich möchte, dass du dir ganz sicher bist.« *Ich möchte, dass du sicher bist, dass du ihn endgültig loslassen kannst.*

Grace drehte sich zu mir und sah mich lange an, ihr Blick glitt blitzschnell zwischen meinen beiden Augen hin und her.

»Was ist?«, fragte ich nach einer Weile.

»Die meisten Jungs würden sich jetzt wie der letzte Arsch aufführen. Aber du reagierst total cool.«

»Warum sollte ich mich wie ein Arsch aufführen?« Ich gab mich cooler, als ich mich tatsächlich fühlte, aber das würde ich ihr natürlich nicht auf die Nase binden. Wenn ich als Vollidiot rüberkam, würde sie höchstens die Flucht ergreifen. »Du bist von Anfang an sehr offen zu mir gewesen.« *Mal abgesehen von dem Autounfall und dem toten Freund und dem Friedhof und den Klamotten.*

Ihr Blick flackerte wieder hin und her, dann schloss sie die Augen, beugte sich vor und küsste mich. Ich beobachtete sie die ganze Zeit, ich wollte herausfinden, ob sie die Augen öffnete – als könnte ich daran ablesen, ob sie es ernst meinte oder nicht. Grace hielt die Augen geschlossen, und als sich ihre Lippen von meinen lösten, kniff ich rasch die Augen zu und dachte: *Niemand küsst so, wenn er es nicht ernst meint.*

»Wie lange müssen wir hier noch rumhängen, bevor wir zu dir nach Hause können?«, fragte Grace.

Mein Herz fing an zu galoppieren. Okay. Das berühmte erste Mal wartete auf mich. Für einen kurzen Moment hatte ich es fast vergessen.

»Ich will erst mal die Runde machen. Lass uns noch ein bisschen hierbleiben und warten, bis meine Eltern eingeschlafen sind.«

In Wahrheit wollte ich etwas anderes, aber das würde ich Grace nicht verraten. Ich wollte, dass man uns zusammen sah, uns ertappte, uns mit einem wissenden

Grinsen beobachtete und zur Rede stellte, weil wir mehr als nur Freunde waren. Ich wollte, dass unsere Beziehung von außen zusammengeschweißt wurde – je mehr Leute davon wussten, desto mehr würde Grace sich gebunden fühlen. Unsere Beziehung war wie Schrödingers Katze, weder tot noch lebendig, weil bisher niemand sie zu Gesicht bekommen hatte. Andererseits, vielleicht war es besser so. Vielleicht war es besser, unbeobachtet zu bleiben und alles noch etwas vage zu halten. Wenn etwas ins Licht gezerrt wird, kann das auch das Ende bedeuten. Die Sache war riskant. Solange niemand etwas wusste, würde auch niemand mitbekommen, wenn es schiefging. Mein Liebesschmerz würde nur mir gehören. Trotzdem war ich bereit, das Wagnis einzugehen.

Der Lärmpegel stieg und irgendwann küsste ich sie. Wir redeten und tranken und flirteten. Mit jedem Schluck Alkohol wurde Grace immer unbeschwerter und gelöster, und so küsste ich sie immer wieder, in der Hoffnung, dass ein Bekannter uns sehen, auf uns deuten und laut unsere Namen rufen würde.

Etwa eine Stunde später war es dann so weit.

»Wusste ich's doch!«, rief Heslin.

In diesem Moment löste sich der Knoten der Anspannung, der sich im Laufe des Abends immer fester zugezogen hatte. Man hatte uns gesehen. Wir wurden beobachtet. Ein Dritter konnte bezeugen, dass es echt war. Dass wir hier zusammen auf der Party waren. »Verdammt, ich hab's gewusst!«

»Pst«, zischte ich Heslin an. Auch wenn ich froh war,

dass er es wusste, wollte ich doch nicht, dass Grace wusste, dass ich wollte, dass er es wusste.

Grace löste sich von mir und stand auf. »Können wir jetzt gehen?«, fragte sie. »Ich hole meine Sachen.«

Ich nickte und sah zu, wie sie sich einen Weg durch die kostümierte Menge bahnte, um sich ihren Mantel zu schnappen.

Heslin grinste mich an. »Wie lange vögelst du sie schon?«

»Erzähl es bitte nicht weiter, wir wollen es noch für uns behalten.« Ich verzichtete darauf, ihm zu sagen, dass ich sie nicht gevögelt hatte.

»Dein Geheimnis ist bei mir sicher«, versprach Heslin und zerzauste mein Haar. In der Schule wechselten wir kaum ein Wort miteinander, aber jetzt hatte er Insider-Wissen über mein Beinahe-Sexleben, und das schien ein Band zwischen uns zu knüpfen.

»Ich geh wohl besser und suche sie«, sagte ich und erhob mich.

»Ja, das solltest du echt tun«, meinte Heslin und schlug mir auf die Schulter.

Unsere quantenmechanische Überlagerung war vorbei. Grace Town und ich waren entweder tot oder lebendig und nicht mehr beides zugleich.

Ich war mir allerdings nicht sicher, was von beidem zutraf.

Wir gingen gemeinsam nach Hause, mit Schlagseite, im Dunkeln. In meinem Halbdelirium und der Spannung auf das, was kommen würde, brachte ich endlich den Mut auf, das zu tun, was ich tun wollte. Ich stieß sie gegen einen hohen, von Efeu überwucherten Drahtzaun und küsste sie gieriger als je zuvor. Ich küsste ihren Nacken, ihr Schlüsselbein, streichelte ihre Hüften und Schenkel. Grace reagierte darauf, indem sie nach Luft schnappte und durch mein Haar fuhr und ihre Finger darin vergrub. Sie schmiegte sich an mich, presste ihre Vampirzähne so fest gegen meinen Hals, dass es wehtat, aber kein Blut floss.

»Bring mich nach Hause, Henry Page«, murmelte sie. An ihren Mundwinkeln waren noch Reste von Theaterblut. Sie drehte sich um und setzte sich ohne ein weiteres Wort in Bewegung und natürlich folgte ich ihr in die Dunkelheit. Ich legte die Hände um ihre Taille und küsste sie auf dem ganzen Heimweg. Wir schafften es, in den Keller zu schleichen, ohne meine Eltern aufzuwecken. Dann war es Zeit für DEN SEX.

Aber erst mal setzten wir uns aufs Bett und schminkten uns ab. Ich zog mein Shirt aus. Während ich das getrocknete Blut auf meiner Brust abwischte, fragte ich mich, ob ich jetzt so aussah, wie er nach dem Unfall ausgesehen hatte, und ob ihr gerade dasselbe durch den Kopf ging oder ob sie jetzt nur an mich dachte. Wir saßen etwa eine Minute lang schweigend da. Ich spielte mit dem Gedanken, das Licht auszumachen, vielleicht war es im Dunklen ja einfacher.

Aber Grace wusste genau, was sie tun musste. Sie hatte es schon getan. Sie rutschte zu mir und küsste mich, dann löste sie den Rückenverschluss ihres Korsetts.

»Holy Shit«, sagte ich leise, als sie es auszog. Sie war umwerfend schön und alle meine Zweifel lösten sich angesichts ihrer nackten Brüste in Luft auf.

Wir machten mit dem Küssen weiter. Als ich ihre Strümpfe herunterrollte, streiften meine Finger vernarbte Haut. An den Oberschenkeln waren zwei große rote Rechtecke.

»Da haben sie Haut abgetragen für die Transplantation«, sagte sie, als ich die Stellen berührte. »Der erste Versuch ging daneben, deshalb mussten sie noch ein zweites Mal Haut verpflanzen.« Ich zog ihre Strümpfe ganz aus und warf sie durch den Raum. Die schlimmsten Verletzungen waren an der Wade, wo die zerfetzten Muskeln mit dem transplantierten Gewebe überdeckt worden waren. Die Haut sah aus wie bei einem gerupften Huhn. Das Bein war viel dünner als das andere und wirkte rau und empfindlich. Direkt neben den Hauttransplantaten waren blaue Flecken und Striemen, ein Andenken an Grace' Runden auf der Bahn von East River.

Es grenzte an ein Wunder, dass sie überhaupt gehen konnte.

»Die ersten Schrauben sind schon rausgenommen und durch neue ersetzt worden. In ein paar Jahren kann man sie vielleicht ganz entfernen. Ich weiß nicht. Kann sein, das Humpty Dumpty am Ende wieder heil ist.«

Ich beugte mich vor und küsste die zornesrote Haut ihrer Wade. »Du bist perfekt.«

Und dann fing es an.

Es war nicht gerade superromantisch. Es gab weder Musik und noch brennende Kerzen. Es war nicht wie in diesen romantischen Komödien, wo die Kamera immer nur kurze Einstellungen von Haut auf Haut zeigt oder von Händen, die sich in weiße Bettlaken krallen. Es war auch nicht wie in den Pornos, die ich gesehen hatte. Es war verschwitzter, leiser, intensiver, seltsamer. Da waren nur ich und sie und dazwischen keine Fingerbreit Raum.

Ich hatte den Großteil des Vormittags damit verbracht, »Tipps für guten Sex« zu googeln, was ich mir ebenso gut hätte schenken können. Ich hatte sämtliche Ratschläge vergessen, die ich auf AskMen.com gelesen hatte, also tat ich das, was sich richtig anfühlte.

Dann war es vorbei. Ich war nicht mehr das unbeschriebene Blatt in Sachen Sex. Auch wenn es kein lautes Stöhnen oder so gegeben hatte, war ich wohl trotzdem nicht allzu schlecht gewesen, denn Grace sagte: »Das war tausendmal besser, als ich erwartet hätte.« Ich war nicht ganz sicher, ob ich mich geschmeichelt fühlen sollte, weil ich mich anscheinend ganz passabel angestellt hatte, oder ob ich beleidigt sein sollte, weil sie offenbar mit dem Schlimmsten gerechnet hatte. Grace schmiegte den Kopf an meine Schulter und ich küsste sie auf die Stirn. Dann lagen wir nackt im Dunkeln nebeneinander, sprachen kein Wort, konnten aber auch nicht einschlafen.

Als Grace Town dachte, ich wäre endlich weggedöst, fing sie an zu weinen. Ich spürte, wie sie neben mir zitterte, wie sie versuchte, gleichmäßig Luft zu holen, spürte ihre warmen Tränen auf meiner Brust. Sie schluchzte kurz auf, dann wischte sie sich über die Augen. Ihre Atemzüge wurden ruhiger, und sie flüsterte: »Ich vermisse dich«, ehe sie ganz allmählich in den Schlaf hinüberdriftete.

Ich war noch eine ganze Stunde lang wach und starrte zur Decke hinauf, während Grace' Tränen auf meiner Haut trockneten und ich mich fragte, ob ich mich übergeben sollte, weil ich betrunken war, oder weil das Mädchen, an das ich meine Jungfräulichkeit verloren hatte, die ganze Zeit nur an ihren toten Freund gedacht hatte.

Kapitel 19

Als ich am Morgen aufwachte, war Grace gerade dabei, sich wieder unter mehreren Schichten von Doms Kleidung zu verstecken. Der Schmetterling der vergangenen Nacht zog sich wieder in seinen Kokon zurück. Ich stellte mich schlafend und beobachtete heimlich, wie sie ihr Vampirkostüm in eine Plastiktüte stopfte und die Tasche anschließend in den Abfalleimer neben meinem Schreibtisch warf. Dann ging sie weg, ohne sich zu verabschieden.

Am Abend schrieb ich ihr.

Henry Page:

Abend, Town. Irgendwann in dieser Woche möchte ich mir den neuen Pixar-Film anschauen. Er hat eine Altersbeschränkung. Empfohlen wird die Begleitung eines Erwachsenen aufgrund von minder schwerer Gewaltdarstellung und vulgärem Humor –

was mir sagt, dass ich ihn vermutlich lieben werde. Kommst du mit?

Ich schickte die Nachricht um 19:58 Uhr. Grace sah sie sofort und fing an zu schreiben, löschte dann jedoch den Text wieder. Zehn Minuten vergingen und dann noch einmal zehn, ohne dass eine Antwort kam. War es ab sofort verboten, etwas mit ihr zu unternehmen, obwohl wir miteinander geschlafen hatten? Hatte ich eine unsichtbare Grenze unserer Beziehung (oder was auch immer es war) übertreten?

Ich aß zu Abend. Checkte mein Handy. Nichts.

Sie hat ihre Meinung geändert, sie hat ihre Meinung geändert, sie hat ihre Meinung geändert.

Ich ging unter die Dusche. Checkte mein Handy. Nichts.

Sie hat ihre Meinung geändert, sie hat ihre Meinung geändert, sie hat ihre Meinung geändert.

Ich brütete erfolglos über meinen Mathe-Aufgaben. Checkte mein Handy. Nichts.

O Gott, o Gott, o Gott. Sie hat ihre Meinung geändert, sie hat ihre Meinung geändert, sie hat ihre Meinung geändert.

Ich ging ins Bett mit dem Gefühl, als hätte jemand einen schwarzen Schirm in meiner Brust aufgespannt. Meine Lunge war unters Schlüsselbein gequetscht, und dort, wo meine Eingeweide sein sollten, klaffte ein Loch. Um 23:59 Uhr – ich war bereits am Wegdriften – kam die Antwort.

Grace Town:

Pixar! Natürlich will ich den Film sehen.
Alles klar. Gute Nacht!

Als das Handy vibriert hatte und ihr Name auf dem Display erschienen war, hatte mein System verrückt gespielt. Dieser Endorphin-Ausstoß war beunruhigend. Ich hatte keine Erfahrung mit Abhängigkeit, aber so in etwa musste sich ein Junkie fühlen, der dringend einen Schuss brauchte.

»Edward Cullen, du elender Bastard.« Ich sperrte mein Handy und starrte zur Decke hinauf. »Ich habe dir bitter unrecht getan.«

Am Montag wichen Grace und ich von unserer Routine ab und gingen an ihrem Haus vorbei, um den Bus in die Stadt zu nehmen, wo ein Herbstfest stattfand, mit jeder Menge Essen und Bier. Ich hatte noch Hausaufgaben zu erledigen, musste an meinem Essay weiterarbeiten, und auch die Zeitung hatte etwas mehr Aufmerksamkeit verdient, aber Grace war so gut gelaunt, dass sie sogar ihre Haare gebürstet hatte. Die Gelegenheit, mit dieser Version von Grace Town etwas Zeit zu verbringen, konnte ich mir einfach nicht entgehen lassen.

Im Park hatte man zwischen den Bäumen eine Budenstadt mit kleinen weißen Markisen errichtet; an den Ständen wurden die unterschiedlichsten Geschmacksrichtungen angeboten, und überall gab es etwas Besonderes zu essen und/oder Bier zu trinken. Uns bot sich der reinste Hipster-Himmel: Es gab Möbel aus Paletten, von den Zweigen baumelten antike Teekessel, und an einem Stand konnte man Hula-Hoop-Reifen dekorieren. Plastic Stapler's Revenge hatte es tatsächlich geschafft, auf dem Festival einen Gig zu ergattern, ihre schrillen Akustikversionen (bei denen es leider nie um rachedurstige Bürogeräte ging) hallten weit über den Park.

»Was futtern wir zuerst, Town?«, fragte ich, aber meine Worte gingen in einem lauten Ruf unter.

»Grace?!«, rief eine unbekannte männliche Stimme.

Wir drehten uns beide um und entdeckten den Rufer: ein großer, nicht unattraktiver blonder Typ in Begleitung von großen, nicht unattraktiven männlichen Freunden.

»Lyndon!« Grace eilte durch die Menge zu ihm, und als sie bei ihm angekommen war, fegte er sie mitsamt Gehstock von den Füßen. Die Hände in den Hosentaschen, folgte ich ihr langsam und dachte insgeheim, wie ich sehr ich plötzlich den Namen Lyndon und alle, die so hießen, verabscheute.

Ich stand geschlagene fünf Minuten neben Grace, während sie mit ihm plauderte, bevor Lyndon den Blick auf mich richtete und Grace sich an mich erinnerte. »Oh, tut mir leid! Das ist Henry Page. Wir arbeiten zusammen für die Schülerzeitung. Henry, das ist Lyndon, mein Cousin.«

Ich schüttelte seine Hand und kam zu dem Schluss,

dass Lyndon vielleicht doch kein Angeber-Name war. Das Monster, das seine Krallen in meiner Brust geschärft hatte, seit Lyndon Grace' Namen gerufen hatte, zog sich wieder in die Ecke seines Käfigs zurück.

Verdammter Mist, fluchte ich im Stillen und nahm den Typen genauer in Augenschein. Ja, eine gewisse Ähnlichkeit war unverkennbar. Sie waren definitiv miteinander verwandt. *War ich etwa einer von der eifersüchtigen Sorte?* Das gehörte zu den Dingen, die man erst dann mit letzter Sicherheit wusste, wenn man vor die Frage gestellt wurde. So wie man auch nicht sagen kann, ob man mutig und heroisch ist, bevor etwas Schreckliches passiert und man zum Handeln gezwungen ist. Ich hatte mich immer für einen unerschrockenen Typen gehalten, ruhig und kontrolliert, ein Sully Sullenberger eben. Der Letzte, der das Flugzeug verlässt, der Letzte, der auf dem sinkenden Schiff ausharrt, so was in der Art. Aber jetzt war ich mir nicht mehr so sicher.

Ich dachte an einen Satz von Tyler Durden: »Was weißt du schon über dich, wenn du noch nie gekämpft hast?« Wie viel konnte man über sich wissen, wenn man noch nie einen anderen Menschen so richtig gerngehabt hatte? Ich war mir noch nie so abgekoppelt von mir selbst vorgekommen wie in diesem Moment. In welchem Körper lief ich herum? Wessen Gehirn war in meinem Kopf? Wie konnte ich *ich* sein, wie konnte ich in meiner eigenen Haut stecken und trotzdem nicht wissen, wer ich war?

Grace und ich hatten auf dem Festival nur was essen

wollen, aber Lyndon und seine Freunde waren alle Mitte zwanzig, daher drückten wir ihnen Geld in die Hand, damit sie gewürzten Cidre und Glühwein für uns kauften. Dann setzten wir uns alle unter einen Baum. Lichterketten schmückten den Park. Der Lichtschein von vielen hundert Lämpchen verschwamm vor meinen Augen, während der Alkohol mir zu Kopf stieg. Wir probierten untereinander verschiedene Gerichte aus: süßsaure Suppe vom Thai-Stand, geheimnisvolles Fleisch mit Honigglasur von einem Chinesen, dessen Stand mit roten Laternen dekoriert war, und durchsichtige Reispapierröllchen in einer dicken, süßen Soße vom Vietnamesen.

Als Dad mir um neun Uhr eine Nachricht schickte – mit einem lapidaren *Bin da* –, hatte ich einen vollen Magen und schwere Augenlider.

Ich hatte im Gras gelegen, doch nun setzte ich mich auf und blickte hinauf zu den funkelnden Feenlichtern im Geäst, ehe ich mich von Grace verabschiedete, die in dem goldenen Schein umwerfend schön aussah. Mir war bewusst, dass Lyndon uns beobachtete, deshalb machte ich absichtlich keine große Sache daraus, obwohl wir uns sonst immer einen Abschiedskuss gaben. Ich nannte sie sogar »Kumpel«.

»Ich muss los, Kumpel. Wir sehen uns morgen«, sagte ich zu ihr. Dann verabschiedete ich mich reihum und schlenderte, die Hände in den Hosentaschen, zwischen den Festivalbesuchern davon. Einmal drehte ich mich sogar um. Grace sah mir hinterher. Ich rechnete damit, dass sie sofort wegschauen würde, aber das tat sie nicht. Wie das zu deuten war, wusste ich allerdings auch nicht. Wollte sie, dass ich zu ihr zurückkam? Aber ihr Cousin war bei ihr, und irgendwie waren wir ja nicht richtig zusammen, oder? Außerdem sollte niemand von uns wissen. Ich wollte keinen Fehler machen. Wenn ich jetzt zu ihr ginge und sie so küssen würde, wie ich gern wollte, würde sie womöglich sauer auf mich sein. Also wandte ich mich ab, ließ mich von der Menge verschlucken und dachte darüber nach, dass Sully Sullenberger wahrscheinlich zurückgegangen wäre und sie stürmisch von den Füßen gerissen hätte, wohingegen ich nur ein eifersüchtiger Waschlappen war.

Auf der Heimfahrt – während Dad mir von seinem Tag erzählte und ich mich bemühte, deutlich zu sprechen, damit er nicht merkte, dass ich Alkohol getrunken hatte – summte mein Handy.

Grace Town:

Was war das denn für ein Abschied?
Bleibt es beim Kino nächste Woche?

Henry Page:

Ich war mir nicht sicher, ob ich dich vor deinem Cousin küssen durfte, also habe ich gekniffen. Keine Ahnung, ob die »Wir halten es geheim«-Strategie immer noch gilt oder nicht … Tut mir echt leid. Der Film geht auf alle Fälle klar. Donnerstagabend, 19:30 Uhr. Im Kino bei uns um die Ecke. Wir können nach der Schule zu mir in den Keller und uns was zum Essen holen oder so.

Klingt gut. Was geht da eigentlich gerade zwischen uns ab?

Wir sind hoffnungslose Fälle. Ich wundere mich, dass Hink uns die Redaktion zutraut. Von wegen Entscheidungen treffen und so.

Am Mittwoch riss Grace' Anruf mich um sechs Uhr aus dem Schlaf.

»Was ist los? Alles in Ordnung?« Kaum hatte ich ihren Namen auf dem Display gelesen, saß ich auch schon senkrecht im Bett. Ein Zeichen dafür, dass ich mir pausenlos Sorgen um sie machte. Ich wusste, wie deprimiert und unbesonnen sie war, und da war immer diese Stimme in meinem Hinterkopf, die beklommen fragte, ob ihre Trauer sie nicht eines Tages überwältigen würde. Natürlich glaubte ich nicht ernsthaft, dass sie sich etwas antun würde. Es war eher so, dass ich fürchtete, Grace Town könnte sich plötzlich auflösen, und ihre Atome könnten in alle Richtungen verstreut werden.

»Keine Angst, ich kann nur nicht schlafen, das ist alles. Steht bei dir heute was Wichtiges in der Schule an?«

Ich hatte eine (halb fertige, so ein Scheißleben) Englischarbeit abzugeben, mir stand ein Meeting mit Hink bezüglich der Fortschritte in der Redaktion bevor, und Hotchkiss ging mir seit einer Woche mit seinen Matheaufgaben auf die Nerven, aber das alles war nicht annähernd so wichtig wie Grace, daher log ich und sagte: »Nein.«

»Gut, ich stehe nämlich vor deinem Haus. Ich will mit dir ein Abenteuer erleben.«

»Du bist draußen vor dem Haus?«

Am Kellerfenster klopfte es. Grace kauerte auf der anderen Seite der schmutzigen Glasscheibe und sah müde aus. Sie trug noch die Klamotten von gestern.

Als Mom eine Stunde später nach unten kam, um mich zu wecken, gab ich vor, krank zu sein, während Grace sich unter meinem Bett versteckt hielt. Nachdem meine Lebensspenderin zur Arbeit gegangen war, bettelte ich Dad an, dass er mir erlaubte, den Tag mit Grace zu verbringen, obwohl ich genau wusste, dass er mich, sobald es nur ging, bei Mom verpfeifen würde. Widerstrebend willigte er ein, unter der Bedingung, dass er den ganzen Tag *GTA V* in meinem Zimmer spielen durfte und ich es keiner Menschenseele verraten würde.

Zu meinem Erstaunen stand Grace' Auto auf dem Parkplatz vor dem Haus.

»Bist *du* gefahren?«, fragte ich.

»Überraschung.«

»Das erste Mal, seit …«

»Ja. Keine Ahnung, warum. Ich bin mitten in der Nacht aufgewacht und habe beschlossen, dass es Zeit ist. Bei *Fast and Furious 11* kann ich nur mitmachen, wenn ich mich wieder ans Steuer setzen kann.«

Ich lächelte, und Grace sagte: »Henry. Sieh mich nicht so an.«

»Wie sehe ich dich denn an?«

»Als hättest du die goldenen Adern schon vor Augen«, sagte sie, allerdings nicht vorwurfsvoll, sondern scherzhaft. »Ich bin immer noch keine Schale.«

»Keine Schale. Ich werde es mir merken.«

Wir fuhren stadtauswärts Richtung Norden und dann über eine Stunde durch den Nationalpark. An den Aussichtspunkten drosselten wir das Tempo, hielten aber nicht an. Hier an der Küste schien der Herbst noch nicht Einzug gehalten zu haben. Zwischen den Baumreihen sah man weißen Strand aufblitzen, und auch wenn viele Bäume ihre Blätter bereits verloren hatten, gab es immergrüne Palmen und Büsche. Trotz der Kälte fuhren wir mit offenem Fenster. Mein Gesicht war taub und meine Ohren summten von der schnellen Fahrt.

Nach einer Weile ging der weite Küstenstrich in einen Wald über. Trotz der fortgeschrittenen Jahreszeit war er immer noch bunt wie eine Schatulle mit Juwelen.

Die Verkehrsschilder ermahnten zu langsamem Fahren – VORSICHT, SERPENTINENSTRASSE –, was Grace ignorierte. Stattdessen drehte sie die Musik so laut auf, dass sie mich selbst dann nicht verstanden hätte, wenn ich sie angeschrien hätte, und trat aufs Gas. Bei jeder Haarnadelkurve wurden meine Fingerknöchel weiß, weil ich mich krampfhaft festklammerte, um nicht auf meinem Sitz hin und her geschleudert zu werden. Grace trat auf die Bremse, beschleunigte sofort wieder, dass die Reifen qualmten, und schlitterte um die nächste Kurve. Statt vor der nächsten Biegung langsamer zu werden, erhöhte sie sogar noch das Tempo.

Ich hielt mich fest und betete zu allen Gottheiten, an die ich nicht glaubte, dass ich diesen Tag überleben würde. Ich wollte nicht auf diese Weise sterben. Nicht so wie er. Bilder von Autounfällen geisterten durch meinen Kopf. Der unglaublich harte Aufprall eines Wagens. Ein Fahrzeug, das sich wie ein Papierfächer um einen Baum faltete. Ein Leichnam – meiner –, der durch die Windschutzscheibe fliegt, eine Lumpenpuppe aus Blut und Knochen. Haut, die über den Asphalt schrammt. Brechende Glieder und Knochensplitter, die sich durch die Haut bohren.

Grace war eine gute, aber auch eine verwegene Fahrerin. Ich vertraute ihr, dass sie die Kontrolle über das Fahrzeug hatte, aber bei dieser Geschwindigkeit würde sich ihre Reaktionszeit rapide verringern. Es brauchte nur ein Tier über die Straße zu rennen oder ein Schlagloch im Asphalt zu sein. Es reichte schon, wenn sie das Steuer ganz leicht verriss. Wieder war da die Stimme in meinem Kopf, die meine Angst um Grace' Sicherheit in Worte fasste.

Noch nie hatte ich mich dem Tode so nah gefühlt.

Noch nie hatte mir meine eigene Sterblichkeit so viel Schrecken eingejagt wie hier in diesem Auto mit Grace hinter dem Lenkrad.

Spielten solche Gedanken für sie überhaupt eine Rolle? Für Grace bestand die Welt aus Atomen, die sich für eine gewisse Zeit zu einem bestimmten Muster zusammenfanden. Sterben war nichts weiter als der Zerfall einer menschlichen Daseinsform, damit die Atome an anderer Stelle erneut ein Muster bilden konnten.

Endlich, nach einer halben Ewigkeit, brachte sie das Auto an einem Aussichtspunkt zum Stehen und schaltete die Musik ab. Grinsend stieg sie aus und trat in die frische Küstenbrise. Es war ein seltsamer Tag. Die Sonne wärmte zwar, aber der Wind brachte kühle Luft vom Meer.

»Was zum Teufel war das?«, fragte ich und schlug die Autotür zu. Meine Beine und Hände zitterten, und das lag nicht an der Kälte. Ich versuchte, mir nicht anmerken zu lassen, wie entnervt ich war, zumal ich mich insgeheim fragte, ob sie mich vielleicht, aber auch nur vielleicht, mit solchen Aktionen verrückt machen wollte. Ich setzte mich auf die Brüstung, die den Aussichtspunkt von der Wildnis darunter abgrenzte, stützte die Ellbogen auf die Knie und atmete tief durch. Grace ließ sich neben mir nieder – manchmal erinnerte die platonische Art, wie sie sich zu mir setzte, eher an eine Schwester – und zog den Schal übers Gesicht.

»Ich bin diese Strecke schon gefahren, da hatte ich noch nicht mal meinen Führerschein«, sagte sie. Der

Schal dämpfte ihre Worte. »Ich kenne die Straße wie meine Westentasche. Eigentlich kenne ich sie sogar besser, ich könnte sie dir aus dem Gedächtnis aufzeichnen. Außerdem habe ich keine Westentasche. Keine Ahnung, wieso man das immer sagt.«

»Wie bringst du es nur fertig, so zu fahren, obwohl du bei einem Autounfall fast ums Leben gekommen bist?«

»Nur damit du es weißt, ich war nicht diejenige, die von der Straße abgekommen ist. Dom saß am Steuer. Ich habe es so geliebt, diese Strecke zu fahren. Ich möchte es wieder tun können.«

Es lag so viel Bitterkeit in ihrer Stimme. Grace hatte noch nie abschätzig von Dom gesprochen, aber jetzt gab sie ihm die Schuld an dem Unfall, bei dem er gestorben war. Wahrscheinlich konnte sie gar nicht anders, als wütend auf ihn zu sein.

»Ich meine ja nur … Du kannst nicht mehr bei ihm sein, okay? Du kannst ihm nicht folgen, so sehr du das vielleicht willst. Also hör auf damit.«

»Verdammt, Henry, ich dachte nicht …«

»Genau das meine ich. Du hast *nichts gedacht*. Du bist so schnell in die Haarnadelkurven reingefahren, dass die Reifen gequietscht haben. Was du gemacht hast, war nicht okay.«

»Es sollte einfach so wie früher sein.« Als ich nichts darauf sagte, stand sie auf. »Komm. Etwa zehn Minuten von hier gibt es ein Restaurant. Es ist hinter Bäumen versteckt. Zur Versöhnung lade ich dich zum Mittagessen ein.«

Ihre Worte reichten, um den Todesschreck der letzten halben Stunde zu verjagen und das schwindelige Gefühl zurückzubringen, das mich jedes Mal überfiel, wenn Grace etwas Nettes tat und mich hoffen ließ, sie könnte vielleicht doch ein kleines bisschen in mich verliebt sein. Was total bescheuert von mir war.

Das Restaurant befand sich auf einer Klippe, von der man freie Sicht auf die Küste hatte. Grace lud mich wie versprochen zum Lunch ein. Wir setzten uns ins Gras, aßen im Freien und ließen uns von der Sonne bescheinen.

Mitten hinein kam eine Nachricht von Lola.

Lola Leung:

Wo in Dreiteufelsnamen bist du?

Henry Page:

Hey, nicht so übereifrig. Ich bin im National Park. Der Tag ist zu schön, um im Klassenzimmer zu versauern.

Beweg deinen Arsch zur Schule oder ich verpetze dich bei Hink wegen Liederlichkeit.

Wer benutzt heute bitte noch das Wort Liederlichkeit?

Streng dein Hirn an und nenn mir endlich ein Thema für die dämliche Zeitung. Ich meine es verdammt ernst, Henry.

Zwing mich nicht, zu deinem eigenen Besten die Notbremse zu ziehen. Ich habe keine Lust, die Heldin wider Willen zu spielen, deshalb trage ich auch keine Maske und bekämpfe nachts das Verbrechen in Gotham City.

Also reiß dich zusammen!

Bin doch schon dabei, Kumpel.

Das will ich hoffen, sonst bringe ich eine der Kardashians aufs Cover. Oder sogar ALLE Kardashians.

Du bist nicht der Einzige, der die Schülerzeitung für die College-Bewerbungen braucht. Denk dran, Blödmann.

Tut mir leid, La. Wir stellen bald was auf die Beine.

Gut, denn ich habe Widelene Leung auf meiner Seite. Wenn du mich verarschst, wird sie dich in die Mangel nehmen. Sie weiß, wo du wohnst.

Hab schon kapiert.

Als wir alles aufgegessen hatten, legten Grace und ich uns unter den weiten blauen Himmel und schwiegen. Irgendwann sagte sie: »Bin gleich wieder da.« Ich sah zu, wie sie aufstand, in den Garten am Klippenrand humpelte und die letzten Herbstblumen pflückte. Dann ging sie durchs Gras die leichte Anhöhe zum Restaurant hinauf, in der einen Hand den kleinen gelben Blumenstrauß, in der anderen den Gehstock.

Sie blieb nur zehn Minuten weg, daher dachte ich mir nichts dabei. Es war nur wieder eine dieser Launen von Grace Town.

Am Donnerstagnachmittag blieben wir bis abends in der Redaktion, dann nahmen wir den Bus, der uns zu dem kleinen Programmkino um die Ecke brachte. Wir aßen noch Hotdogs, bevor der Film begann. Grace kleckerte Ketchup auf ihr viel zu großes Ramones-Shirt, machte sich aber nicht die Mühe, ihn wegzuwischen.

»Ich tu so, als hätte ich eine Stichwunde«, sagte sie und leckte sich den Ketchup von den Fingern.

Ich starrte auf Grace' Lippen und stellte sie mir nackt vor.

Im Kino machten wir das, was wir immer im Dunkeln machten. Wir taten so, als wären wir ein Paar. Sie küsste mich einmal, bevor der Film anfing, dann malte sie mit den Fingern sanfte Kreise auf meine Handfläche. Wie eine Wahrsagerin, die Zweifel an der Zukunft hat und jetzt versucht, aus den Linien meiner Hand das eigene Schicksal herauszulesen.

Keine Ahnung, was sie dort gefunden hat. Vielleicht gar nichts.

Auf dem Heimweg liefen wir mit hängenden Armen nebeneinanderher, ohne uns zu berühren. Irgendwann griff Grace seufzend nach meiner Hand. Ich empfand es nicht als Sieg, sondern eher als einen Test, den ich nicht bestanden hatte.

Händchen haltend gingen wir zu mir nach Hause, und zum ersten Mal hatte ich das Gefühl, das wir tatsächlich ein Paar sein könnten. Dass es tatsächlich mit uns klappen könnte.

Mein Gott, dachte ich. *Ich glaube, ich habe mich wirklich in sie verliebt.*

Red keinen Unsinn, meldete sich eine Stimme in meinem Kopf. *Du kannst dich nicht in jemanden verlieben, den du erst seit zwei Monaten kennst.*

Bei Jack und Rose ist es schon nach vier Tagen passiert, wandte ich ein.

Willst du allen Ernstes Titanic *als Beweis für ein Happy End anführen?*

Verdammt.

»Danke für die Einladung«, sagte sie, als wir vor dem Haus standen.

»Jederzeit wieder, Town.«

Auf dem Gartenweg gab sie mir einen flüchtigen Kuss. Trotz der Nachtkälte war ihr Körper warm, als sie sich an mich schmiegte.

Ich werde dich heiraten, dachte ich, während sie davonging. Ich lächelte, denn zum ersten Mal seit unserem KUSS hatte ich ein zuversichtliches Gefühl.

Kapitel 20

Eine Woche verging. Es war eine gute Woche voller Guter Grace-Tage. Wir waren produktiv. Unsere Autoren reichten Beiträge ein, bei denen es nicht um Katzen ging. Auch das Design machte Fortschritte, Lola hatte fast schon die Hälfte der Seiten durch. Den Magic-Cards-Artikel hatten wir auf 5000 Wörter gekürzt. Ich hatte mich sogar an die Matheaufgaben gesetzt. Auch wenn ich keinen blassen Schimmer davon hatte, war es immerhin ein Versuch.

Grace und ich hatten wieder Sex. Diesmal weinte sie nicht und das war schön.

Es ging also aufwärts.

Am Donnerstag kam sie zum Abendessen. Wir setzten uns im Keller auf mein Bett, lachten und alberten herum, während Mom und Dad das Essen zubereiteten. Insgeheim fragte ich mich, ob wir es heute Abend wohl offiziell machen würden. *Sind wir jetzt zusammen?* Ich sagte mir den Satz immer wieder vor und überlegte, wann ich ihn wie nebenbei ins Gespräch bringen könnte. Wenn sie erst einmal Ja gesagt hatte, konnten wir uns auch in der Öffentlichkeit zeigen.

Ich stellte mir vor, was die Leute zu unserem veränderten Facebook-Status sagen würden. Nicht dass ich so etwas nötig hätte. Aber es war nett, sich alles auszumalen. Die Leute, die von Anfang an Bescheid gewusst hatten – Lola, Murray –, würden vielleicht Kommentare abgeben wie *Puh, meine Güte, ENDLICH* und *Sie spielt in einer anderen Liga als du, Kumpel.* Diejenigen, die keine Ahnung gehabt hatten, würden aus allen Wolken fallen. Ich stellte mir ihr *Ähm … WAS?* vor und dachte mir Kommentare für Grace' Freunde aus, die mich noch nicht kannten. *Ich freue mich so für dich, Grace. Ich bin so froh, Grace. Sooo froh, dass du wieder jemanden gefunden hast.*

Keine Ahnung, warum, aber irgendwann lagen wir ineinander verknäult da und lasen schweigend auf meinem iPhone den Wikipedia-Eintrag über Matthew Broderick. Ich zwirbelte eine Haarsträhne von Grace und fragte mich, wieso ich nicht von Anfang an gemerkt hatte, dass sie geradezu verboten schön war. Als ich sie zum ersten Mal im Theaterkurs gesehen hatte, war sie mir vorgekommen wie jemand, der unter Jetlag leidet. Menschen, die einmal um den Globus geflogen sind, sieht man das an; sie sind nicht nur erschöpft und schmutzig, sondern völlig aus dem Lot, weil jede Faser ihres Körpers sich erst wieder neu orientieren muss. Mir gefiel die Vorstellung, dass Grace' Atome auf verschiedenen Frequenzen schwirrten.

Vom Nachdenken über ihre Atome war es nur ein kleiner Schritt bis zum Nachdenken über ihre Haut und darüber, wie sie ohne Kleider aussah, und das verlieh mir den nötigen Mut. Ruhig fragte ich sie: »Also, angesichts unserer Situation …«

Grace' Reaktion war prompt und eindeutig. Gerade eben hatte sie sich noch an meine Schulter gelehnt, jetzt zog sie sich zurück und hörte auf zu lesen. Hörte auf zu lächeln. *Scheiße, scheiße,* dachte ich. *Nicht schon wieder. Bitte, sag, dass ich mich nicht schon wieder geirrt habe.*

»Ja«, sagte sie nur.

Sie musste doch wissen, warum sie hier war. Ihr musste doch klar sein, was ich wollte. Sie hatte es von Anfang an gewusst. Warum war sie von einem Moment auf den anderen so abweisend?

»Ich möchte einfach wissen, wo wir stehen.«

»Welche Antwort erwartest du von mir?«

»Als wir letztes Mal darüber geredet haben, hast du gesagt, du würdest nicht mehr an sein Grab gehen.«

»Wirklich?«

»Ja, auf der Halloween-Party. Da warst du allerdings ganz schön beschwipst.«

»Tut mir leid. Ich denke mir immer dummes Zeug aus, wenn ich getrunken habe. Das hätte ich nicht sagen dürfen.«

»Heißt das … du hörst doch nicht auf?«

»Henry.«

»Ich mag genauso wenig darüber sprechen wie du.«

»Ich spüre ihn noch. Er ist in meinen Knochen. Wenn

ich einschlafe, spüre ich seine warmen Finger auf meiner Haut.«

»Ich verlange ja nicht, dass du ihn vergisst.«

»Was willst du dann von mir? Ich gebe dir alles, was ich dir geben kann.«

»Ich will Ja sagen können, wenn jemand fragt, ob zwischen uns etwas läuft. Ich will mich nicht vor meinen Freunden verstecken müssen. Alle sollen wissen, dass wir zusammen sind. Ich will deine Hand halten und dich in der Öffentlichkeit küssen können, ohne überlegen zu müssen, ob ich es darf oder nicht. Zwischen uns soll etwas Echtes sein.«

Grace starrte schweigend zur Decke.

Nach einer Weile fragte ich: »Wie soll es jetzt weitergehen?«

»Vielleicht …« Es folgte eine lange Pause, in der sie tief ein- und ausatmete. Ihre Augen huschten hin und her, als könnte sie die Antwort auf meine Frage hier im Zimmer finden. »Vielleicht sollten wir es langsamer angehen. Alles hat sich so wahnsinnig schnell entwickelt. Wenn wir ein bisschen auf die Bremse treten, fühlt es sich vielleicht nicht mehr so falsch an.«

»Heißt das, ich bin falsch für dich?«

»So habe ich das nicht gemeint. Ich … ich bin noch nicht so weit, dass alles gut ist. Noch nicht.«

»Das ist mir egal. Ich will dich so, wie du bist.«

»Nein. Du willst *sie*. Du willst mit mir zusammen sein in der Hoffnung, dass ich eines Tages wieder dieses Mädchen bin. Du hast dich in eine Vorstellung verliebt, nicht in eine echte Person, und es bringt mich fast um, wenn du mich anschaust und jemand anderen in mir siehst.«

»Das ist Bullshit.«

»Ach ja?«

»Gott, wie ich das hasse. Ich hasse es so sehr. Ich will *dich*, Grace Town. Ich habe von Anfang an nur dich gewollt.«

Ich zog sie auf meine Hüften, und sie beugte sich zu mir und küsste mich auf diese bestimmte Art, bei der ich mir einreden konnte, dass Grace mich liebte, obwohl ich ja wusste, dass es nicht so war und wahrscheinlich nie sein würde. Ich öffnete die Augen und sah sie an, um herauszufinden, ob der Kuss echt war. Mit geschlossenen Augen lehnte sich Grace zurück; ein Lächeln umspielte ihre Lippen. Da begriff ich, dass sie nicht mich geküsst hatte, auch vorher nicht, ja überhaupt nie. Nicht bewusst und aus dem Herzen heraus.

Vielleicht hatten wir uns beide in ein Wunschbild verliebt.

Grace' Augen flatterten, dann schlug sie sie auf und sah mich an. Sie wirkte überrascht, als hätte sie tatsächlich eine Sekunde lang vergessen, dass sie mich und nicht Dom küsste. Die Wehmut stand ihr ins Gesicht geschrieben.

»Ich muss los«, sagte sie, ohne mich anzuschauen. Sie stand auf und schulterte ihre Tasche.

»Wollten wir nicht zusammen Hausaufgaben machen?«

»Ich falle sowieso in allen Fächern durch.«

»Wir haben noch gar nicht zu Abend gegessen.«

»Ich habe keinen Hunger. Also bis dann.«

Ich verabschiedete mich nicht.

Nach einer halben Stunde, in der ich hilflos dalag, während sich der Säurepfropfen in meiner Brust langsam durch meine Luftröhre fraß, stand ich auf und schleppte mich in die Dusche. Ich stellte mich unter den heißen Strahl und versuchte, mit den Händen das Wasser aufzufangen, aber es rann zwischen meinen Fingern hindurch, was sehr metaphorisch war. Es tat so höllisch weh, weil ich wusste, genau wusste, dass ich sie verlieren würde. Und es gab nichts, was ich dagegen tun konnte.

Menschen kann man nicht mit Goldfäden reparieren.

Ich presste die Stirn gegen die kühlen weißen Kacheln der Dusche. Mein Kopf pochte, und ich hatte das Gefühl, jeden Moment losheulen zu müssen, aber es kamen keine Tränen. *Richtiges Mädchen, falscher Zeitpunkt*, dachte ich, auch wenn es nicht stimmte, denn Grace würde nie das richtige Mädchen sein. Trotzdem wollte ich sie, verdammt noch mal. Ich brauchte sie so sehr. Mein ganzer Körper schmerzte bei dem Gedanken, sie zu verlieren. Im Nachhinein kam ich mir wie der letzte Arsch vor, weil ich den Beziehungsstress meiner Freunde nie richtig ernst genommen hatte. Jetzt fragte ich mich, ob Murray sich wegen Sugar Gandhi auch immer so gefühlt hatte. Hatte sie ihm auch die Haut versengt wie kochendes Wasser?

Es musste, *musste* einen Weg geben, Grace' Liebe zu gewinnen.

Ich riss die Augen auf, denn mein Gehirn hatte gerade

einen Augenblick der Erleuchtung, wie man ihn nur nach einer sehr langen, sehr heißen Dusche erlebt. Sofort stellte ich das Wasser ab, wickelte ein Badetuch um meinen rot verbrühten Hintern und stolperte tropfend nach unten in die Kellerbruchbude, auch bekannt als mein Schlafzimmer, getrieben von der Angst, dass sie vielleicht nicht mehr da war. Aber sie war noch da, ordentlich verstaut in der großen untersten Schublade meines Schreibtischs, in die sie genau hineinpasste.

Es war eine grünblaue Olivetti Lettera 32, eine manuelle Schreibmaschine. Das gleiche Modell hatte Cormac McCarthy benutzt. Vor drei Jahren hatte ich sie für fünfunddreißig Dollar auf Ebay gekauft, nachdem ich zuvor McCarthys *Die Straße* gelesen hatte und zu dem Schluss gekommen war, dass Romane, die auf einer Schreibmaschine getippt werden, viel besser sind als mit dem Computer geschriebene Romane (wenn auch vielleicht nicht ganz so gut wie mit der Hand geschriebene Romane). Ich hatte bisher nur die Vorder- und Rückseite eines Blatt Papiers mit dem Satz *Was du heute kannst besorgen, das verschiebe nicht auf morgen* vollgeschrieben, um das Farbband zu testen. Danach stand die Olivetti sechs Monate lang ungenutzt neben meinem Uralt-iMac. Beim Anblick der beiden dahinvegetierenden Geräte hatte ich immer ein schlechtes Gewissen bekommen, weil ich weder auf dem einen noch auf dem anderen etwas schrieb, weshalb ich schließlich die Schreibmaschine in die unterste Schublade verbannt hatte, wo sie in Vergessenheit geraten war.

In der obersten Schublade befand sich dickes kanariengelbes Schreibmaschinenpapier. Murray hatte es bei seinem letzten Besuch in Sydney auf dem Film-Set von *Der Große Gatsby* mitgehen lassen. Wenn man es gegen das Licht hielt, konnte man in der oberen Ecke ein feines, geprägtes Damastmuster erkennen. Das Papier gehörte zu den wenigen schönen Dingen, die ich besaß.

Liebe Grakov, fing ich an. Meine Finger schlugen auf die Tasten ein und entfachten einen Sturm klackernder Geräusche.

Ich würde Grace Town einen Brief schreiben. Ich würde alles aufschreiben, was ich nicht laut sagen konnte. Sie fand es besser, die Gedanken laut auszusprechen, aber sie hatte bisher noch nichts von mir gelesen, und vielleicht würde sie danach besser verstehen, warum ich lieber schrieb statt redete.

Ich schickte ihr ein Snapchat-Foto von den ersten beiden Worten, *Liebe Grakov,* und fügte hinzu: »Das wird dich umhauen«. Dann schrieb ich:

Liebe Grakov,
in den vergangenen Monaten habe ich nach einer schlichten Wahrheit gelebt: dass alles, was wir tun, letztlich ohne jede Bedeutung ist. Manche Menschen fürchten, in Vergessenheit zu geraten. Manche Menschen schreckt der Gedanke, das eigene Leben könnte belanglos sein. Du hast mir beigebracht, diese Vorstellung schön zu finden. Du hast mir beigebracht, daraus Mut zu schöpfen.

Mut, den man braucht, um einem Mädchen eine PowerPoint-Präsentation mit den Gründen für ein Date zu zeigen – in der Gewissheit, dass die Scham über ein Nein eines Tages vom Universum verschluckt werden wird. Du hast mir beigebracht, dass das Vergessenwerden der Lohn für unser Menschsein ist, dass die Wirklichkeit unseres Lebens auch die Gnade beinhaltet, dass alle unsere Sünden und Dummheiten am Ende hinweggeweht werden.

Derselbe Mut bringt mich dazu, diesen Brief zu schreiben und dir meine Gefühle zu offenbaren. Du bist etwas ganz Besonderes, Grace Town. Du bist wunderschön. Du funkelst. Ich werde nie müde, dich anzuschauen oder in deiner Nähe zu sein. Nie hätte ich es für möglich gehalten, dass ich mich so sehr nach jemandem sehne wie nach dir. Aber das war, bevor ich dich kannte. Von dem Tag an, an dem du mich dazu gebracht hast, mit deinem Auto nach Hause zu fahren, war eine Chemie zwischen uns, die mir bis dahin unbekannt war.

Wenn einem so was passiert, dann läuft man nicht einfach davon, selbst wenn es mal schwierig wird. Wenn es richtig kompliziert wird, glaubt man vielleicht, Teil der Truman Show zu sein, denn irgendjemand muss doch verdammt noch mal hinter dem ganzen Schlamassel stecken. Ich weiß, dass du das ähnlich siehst, anderenfalls wären du oder ich oder wir beide längst davongerannt, falls wir uns überhaupt auf uns eingelassen hätten. Es gibt Dinge, die sind es wert, dass man für sie kämpft.

Natürlich ist da immer noch er. Ich weiß, dass du ihn noch liebst, und verstehe das.
Ich würde nie von dir verlangen, zwischen ihm und mir zu wählen. Ich würde dir nie ein Ultimatum setzen oder ein Zeitlimit stellen oder dir Vorwürfe machen, wenn du ihn nicht loslassen kannst. Zum einen wäre es unvernünftig, denn du würdest mich danach verachten. Zum anderen bin ich der Meinung, dass es dazu gar nicht kommen muss. Ich weiß, wer ich bin. Ich kenne meinen Wert. Ich hoffe, du wirst ihn eines Tages auch erkennen.
Okay, Grace Town, jetzt weißt du, was in mir vorgeht. Ich wünschte, ich könnte eloquent reden, aber im Herzen bin ich Schriftsteller. Das gesprochene Wort ist nicht meine Stärke, aber in diesem Brief steckt ein Teil meiner Seele. Um es auf den Punkt zu bringen: Ich bin hier, ich bin zu allem bereit, ich warte auf dich, und ich will dich.
Nichts Geringeres als das Ende der Welt und der Tod des Universums verleihen mir den tollkühnen Mut, dir zu sagen, dass ich dir gehöre, wenn du mich willst.
Jetzt ist es an dir, zu sagen, was du willst. Ich stelle dich vor eine schwierige Entscheidung, das ist mir klar, aber es geht nicht anders.
Man sieht sich, kiddo,
Henrik

Ich las den Brief ein Dutzend Mal, faltete ihn, steckte ihn in einen Umschlag und schrieb mit Hand ihren Namen vorne drauf. Dann legte ich den Brief zusammen mit der Schreibmaschine zurück in die dunkle Schublade und saß da und wartete darauf, dass sie auf meine Snapchat-Ankündigung reagierte. Aber es kam nichts. Ich wusste, sie hatte das Foto gesehen, deshalb schrieb ich ihr.

Henry Page:

Habe Safari in mein Handy eingegeben und sofort wurde die Wikipedia-Seite von Matthew Broderick angezeigt. Gut, dass mich keiner sieht.

Grace Town:

Für Matthew Broderick muss man sich nicht schämen. Was ist das für ein Brief? Ein Englisch-Essay sieht anders aus.

Nur damit du's weißt, ich beschäftige mich gerade mit den Auswirkungen des Kapitalismus auf die postmoderne feministische Literatur. So viel dazu.

In dem Brief geht es um DIES UND DAS. Er ist auf Papier vom Gatsby-Filmset geschrieben. Ich habe eben Stil.

Dies und das, sagst du? Klingt interessant. Was den Stil angeht …

Kein Kommentar.

DER GROSSE GATSBY, TOWN. Du bekommst einen Brief auf Papier, das in Leo DiCaprios Nähe sein durfte. Vielleicht sind sogar noch Hautpartikel von ihm drauf. HAUTPARTIKEL!

Woher hast du das? Ich dachte, du übertreibst. Und was den Stil angeht, den hast nicht du, sondern das Papier.

Falsch gedacht, es gehörte tatsächlich zum Gatsby-Set. Muz kennt jemanden, der jemanden kennt, der ihn in das Lagerhaus für Requisiten reingelassen und ihm gesagt hat, er dürfe sich was aussuchen, weil der Film schon abgedreht ist. Ich wollte ja, dass er ein Auto mitnimmt, aber das war dann doch eine Nummer zu groß. Wie du siehst, bin ich zu 85% ein Mann von Stil, jedenfalls indirekt.

Page, du alter Angeber. Das gemeine Volk verbeugt sich vor dir und deinem schicken Briefpapier. Wir einfachen Leute können da natürlich nicht mithalten.

Keine Sorge, du hast allein schon 15% Klasse, weil du mich kennst. Vielleicht kriegst du noch ein oder zwei Prozent dazu, wenn du das Gatsby-Papier berührst.

Cool. Tja, dann werde ich ihn wohl morgen nach der Schule lesen.

»Mr Page«, sagte Hink tags darauf am Ende der Englischstunde. Ich saß wie immer an meinem Platz in der ersten Reihe, zwischen La und einem Mädchen namens Mackenzie, das mich einmal gefragt hatte, ob man »very« mit einem r oder mit zweien schreibt. »Kann ich Sie kurz sprechen?«

»Klar.«

Während alle in die Mittagspause strömten, saß ich da und fragte mich, ob Hink mich zur Schnecke machen würde, weil ich a) die Hausaufgaben nicht abgegeben hatte, b) die Unterrichtsstunde damit verbracht hatte, die Schuppen auf seinen Schultern anzustarren und mir vorzustellen, es seien kleine Zuchtkrebse in einer Teergrube oder c) wegen beidem.

Als sich das Klassenzimmer geleert hatte, setzte sich Hink auf mein Pult, schlug die Beine übereinander und legte die Hände aufs Knie. Ich überlegte, ob dies in der Bizarro-Welt von Alistair Hink als Einschüchterung gedacht war. »Können Sie mir erklären, wieso ich von Ihnen kein Essay bekommen habe?«

»Essay?«

»Das Essay, das letzte Woche fällig war. Das Essay, das Sie nicht eingereicht haben.«

»Oh.« Mist, *das* Essay. Das Essay, das mir komplett entfallen war, weil ich stattdessen zuerst in einem Nationalpark mein Leben riskiert und dann einen ebenso dämlichen wie grandiosen Liebesbrief geschrieben hatte.

»Was ist denn los mit Ihnen, Henry? Sie verpassen Redaktionstreffen. Sie haben in dieser Woche weder die Lektüre gelesen noch die Hausaufgaben gemacht, und jetzt das. Ich hatte eine Unterhaltung mit Mrs Beady und Señor Sanchez sowie einigen anderen Kollegen, und alle waren sehr besorgt. Mr Hotchkiss meinte, Sie seien in der Mathe-Stunde nie bei der Sache.«

Gott, Hotchkiss, dieser Arsch. »Das ist ehrlich gesagt nichts Ungewöhnliches.«

»Mir ist klar, dass wir sehr viel von Ihnen erwarten. Vielleicht mehr als von den meisten anderen Schülern. Falls Ihnen alles über den Kopf wächst und Sie nicht mehr klarkommen, dann müssen Sie mir das sagen, damit wir einen Weg finden, um Ihnen zu helfen.«

»Alles ist bestens. Es geht mir gut.«

»Miss Leung hat mich gestern aufgesucht und mir

durch eine subtile Andeutung zu verstehen gegeben, dass die Zeitung unter der problematischen Beziehung zwischen Ihnen und Miss Town leiden könnte.«

Verdammt. La hatte ihre Drohung wahr gemacht. »Ich bezweifle, dass Lola in der Lage ist, etwas subtil anzudeuten.«

»Nun ja, ihre genauen Worte waren ›die beiden zerstören mit ihrer Liederlichkeit die Grundpfeiler unserer Schülerzeitung‹, aber ich wollte das nicht wörtlich zitieren. Sie betonte mehrfach das Wort Liederlichkeit, sodass ich es danach sogar gegoogelt habe. ›Ihre Liederlichkeit, Mr Hink, ihre Liederlichkeit. Sie ruinieren alles durch ihre Liederlichkeit.‹«

»Bitte hören Sie auf, immer wieder dieses Wort zu sagen.«

»Sie und Grace sind den von mir angesetzten Redaktionsbesprechungen ferngeblieben oder haben immer wieder den Termin verschoben. Ohne ein Leitthema und ausreichend viele Beiträge kann Lola das Layout nicht rechtzeitig fertigstellen, und das beunruhigt mich.«

»Ich bringe das in Ordnung, versprochen.«

»Gut, denn wenn Sie beide bis zum Monatsende nichts auf die Beine gestellt haben, werde ich wohl oder übel einen neuen Chefredakteur ernennen müssen.«

»Aber … ich habe mir zwei Jahre lang den Arsch aufgerissen.«

»In der Tat. Was aber nicht bedeutet, dass Sie jetzt damit aufhören können. Überdenken Sie Ihre Einstellung. Und schmieren Sie, Herrgott noch mal, Hotchkiss ein bisschen Honig um den Mund.«

»Judas«, zischte ich, als ich nach dem Unterricht das Redaktionszimmer betrat und sah, dass Lola auf der Sex-Couch lümmelte und in einem Wörterbuch blätterte.

»Das würde voraussetzen, dass du Jesus bist«, entgegnete sie. »Großes Ego, hm?«

»Ich kann nicht fassen, dass du zu Hink gegangen bist. Und wusstest du, dass wir einen Essay abgeben sollten? Ich habe den Termin total verpennt.«

»Und ich habe dir klipp und klar gesagt, dass ich dich verpetzen werde, wenn du dich nicht zusammenreißt.« Lola kam zu mir und packte mich an den Schultern. »Ich weiß, du kommst dir vor wie der Kapitän auf dem sinkenden Schiff und bist entschlossen, mit ihm unterzugehen. Das ist ja alles sehr bewundernswert und so, aber wenn der Kahn kentert, werde *ich* ins Rettungsboot steigen.«

»Und was ist Grace in dieser Analogie?«

»Sie ist eine von denen, die auf der Titanic Geige spielen, bis sie untergeht.«

»Das könnte sogar stimmen.«

La nahm das Wörterbuch und knallte es mir an die Brust. »Such dir ein Thema aus. Mach die Augen zu, schlag eine Seite auf und deute auf irgendein Wort. Morgen ist mein Geburtstag. Ich will kein anderes Geschenk von dir. Nur. Ein. Verdammtes. Wort.«

Grace kam herein und blickte von Lola zu mir und zu dem Wörterbuch an meiner Brust. »Seltsamer Anblick«, sagte sie und stellte ihre Tasche ab. Dann stützte sie sich auf ihren Gehstock und wartete.

»Lola zwingt mich dazu, ein Thema für die Zeitung festzulegen.« Ich nahm das Wörterbuch, kniff die Augen zusammen und machte das, was Lola vorgeschlagen hatte. »Versagen«, las ich vor. »Verb. Definition eins: keinen Erfolg haben. Definition zwei: hinter den Erwartungen zurückbleiben. Das passt ziemlich gut.«

»Keine Ahnung, ob das Absicht war, aber es ist tatsächlich ein gutes Thema, also mach was draus. Und du …« Lola ließ mich los und grub ihre Klauen stattdessen in Grace' Schultern. »Das Leben ist kacke, und du hast eine sehr schwere Zeit, aber du darfst nicht mit dem Schiff untergehen. Steig in ein Rettungsboot. Leg dich ins Zeug oder geh von Bord.« Lola machte eine »I'm watching you«-Geste und blickte dabei erst Grace und dann mich an. Danach schnappte sie sich ihren Rucksack, stapfte aus dem Zimmer und murmelte etwas, das verdächtig wie »Liederlichkeit« klang.

»Echt surreal«, sagte Grace. »Was sollte das mit den Rettungsbooten?«

»Hink ist angepisst, weil wir keinen Schlag für die Zeitung getan haben.«

»Haben wir nicht?«

»Verdammt, Grace, ich brauche Unterstützung. Du bist meine Assistentin, also warum hilfst du mir nicht?«

»Was soll ich denn machen? Wir haben alles getan,

was wir tun können, ohne ein Thema zu haben. Warum nimmst du nicht einfach ›Versagen‹?«

»Weil ich so viel Ironie nicht ertragen kann.«

Sie sah verärgert aus. Ich hätte sie gern geküsst, damit es ihr (und vielleicht auch mir) wieder besser ginge, aber ich hatte Angst, dass sie sich abwenden würde, und ich wollte mich nicht den ganzen Nachmittag deswegen mies fühlen, also ließ ich es bleiben.

»Ich muss los«, sagte sie. »Ich habe heute Nachmittag einiges zu erledigen.«

»Einen Moment noch.« Ich ging zu meinem Rucksack, um den Brief zu holen, den ich in meine Ausgabe von *84, Charing Cross Road* gesteckt und den ganzen Tag mit mir herumgetragen hatte. Ich hatte ihn nicht vergessen, nicht für eine Sekunde. Er hatte mich auf Schritt und Tritt begleitet wie eine kleine Gewitterwolke. Ich hatte auf den geeigneten Augenblick gewartet und gehofft, dass ich den nötigen Mumm aufbringen würde, Grace den Brief zu geben.

»Ach ja. Das ist er. Der *Brief.*« Sie nahm den Umschlag, faltete ihn einmal und steckte ihn in ihre Tasche. Da wusste ich es. Ich wusste, dass in diesem Moment entweder ein Abschied von dem, was war, oder der Beginn von etwas Neuem sein würde. Ein Anfang oder ein Ende. Dazwischen gab es nichts. Ich hatte behauptet, dass ich sie nie zwingen würde, sich zwischen ihm und mir zu entscheiden, aber jetzt wollte ich es doch, alles andere wäre unerträglich.

Sie hatte ihn geliebt und liebte ihn noch immer.

Aber war ich nicht auch etwas wert?

»Willst du ihn nicht lesen?«, fragte ich.

»Ich soll ihn lesen, während du zusiehst?«

»Ähm … ja?«

»Warum sagst du mir nicht einfach, was drinsteht? Du hast den Brief geschrieben, also musst du es doch wissen? Ich will nicht die gefilterte Version. Ich will keine hübschen Worte, keine Endfassung. Ich will etwas von dir hören, das roh und unverfälscht ist.«

»Ich kann den Brief vorlesen, wenn du willst.«

»Das habe ich nicht gesagt.«

»Komm schon, lass mich wenigstens kurz reinschauen, damit es mir wieder einfällt.«

»Du erinnerst dich nicht an deine eigenen Gefühle?«

»Natürlich erinnere ich mich. Ich weiß nur nicht, wie ich sie ausdrücken soll.«

»Versuch's einfach.«

»Du … du bist etwas Besonderes.«

Grace seufzte. »Ich bin eine wunderschöne und einzigartige Schneeflocke? Durch mich bist du erst komplett?«

»Nein! Ich habe … Hör zu, es steht alles da drin, okay? Alles, was ich dir sagen möchte, steht in dem Brief. Du musst ihn nur lesen.«

Grace las ihn nicht. Sie sagte: »Bis morgen, wir sehen uns bei Lola«, dann zog sie die Tür auf und ging hinaus.

Es kam mir so sonderbar endgültig vor. Ich versuchte, mir unseren letzten Kuss in Erinnerung zu rufen. Er war so viele Stunden her, aber mir fielen die genauen

Umstände nicht ein, und das bestürzte mich, denn mir war klar, dass es vielleicht unser letzter Kuss gewesen war.

Ich trat hinaus in den Gang und schaute zu, wie sie über den Linoleumboden humpelte und alle paar Schritte stehen blieb, um ihrem Bein eine Pause zu gönnen.

Nachdem sie gestern Abend unser Haus verlassen hatte, war sie bestimmt nach East River gegangen, um auf der Laufbahn ihr verletztes Bein zu quälen, bis es wieder wehtat. Vielleicht war das wie Ritzen: Indem sie den Heilungsprozess verlangsamte, übernahm sie selbst die Kontrolle. Vielleicht war die Verletzung die letzte Verbindung zu dem Unfall und somit auch zu Dom. Eine Verbindung, die sie noch nicht aufgeben wollte.

Vielleicht hasste sie sich auch so sehr, dass sie glaubte, sie hätte den Schmerz verdient.

Grace hatte den Ausgang erreicht. Die Tür schwang hinter ihr zu, als sie hinausging und auf dem Schulgelände verschwand. Sie hatte sich kein einziges Mal umgedreht.

Einen Tag später war Lolas Geburtstag. Georgia kam in aller Frühe angefahren und stand schon bei Sonnenaufgang vor unserem Haus. Lolas Eltern, Han und Widelene, ließen uns in ihr Haus, und zu viert bliesen wir leise zweihundert Luftballons auf und verteilten sie in Gang, Wohnzimmer und Küche. Danach war uns allen schwindelig, unsere Köpfe schwirrten vom Sauerstoffmangel, aber wir wurden belohnt, als wir La in ihrer rauen, verschlafenen Stimme sagen hörten: »Was zum Teufel?«, bevor sie loskicherte wie eine Irre.

»Happy Birthday!«, riefen wir im Chor, während La in einem pinkfarbenen Nachthemd, das so gar nicht zu ihr passte, in die Küche tapste. Sie schlug die Hand vor den Mund. Ein dickes Haarbüschel stand senkrecht vom Kopf ab, sodass es aussah, als hätte sie einen Irokesenschnitt.

Als Lola geduscht und angezogen war, holten wir Muz ab und fuhren zum Frühstücken in die Stadt. Georgia schenkte Lola einen Kaktus. (»Das ist so verdammt romantisch«, sagte Lola beim Auspacken. »Das hebt unsere Beziehung auf die nächste Ebene.«) Muz schenkte ihr ein Set Ölfarben in einer Bambusschachtel, und ich hatte ihr eine Katzenskelett-Kerze gekauft, bei der das Wachs herunterbrannte und ein Knochengerüst zum Vorschein kam.

Lola und ich waren beide überzeugte Anhänger symbolischer Geschenke. Während die anderen nur ein dämonisch aussehendes Katzenskelett sahen, verstand Lola die Botschaft: Unsere Freundschaft war wie die Katzenkerze – da konnte noch so viel wegschmelzen, das Wesentliche blieb übrig. Immer.

»Henry, du wundervolles Geschöpf«, sagte sie und drückte ihre Stirn an meine Schläfe. »Welche Großtat habe ich in einem früheren Leben vollbracht, dass ich in diesem Leben deine Nachbarin sein darf?«

»Ihr beiden seid so süß. Manchmal wünschte ich, du wärst nicht so eine knallharte Lesbe, dann könntet ihr heiraten und ein herrliches Leben führen«, sagte Georgia. »Ich bin natürlich froh, dass du eine knallharte Lesbe bist, aber … ich fürchte, ich schweife ab.«

Als das Monatsende nahte, fing ich an, mir Gedanken über Grace' Geburtstagsgeschenk zu machen. Es durfte keines der gängigen Geschenke vom Freund an die Freundin sein, weil a) Grace Town nicht meine feste Freundin war und ich b) ziemlich sicher war, dass es sie beim Anblick von Blumen, Schokolade oder Schmuck würgen würde. Es musste kein großes Geschenk sein, aber es musste eine besondere Bedeutung haben.

Doch was schenkt man einem Mädchen, dessen Gedankenwelt wie das Universum ist, während das eigene Gehirn nicht über den kleinen Planeten Erde hinauskommt?

Entwurf Nummer sechs

Weil du Sternenstaub verdienst, ich dir aber nur Staub geben kann.

Kapitel 21

Als Dad mich am Samstagabend bei Grace absetzte, riss der Himmel auf und es goss in Strömen. Ich rannte Schutz suchend zu einer hohen Ulme vor dem Haus, aber als ich dort ankam, waren meine Haare schon tropfnass. Mein Handy vibrierte.

Grace Town:

Ich verspäte mich um 10 Minuten.
Bleib im Garten. Geh nicht ins Haus.

Ich blickte zu dem traurigen, düsteren Haus mit den geschlossenen Vorhängen, und mir fiel ein, wie Murray spekuliert hatte, ob Grace ein übernatürliches Wesen war. Ein Vampir. Ein gefallener Engel. Hinter diesen Mauern gab es Geheimnisse, die sie vor mir geheim halten wollte, so viel stand fest. Die Frage war nur, um welche Art von Geheimnissen es sich handelte.

Die Tür wurde einen Spalt geöffnet und aus dem Schatten tauchte ein kleiner, glatzköpfiger Mann auf. Es war derselbe Mann, der nachmittags immer Grace' Auto abholte.

»Henry Page?«, fragte er und blinzelte mich in dem dämmrigen Licht an. »Bist du Henry?«

»Äh, ja«, sagte ich leise, dann fügte ich lauter hinzu: »Ja, ich bin Henry Page.«

»Oh, wunderbar. Ganz wunderbar. Komm rein, komm rein. Ich heiße Martin.«

Ein irrationaler Anflug von Furcht befiel mich. *Bleib im Garten. Geh nicht ins Haus.* Was, wenn Grace' Nachricht keine Bitte, sondern eine Warnung war? Was, wenn Martin ein Werwolf oder sonst was war? Zu dieser irrationalen Furcht gesellte sich auch eine ganz reale Angst. Die Angst, Grace zu hintergehen. Was auch immer sich in dem Haus befand, sie wollte nicht, dass ich es jetzt sah. Vielleicht sollte ich es überhaupt nie zu Gesicht bekommen.

»Ähm … es macht mir nichts aus, draußen zu warten. Grace wird in paar Minuten hier sein.«

»Sei nicht albern, es regnet immer stärker. Komm rein und wärm dich auf.« Mit einer Geste winkte Martin mich ins Haus, mit der anderen Hand hielt er die Fliegengittertür auf. Ich ging hinein, in erster Linie, weil es draußen kalt und dunkel und regnerisch war, aber auch ein kleines bisschen aus Neugier. Ich musste wieder an Sully Sullenberger denken. Es wäre ihm nie in den Sinn gekommen, das zu tun, was ich gerade tat. Ich entfernte mich immer weiter von dem, wofür der Mann mit dem weißen Schnurrbart stand.

»Halt die Klappe, Sullenberger«, murmelte ich.

»Henry«, sagte Martin und schüttelte meine Hand. »Wir haben schon viel von dir gehört.«

»Ich hoffe, nur Gutes.« Ein Klischee, aber in solchen Situationen sagt man das eben. Natürlich war ich auch ein wenig geschmeichelt, dass jemand, der Grace so nahestand, von mir gehört hatte.

»Meistens, meistens«, erwiderte er lachend. »Bitte, fühl dich wie zu Hause. Wenn du willst, kannst du in Doms Zimmer auf sie warten.« Er stockte. »Ich meine natürlich Grace' Zimmer.«

»Wie bitte? Dom. Hat. Hier. Gewohnt?« Ich fragte abgehackt, mit einer Pause zwischen den Wörtern, weil mein Hirn die Bedeutung dieses Satzes gar nicht schnell genug verarbeiten konnte.

Martin runzelte die Stirn. »Ob er hier gewohnt hat? Grace hat dir doch sicher gesagt, dass wir nicht ihre Eltern sind, oder?«

»Ähm … nein. Ich dachte, Sie sind ihr Dad.«

»Nein, nein. Mein Name ist Martin Sawyer. Dominic war unser Sohn. Grace ist etwa einen Monat vor dem Unfall bei uns eingezogen. Von den Schwierigkeiten mit ihrer Mutter hast du ja sicher schon gehört. Nach Doms Tod haben Mary und ich darauf bestanden, dass Grace bei uns bleibt. Die beiden waren so lange zusammen, so viele Jahre. Sie ist wie eine Tochter für uns.«

»Grace … wohnt … in Doms Zimmer?«

»Hat sie dir das denn nicht erzählt?«

»Ähm.« Ich schüttelte den Kopf und fuhr mit der Zunge über meine Lippen. Dann sah ich mich um. Die Wände waren cremeweiß gestrichen, eigentlich fast schon hellorange. Die Möbel waren aus dunklem Holz, der Läufer auf den Treppenstufen war an einigen Stellen abgewetzt. Es gab Dutzende Fotos. Aufnahmen von Abschlussfeiern mit lauter lächelnden Gesichtern. Verblichene Bilder von Hochzeiten. Und auf allen war Dominic zu sehen.

Ein Foto gleich neben mir zeigte ihn zusammen mit Grace. Sie saß auf seinen breiten Schultern. Er umklammerte ihre Waden, die noch nicht vernarbt waren. Es war das erste Mal, dass ich ein Bild von ihm sah. Der Anblick grub sich wie ein Giftstachel in mein Fleisch. Dom war breitschultrig, gut gebaut und hatte klassisch schöne Züge. Er war das genaue Gegenteil von mir. Auf dem Foto mit Grace trug er ein Football-Trikot und grinste übers ganze Gesicht. Grace hatte lachend den Kopf zurückgeworfen und die Finger in seinen Haaren vergraben. Sie hatte sich seinen Footballhelm übergestülpt und kreischte vor Vergnügen.

Ich spürte, wie aus den zerfressenen schwarzen Überbleibseln meiner Eingeweide Galle aufstieg. Da war keine Eifersucht. Keine Angst. Nur Traurigkeit.

»Dom war unser Jüngster«, erklärte Martin und führte mich von der Wand weg. »Zwischen ihm und Renee ist ein ziemlicher Abstand. Die beiden älteren waren schon ausgezogen, als der Unfall passierte. Es ist schön, Grace hier zu haben. Ich weiß nicht, ob ich ein leeres Haus ertragen könnte.«

»Es tut mir leid. Ich hatte ja keine Ahnung, dass es sein Haus ist.«

»Du brauchst dich nicht zu entschuldigen, mein Junge. Du bist ein guter Freund für sie. Du und deine Freundin Lola. Ich habe gehört, dass ihr beide ein Paar seid. Wir wissen es zu schätzen, was ihr für Grace getan habt.«

»Meine. Freundin. Lola?«, stieß ich hervor, woraufhin Martin mich ansah, als wäre ich etwas schwer von Begriff. Grace hatte ihn angelogen. Sie hatte gelogen, was uns beide betraf. Natürlich hatte sie das, was auch sonst? Hätte sie dem Vater ihres toten Freunds etwa erzählen sollen, dass sie mit einem anderen schlief? »Ja. Meine Freundin Lola und ich. Wir beide haben Grace sehr gern.«

Martin deutete mit dem Kopf zu einer Tür am Ende des Gangs. »Du kannst im Zimmer warten. Grace wird bald hier sein. Ich schicke sie zu dir.«

»Danke.« Ich wartete, bis Martin weg war, dann öffnete ich mit einer Hand langsam die Tür. Ich musste mich überwinden, über die Zimmerschwelle eines Toten zu gehen. Die Luft war stickig und roch ein bisschen wie Grace.

Nein.

Wie Dom.

Ich hätte am liebsten gekotzt. Oder siedend heiß geduscht. Oder gekotzt und geduscht. Doch meine Neugier war größer, also schaltete ich das Licht an und betrat den Raum.

Es war das typische Zimmer eines Jugendlichen, vollgestopft mit allem möglichen Kram und genauso unaufgeräumt wie mein eigenes. Die karierte Bettdecke lag zerknittert am Fußende des Betts. Auf einem Bücherregal reihten sich Bücher wie Harry Potter und Herr der Ringe. An einem Stuhl lehnte eine Akustikgitarre. Da war ein Plattenspieler mit alten Vinylplatten. Ein Globus. Ein Skateboard.

Ein Rucksack. Ein Schreibtisch und ein Laptop und Sportzeitschriften und Trophäen aus der Kindheit. Eine Schreibtafel und eine Leinwand mit einem Porträt von Mozart. Schnickschnack aus fernen Ländern. Auf der Kommode lagen Schmuckstücke, die Dom gehört hatten – verschieden lange Lederhalsbänder mit Ankern, Kreuzen, Totenschädeln –, und daneben stand sein Deo.

Wir hatten den gleichen Duft.

Es war die Momentaufnahme eines Lebens, zusammengeballt auf die Größe eines Zimmers. Ich stand ein paar Minuten da und ließ die Stille auf mich wirken. Da war er – vor mir ausgebreitet, wie er damals gewesen und bis heute geblieben war.

Ich fragte mich, ob Grace diesen Raum mit dem Tod verband, so wie ich, oder eher mit dem Leben. Die Erkenntnis, wie unfair das alles war, traf mich unvermittelt. Wie konnte ein Mensch mit einem festen Platz in dieser Welt von einem Moment auf den andern nicht mehr da sein?

Ich betrat eine Nische mit eingebautem Kleiderschrank und zog an der Lichtkordel. Auch hier eine Gruft, voll mit seiner Kleidung. Ein aufgebügelter Anzug, der für den Abschlussball gedacht war. Ein Footballtrikot des East River Teams. Ein halbes Dutzend Schuhe. Und oben im Regal eine Reihe von unbeschrifteten Schachteln.

Mein Blick fiel auf das zusammengefaltete graue Band-Shirt, das Grace im Kino getragen hatte. Von den Ketchup-Spritzern war ein dunkler Fleck zurückgeblieben. Es sah aus, als hätte Grace nur mit einem Schwamm darübergewischt, statt …

Da dämmerte es mir.

»O Gott …«, stieß ich hervor und nahm das Shirt in die Hand. Sie hatte den Ketchup weggerieben, aber das Shirt nicht gewaschen. Der Stoff roch immer noch nach Grace. Nach Dom. Nach mir.

Grace wusch Doms Kleider nicht. Sie wusch sein Bettlaken nicht. Stets verströmte sie diesen staubigen, jungenhaften Geruch. Ich hatte angenommen, dass das ihr ganz spezieller natürlicher Duft war oder dass sie nicht viel von übertriebener Hygiene hielt, aber hier vor dem Kleiderschrank ihres Freunds konnte ich die Augen nicht länger verschließen.

Grace lebte in ihm. Jede Stunde jeden Tages war er hier bei ihr. Sein Duft lag auf ihrer Haut. Nicht Dom war der Geist, sondern Grace. Bei dem Unfall waren zwei Menschen ums Leben gekommen, aber einer hatte immer noch einen Körper.

Ich sah mich erneut um und suchte nach irgendetwas, das Grace gehörte. Aber da war nichts – außer einem Brief, der an sie adressiert war. Der Brief, den ich ihr geschrieben hatte. Er lag ungeöffnet auf der Kommode. Nirgendwo waren Mädchenkleider oder Mädchenschuhe, es gab kein Make-up und auch nichts von all den Dingen, die man normalerweise im Zimmer einer Schwester oder bei der Mutter oder Freundinnen findet.

Sie trug seine Kleider und sein Deodorant. Sie schlief jede Nacht auf seinen zerknüllten Bettlaken. Das strahlende, wunderschöne Mädchen von ihrem Facebook-Profil gab es nicht mehr, es war ersetzt worden durch einen Abklatsch von Dom.

Man erfährt sehr viel über einen Menschen, wenn man sein Zimmer anschaut, hatte sie zu mir gesagt. Welchen Schluss sollte ich aus diesem Zimmer ziehen, außer dass Grace Town nicht mehr existierte?

»Jetzt weißt du es also«, sagte Grace leise.

Ich wirbelte herum. Sie stand in der Tür und starrte mich an. Meine zittrigen Finger gruben sich in Doms zerknülltes Shirt. Wenn man Grace ansah, fiel es einem nicht schwer zu glauben, dass sie nicht von dieser Welt war. Ihre Haut war durchscheinend wie Seidenpapier und ihre stumpfen, glanzlosen blonden Haare fielen wie ein aschfarbener Vorhang auf ihre Schultern. Unter ihren Augen waren hauchzarte dunkle Stellen, sie sahen fast aus wie Blutergüsse vom vielen Weinen. Grace war eine verlorene Seele, ein getriebener Geist. Sie war die Verkörperung von Passivrauchen.

Ich verspürte den Wunsch, sie zu berühren. Hatte sie sich überhaupt jemals warm angefühlt oder war sie schon immer fast ätherisch und nicht aus Fleisch und Blut gewesen? »Grace, es tut mir so leid. Ich hätte nicht …«

»Einen Monat vor dem Unfall bin ich hier eingezogen.« Grace nahm mir das Shirt aus der Hand, faltete es und legte es wieder in den Schrank zurück. Sie strich den Stoff mit beiden Händen glatt. Dann lehnte sie sich mit der Stirn an das Regal und schloss die Augen. »Die Sawyers haben sich jahrelang bemüht, mich zu diesem Schritt zu überreden. Irgendwann habe ich meinen Mut zusammengenommen und rannte von meiner Mutter weg. Es war der beste schlimmste Tag in meinem Leben.«

»Das ist ja furchtbar, Grace … Ich weiß nicht … ich weiß nicht, was ich sagen soll. Ich weiß nicht, wie ich dir helfen kann.«

Grace sah mich an. »Ich bin nicht zerbrochen, Henry. Ich bin keine Keramik aus deiner Vitrine. Ich muss nicht repariert werden.«

»Das weiß ich. So habe ich es auch nicht gemeint. Aber man erfährt sehr viel über einen Menschen, wenn man sein Zimmer anschaut, das hast du selbst gesagt.« Es war so viel tiefgreifender als alles, was sie mir erzählt hatte. Grace hatte Dom nicht nur in einem rein physischen Sinne verloren – sie hatte auch die Aussicht auf die Zukunft verloren. Nicht nur der tote Freund würde immer zwischen uns stehen, sondern auch der Geist des gemeinsamen Lebens, das sie geführt hätten. Er hatte alles von ihr gewusst, das Schlechte wie das Gute, während ich bestenfalls einen kurzen Blick darauf erhaschen durfte. Doms Lebenskraft war bei seinem Tod im Universum aufgegangen, und sie versuchte verzweifelt, an einem letzten Rest davon festzuhalten. »Wie sieht dein *eigenes* Schlafzimmer aus?«

»Fällt dir keine bessere Frage ein? Ich habe keins, okay? Bevor ich hierherkam, bestand mein ›Zimmer‹ aus der Couch im Keller des Mannes meiner Mutter.«

»Manchmal kommt es mir vor, als würdest du gar nicht existieren.«

»Verschwinde einfach, okay?«

»Du verheimlichst mir alles. Du vertraust mir nie etwas an.«

»Hau endlich ab!«

Plötzlich stand Martin Sawyer an der Tür. Er sah erst Grace, dann mich und danach wieder Grace an. »Henry«, sagte er, und ich sagte: »Ich gehe.« Auf dem Weg hinaus kam ich an den Fotos von Dom vorbei, auf denen er sie jeden Morgen und jeden Abend mit einem Lächeln begrüßte. Ich war verletzt und wütend und so verdammt eifersüchtig, was total idiotisch war, denn die Würmer waren gerade dabei, seine Augäpfel aufzufressen, vielleicht hatten sie sich auch schon über sein Gehirn oder sein Herz oder seine Hoden hergemacht, wofür er echt nicht zu beneiden war. Er konnte sie nicht mehr lieben, aber er hielt sie immer noch in seinem Bann, und das war schrecklich unfair gegenüber allen Beteiligten.

Ich hatte mich gerade auf den Bordstein vor dem Haus gesetzt, als mein Handy klingelte. Murray. Ich wischte mir eine Träne aus dem Auge und ging ran. »Ja, ich weiß, ich bin schon …«

»Hallo, Henry. Hier ist Maddy.«

»Wer?«

»Madison Carlson. Von der Schule.«

»Oh … Wieso rufst du von Murrays Handy an?«

»Ich glaube, ich habe Murray kaputt gemacht.«

»Ich kann mich jetzt nicht darum kümmern. Ich muss zu Lolas Party.«

»Nein, ich meine es ernst. Er liegt mit dem Gesicht nach unten im Gras und hat sich seit etwa zwanzig Minuten nicht mehr gerührt. Und Lola ist auch nicht da.«

»Was hast du mit ihm angestellt?«

»Er wollte von mir wissen, ob ich irgendetwas von Seeta gehört hätte, also habe ich ihm von ihrem neuen Freund erzählt, woraufhin er in die Knie gegangen und zu Boden gesunken ist. Seither ist er nicht mehr aufgestanden. Vielleicht ist er tot. Eine Leiche ist zu viel für mich, ich pack das nicht, Henry.«

»Verflucht noch mal. Schick mir euren Standort. Ich hole ihn.«

»Wir sind auf dem Footballfeld. Alle sind weg. Komm her, ASAP.«

Ich kam alles andere als ASAP. Nachdem ich aufgelegt hatte, ging ich gemächlich von Grace' Haus Richtung Schule, in der Hoffnung, dass Murray bereits wieder auf den Beinen sein würde, bis ich dort ankäme, damit ich sofort nach Hause gehen und in Frieden sterben könnte. Unterwegs schickte ich La eine Nachricht und teilte ihr mit, dass ich es nicht pünktlich zur Party schaffen würde, weil Murray beim Vorglühen einen kleinen Unfall gehabt hätte.

Auf dem Feld angekommen, fand ich die beiden nicht sofort. Es war dunkel und Madison hatte sich hingelegt und Murrays Rücken als Kissen benutzt.

»Ich wollte es mir nur etwas bequemer machen, während ich auf dich warte«, sagte sie zur Begrüßung.

»Hat Sugar Gandhi wirklich einen neuen Freund?«, fragte ich sie.

»Falls du von Seeta sprichst, dann a) ja, sie hat einen und b) ist das furchtbar rassistisch.«

»Wie schlimm steht es um ihn?«

»Sieh ihn dir an.« Madison stand auf und versetzte Murray einen Tritt gegen die Beine, aber er rührte sich nicht.

»Hör auf, Frau! Man tritt keinen Mann, wenn er am Boden liegt.« Ich stupste Murray im Nacken an, um sicherzugehen, dass er noch warm war. Er war es. »Muz, alter Freund …« Als er nicht reagierte, forderte ich Madison auf, seine Beine zu nehmen, während ich ihn an der Schulter packte, sodass wir ihn gemeinsam umdrehen konnten. Murray hatte die Augen offen und starrte ohne zu blinzeln in den Nachthimmel. Ich drückte seine Wangen, bis er einen Fischmund hatte.

»Wie geht's dir, Mann?«, fragte ich ihn.

»Oh, hey, Henry. Hab dich gar nicht bemerkt«, sagte er, ohne mich anzuschauen oder sich gegen meinen Quetschgriff zu wehren.

»Willst du dich nicht aufsetzen?«

»Nein, ich bleibe liegen, bis ich verrottet bin und Aasvögel sich an meinen Eingeweiden laben.«

»Ich kann mir nicht vorstellen, dass die Platzwarte es so weit kommen lassen.«

»Dann zieh mich unter die Zuschauertribüne. Verscharr mich neben Ricky Martin Knupps.«

»Ist er high?«, fragte Madison. »Hast du was genommen, Murray?«

»Nein, wir haben unter der Tribüne einen Fisch begraben«, erklärte ich ihr. »Es ist eine lange Geschichte.«

»Rassistische Fischmörder, wie reizend.«

Auf der anderen Seite des Felds rief jemand meinen Namen. Dann kam eine kleine, dunkle Gestalt durch die Nacht auf uns zugerannt. Lola schlitterte übers Gras zu Murray, nahm seinen Kopf in die Hände und drehte ihn hin und her. Sie schob seine Haare zurück und suchte nach Verletzungen. »Was ist passiert? Hat er eine Gehirnerschütterung? Soll ich einen Krankenwagen rufen?«, fragte sie aufgeregt.

»Nur wenn der Doc gebrochene Herzen heilen kann«, murmelte Murray.

Lola sah Madison und mich fragend an.

»Es geht um Seeta Ganguly«, stellte Madison klar. »Sie hat einen Freund.«

»Er ist nicht mal Inder!«, heulte Murray. »Er heißt

Taylor Messenger! Ihren Eltern ist es völlig egal, mit wem sie ausgeht.«

La sah mich mit schmalen Augen an. »Hast du nicht behauptet, er sei verletzt?«

»Er *könnte* verletzt sein. Außerdem …«, ich deutete auf das Häufchen Elend namens Murray, »ist ein gebrochenes Herz nicht Verletzung genug?«

»Ihr zwei.« Lola versetzte Murray einen Schlag auf den Hinterkopf. »Ich habe diesen Hormonscheiß von euch Blödmännern so was von satt! Du!« Sie deutete anklagend in meine Richtung. »Reiß dich endlich zusammen. Gib deine Essays pünktlich ab. Hör auf, dich wegen eines Mädchens zu zerfleischen, das deine Liebe nicht will.«

Ich nickte stumm.

»Und du«, fauchte Lola Murray an. »Es ist jetzt Monate her. Offen gesagt, finde ich dein Verhalten erbärmlich. Lass sie in Ruhe. Wo bleibt dein Stolz?«

Murray fing an zu weinen, dann ging er dazu über, in seinen Schoß zu kotzen.

»Können wir jetzt zur Party gehen?«, fragte Madison.

»Nein! Für euch ist die Party gestrichen! Steh sofort auf, Murray Finch, sonst helfe mir Gott …« Schluchzend und mit Erbrochenem besudelt, das verdächtig nach Tequila roch, rappelte sich Muz auf.

La strich ihm energisch, aber nicht unsanft die Haare aus den Augen. »Wir holen uns jetzt was vom Burger King, werden wieder nüchtern, und dann gehen wir zu Henry und stellen etwas Vernünftiges mit unserem Leben an.«

Eine Stunde und zwei Burger-King-Mahlzeiten später saß ich im Schneidersitz unter dem Elchkopf in meinem Keller und ließ einen kalten Zwiebelring um meinen Finger kreisen. In meinem Schoß lag ein Wörterbuch. Lola ließ den Zufallswortgenerator auf dem iMac laufen und Murray durchforstete auf seinem Handy das Urban Dictionary. Madison Carlson, die uns schweigend zu mir nach Hause gefolgt war (sie hatte erst gar keinen Fluchtversuch gewagt, wohl aus Angst vor Lolas Zorn), lag schlafend in meinem Bett. Selbst in meinen kühnsten Träumen hätte ich mir die Teen-Göttin Madison Carlson nie an diesem Ort vorgestellt. Ich versuchte, nicht auf ihre schwarze Jeans zu achten, die sich eng um ihre Hüfte schmiegte, oder auf ihre Haare, die sich fächerförmig über mein Kissen ergossen, oder ihren zarten Vanille-Gewürz-Duft, der sie zum genauen Gegenteil von Grace Town machte.

»Der Generator schlägt mir *kostümiert* vor«, sagte Lola, die beschlossen hatte, den Samstagabend sinnvoll zu nutzen und unsere Schülerzeitung zu retten – eine aussichtslose Aktion, denn es war viel zu spät, um noch was Vernünftiges zustande zu bringen. »Das könnte klappen. Du könntest Artikel schreiben, in denen es darum geht, dass wir an der Highschool alle Masken tragen, und ähnlich tiefschürfendes Zeug.«

»Sch, ich weiß was Besseres«, sagte Muz. »Wie wär's mit ›Spezies-Dysphorie‹. Dabei geht es um das Gefühl, im Körper einer anderen Spezies zu sein. Wir könnten beispielsweise meinen Wunsch, mich in einen Drachen zu verwandeln, thematisieren. Stell dir die Artikel vor: ›Die Sechs Stufen des Smaug‹. ›Paff, der Zauberdrache gibt erstes Interview nach Reha‹. ›Fuchur, der Glücksdrache: Das Ende der Unendlichen Geschichte‹.«

»Mach dich nicht über Trans-Spezies lustig«, sagte Lola.

»Und du nicht über meine Seelenverwandtschaft mit Drachen.«

Dann fing Murray an zu weinen. Wir gaben den Versuch auf, die Zeitung zu retten, die ich wahrscheinlich mit meiner Liederlichkeit zugrunde gerichtet hatte, und wendeten unsere Energie darauf, eine Luftmatratze etwa halb voll aufzublasen, auf der wir uns dann zu dritt einrollten und schliefen.

»Tut mir leid, dass wir deinen Geburtstag ruiniert haben, La«, flüsterte ich in ihr Ohr, aber sie drückte ihre Finger an meine Lippen und schüttelte den Kopf.

Und obwohl sich der Sehnsuchtsschmerz nach einem Mädchen, das es nicht gab, in meine Knochen gegraben und das zarte Gewebe meiner Lunge infiziert hatte, dachte ich in diesem Moment, dass alles noch wesentlich schlimmer sein könnte.

Kapitel 22

Die folgenden zwei Wochen verschmolzen zu einer einzigen Nebelschwade aus Hausaufgaben nachholen, Redaktionssitzungen schwänzen, Wetterwechsel und Nichtvorhandensein. Zum einen das Nichtvorhandensein von orangen Blättern, denn der Herbst war von »alles mit Pumpkin Spice« zu »meine gesamte Facebook-Pinnwand ist zu einem Ned-Stark-Meme mutiert« vorangeschritten.

Zum anderen das Nichtvorhandensein von Grace Town.

»Wo ist deine verrückte Freundin? Hab sie schon lange nicht mehr gesehen«, sagte Sadie eines Nachmittags, als Murray, Lola, Madison Carlson (eine äußerst merkwürdige Entwicklung) und ich zur Haustür hereinkamen.

La fuhr sich mit der Hand über den Hals und machte eine »Lass es einfach«-Geste, aber es war zu spät.

»Scheiße.« Sadie biss sich auf die Lippe. »Tut mir leid, Kleiner. Habt ihr Schluss gemacht?«

»Wir sagen das G-Wort nicht mehr«, mischte sich

Murray ein. »Nenn sie also bitte in Zukunft Jene-die-nicht-genannt-werden-darf.«

»Um Schluss zu machen, hätte Grace erst mal meine Freundin sein müssen«, erklärte ich Sadie, während ich den Schal von meinem Hals wickelte und ihn an die Garderobe hängte.

»Mann, sie heißt Jene-die-nicht-genannt-werden-darf«, verbesserte mich Murray. »Verdammt, wann merkst du dir das endlich?«

»Was ist passiert?«, fragte Sadie.

Das Problem war, dass ich nicht wusste, was passiert war. Schon klar, ich hatte es versaut, als ich Doms Haus betreten hatte. Aber dass Grace sich in Luft auflösen würde, damit hatte ich nicht gerechnet. Ich wollte mich bei ihr entschuldigen und ihr all das anvertrauen, was ich bisher nicht über die Lippen gebracht hatte, aber Grace war seither nicht mehr an meinem Spind aufgetaucht. Sie war überhaupt nicht mehr aufgetaucht. Punkt.

Wenn sie dann mal zum Unterricht erschien, hatten es auch die Lehrer darauf angelegt, uns voneinander fernzuhalten.

»Hey«, flüsterte ich in der zweiten Woche in ihr Ohr, als sie wieder in den Theaterkurs kam und ihren Platz ganz hinten einnahm. »Ich habe dich vermisst.«

»Sie sollten besser aufpassen, Henry«, sagte Mrs Beady. »Sie können es sich nicht leisten, die Unterrichtseinheit zu Bertolt Brechts Dramentheorie zu verpassen.« Beady zeigte zum Bühnenrand, wo der Rest der Klasse saß. »Kommen Sie nach vorne.«

»Können wir nach der Schule reden?«, raunte ich Grace beim Aufstehen zu.

Sie sah mich nur wortlos an und nach der letzten Stunde war sie längst weg.

Wenn ich von Mom das Auto bekam, fuhr ich hin und wieder an Grace' Haus vorbei, aber der Hyundai stand nie in der Auffahrt. Nachmittags fuhr ich mit dem Fahrrad zum Friedhof, in der Hoffnung, dass ich sie abfangen könnte, wenn sie einen Strauß auf Doms Grab legte, aber obwohl jeden Tag frische Blumen dort lagen, bekam ich sie nie zu Gesicht. Überall stieß ich auf ihre Spuren. Manchmal erhaschte ich in der Cafeteria einen Blick auf ihren Hinterkopf, und wenn ich wieder mal vergessen hatte, Ricky Martin Knupps II zu füttern, war trotzdem Futter in seinem Aquarium. *Gelesen 17:50 Uhr, gelesen 11:34 Uhr, gelesen 20:05 Uhr* stand unter den Nachrichten, die ich ihr geschickt hatte, um zu fragen, wo sie war. Aber sie war nicht da. Nicht richtig. Kein einziges Mal.

Grace Town war zu dem Geist geworden, der sie sein wollte, und ihre Abwesenheit – die klaffende Wunde, die zurückgeblieben war, als sie sich von meinem Leben losgerissen hatte – raubte mir immer noch den Atem.

»Hat es sie je gegeben?«, fragte ich Lola eines Nachmittags. Wir saßen mit einer Thermoskanne heißer Schokolade am Rand des Footballfelds und beobachteten, wie dünne Wolkenstreifen über uns hinwegzogen. »Oder habe ich sie mir nur ausgedacht?«

»Mann, du bist so eine Dramaqueen«, sagte sie und schnippte heiße Schokolade auf mich.

Am meisten quälte mich ihr Geruch. Er zersetzte Stück für Stück meine Seele. Er hing in meinem Bettlaken und in meinen Kleidern und erfüllte das Redaktionszimmer. Immer wenn ich ihren Duft roch und wusste, dass sie in der Nähe war, sie aber trotzdem nicht sehen konnte, schien der Druck auf meiner Brust alles zu zerquetschen. Einen Moment – nur einen flüchtigen Herzschlag lang – war ich versucht, meine Sachen nicht mehr zu waschen, um das auszukosten, was mir von ihr geblieben war. Aber nein. Gott, nein. Doms Zimmer, Doms Gruft – ich konnte es nicht. Also zog ich mein Bett ab. Stopfte meine Kleider in die Waschmaschine. Mied das Redaktionszimmer (und Mr Hink), wann immer es ging.

Im Bus war es kaum besser. In den vergangenen Monaten war ich nur ein paar Mal mitgefahren, und an dem Nachmittag, an dem Grace nicht wie sonst an meinem Spind aufgetaucht war, hätte ich ihn fast verpasst, weil ich damit gerechnet hatte, dass sie mich nach Hause bringen würde. Es war laut und voll und roch wie die Zeit vor ihr; roch wie ihr Nichtvorhandensein. Mein Stammplatz war inzwischen vergeben, deshalb musste ich mich neben eine Neuntklässlerin setzen, die mich während der ganzen Fahrt über finster anstarrte.

»Ich glaube, ich habe alles verkackt«, sagte ich zu Sadie und zuckte die Schultern.

»Wortwahl, Henry«, ermahnte mich Dad von der Küche aus. Er machte gerade Tacos mit Ryan, der auf seinen Schultern saß und an seinen Haaren zog, um ihn hin und her zu dirigieren wie die Ratte in *Ratatouille*.

»Kriegst du es wieder hin?«, wollte Sadie wissen.

»Ich denke nicht. Sie ist weg.«

Zu viert verzogen wir uns in den Keller. Seit Madison Carlson in meinem Bett geschlafen hatte, war Murray dazu übergegangen, seine Kleider zu bügeln und, so gut es ging, seine wilde Mähne zu zähmen. Er sah jetzt aus, als käme er direkt aus einem Jahrbuchfoto aus den Achtzigern. Er spielte (und verlor) bei *Mario Kart* gegen Madison, als unsere Handys alle gleichzeitig *Pling!* machten. Lola sah als Erstes nach. Ihre Gesichtszüge entgleisten und sie blickte unwillkürlich zu mir.

Es war eine Benachrichtigung von Grace Town, genauer gesagt eine Einladung zu ihrem Geburtstag, den sie am Samstag auf dem Thanksgiving-Jahrmarkt feiern wollte. Etwa hundert Leute waren eingeladen, die meisten aus East River. La sprang auf, aber ich drückte auf »Zusagen«, bevor sie mir das Handy aus der Hand reißen konnte.

Lola schüttelte den Kopf und seufzte. »Da braut sich ein Sturm zusammen«, sagte sie, obwohl meine Wetter-App nur leichten Nieselregen vorhersagte.

Kapitel 23

Ende November war die Zeit, in der exzentrische Verwandte aus allen Ecken des Landes über uns hereinbrachen, um a) das jährliche Thanksgiving-Wochenende bei uns zu verbringen, b) unsere gesamten Essensvorräte zu plündern und c) mir das Leben zur Hölle zu machen.

Normalerweise nahmen die Schmarotzer an diesen Tagen das ganze Haus in Beschlag. Dazu gehörte auch, dass sie sich im Keller einquartierten und mich aus meinem Zimmer vertrieben, sodass ich oben schlafen musste. Aber diesmal war ich im Abschlussjahr und hatte viel zu lernen, daher waren die Schmarotzer (sehr zu ihrem Missfallen) dazu verdonnert worden, entweder in Sadies altem Schlafzimmer oder auf Luftmatratzen im Wohnzimmer zu nächtigen.

Zu den Besuchern zählten:

- Meine Großmutter väterlicherseits, Erica Page, eine Furcht einflößende Frau, die während des Kalten

Kriegs angeblich eine Spionin gewesen war, aber nicht über ihre zweifelhafte Vergangenheit reden wollte.

- Großmutters Freund Harold, ein sanftmütiger und freundlicher Landschaftsarchitekt, der Erica auf Schritt und Tritt folgte und in den letzten Jahren fast nur noch »Ja, meine Liebe« gesagt hatte.
- Dads Bruder Michael
- Onkel Michaels »Mitbewohner« Albert
- Moms Schwester Juliette und drei ihrer fünf Kinder, die alle nach fiktionalen Tieren benannt waren. Pongo, Duchess und Otis waren angeblich noch zu jung, um allein bleiben zu können – dabei war Pongo fast in meinem Alter. Bagheera und Aslan hatten absichtlich Colleges am anderen Ende des Landes gewählt, um möglichst selten nach Hause fahren zu müssen. Tantchen Jules konnte immer noch nicht begreifen, warum sie an den Feiertagen nie zu Besuch kamen und weshalb sie ihre Namen offiziell in Bradley und Asher hatten ändern lassen.
- Lolas Tante und Onkel, Wing und Richard, die dieses Jahr aus unerfindlichen Gründen bei uns übernachteten und nicht bei Lola. Inklusive ihrer beiden Kinder Sarah und Brodie.

Das Thanksgiving-Dinner verlief wie die meisten Thanksgiving-Dinner im Hause Page (oder in jedem anderen Haushalt). Albert brach in Tränen aus, als Onkel Michael ihn Lolas Verwandten als »langjährigen Mitbewohner« vorstellte. Tante Juliette ließ den Truthahn zu lange im Ofen und hielt das Familienessen für den geeigneten Zeitpunkt, um Pongo zu fragen, ob er Gras rauchte. Granny Page demonstrierte, was sie beim örtlichen YMCA alles gelernt hatte, und schaffte es, Brodie mit einem Wiffleball-Schläger kurzzeitig auszuknocken.

Aber wir mussten zumindest keine Cops rufen, und auch Onkel Nick, Juliettes Ex, verstieß nicht gegen seine einstweilige Verfügung, indem er vor unserem Haus aufkreuzte. So gesehen war das Fest also ein voller Erfolg.

Der Black Friday kam und mit ihm eine weitere Familientradition im Hause Page. Sie bestand darin, um fünf Uhr früh die Geschäfte zu stürmen, um möglichst alle unsere kapitalistischen Wünsche an einem Tag zu erfüllen. Leider gab es diese Tradition auch bei allen anderen Familien der Stadt. Daher wurden wir fast von einer wilden Horde niedergetrampelt, es gab einen Zwischenfall mit Pfefferspray, bei dem wir mit brennenden Augen davonkamen, Brodie war mehrere Stunden lang unauffindbar, und in den Nachrichten hieß es, jemand sei in einem Kaufhaus niedergestochen worden – aber ich konnte ein GoPro und einen animatronischen Yoda mit 85% Rabatt ergattern, also Yay!, Konsumrausch ist klasse.

Am Freitagabend verbarrikadierte ich mich im Keller, um dem allgemeinen Gemetzel aus dem Weg zu gehen und nicht auf Großmutters Fragen antworten zu müssen, warum ich so mürrisch dreinblickte.

»Mir ist es sofort aufgefallen. Die engen Jeans und die langen Haare …«, hörte ich Grandma zu meinen Eltern sagen. »Ich fürchte, er ist in einen Emo-Zirkel hineingeraten. Ich habe am Computer des YMCA alles darüber gelesen.«

»O nein«, sagte Mom. »Er praktiziert Satanismus.« Woraufhin Grandma schlagartig verstummte.

Dann kam der Samstag. Er war kalt. Dunkel. Elend. Passend für Grace' Geburtstag. Es war Zeit für den aufziehenden Sturm, sprich den Thanksgiving-Jahrmarkt.

Der Markt war vor siebzig Jahren ins Leben gerufen worden, mit dem Zweck, Nutzvieh und saisonale landwirtschaftliche Erzeugnisse auszustellen, hatte sich aber inzwischen zu einem jährlichen sozialen Event unter den Jugendlichen der Stadt entwickelt. Die knackig kühle Herbstluft, die funkelnden Jahrmarktlichter, der Duft von Essen – das alles bot die perfekte Atmosphäre für abenteuerlustige Teenager, die ihre Grenzen ausloten wollten.

Ich verbrachte fast den ganzen Tag damit, mich für die Party fertig zu machen. Normalerweise war mir mein Erscheinungsbild egal, aber heute Abend … Heute Abend wollte ich möglichst gut aussehen. Ich hatte mir die Haare schneiden lassen. Ich hatte eine schiefergraue Jacke gekauft, eine enge schwarze Jeans und einen schwarzen Schal. Ich trug auch nicht Dads alten Mantel, sondern einen teuren aus Wolle, ein verfrühtes Weihnachtsgeschenk meiner Eltern. Ich polierte meine Schuhe. Kämmte mich, zog den Scheitel nach und glättete meine neue Frisur. Zupfte ein abstehendes Härchen an der Augenbraue aus. Verwandelte mich bis zum Abend in einen anderen Henry. Einen älteren Henry, der aus einer längst vergangenen Zeit zu kommen schien.

Während ich auf Lola und die anderen wartete, packte ich mein Geschenk für Grace ein. Ich hatte mich schließlich für ein Buch entschieden – ein Kinderbuch mit dem Titel *You are Stardust* von Elin Kesley. Als Metapher taugte es nicht. Es versinnbildlichte weder die Zerbrechlichkeit unseres Lebens oder unserer Beziehung noch sonst irgendwas. Es war nur ein Buch, das ihr hoffentlich gefallen würde.

Ich wählte braunes Packpapier. Murray hatte vor Jahren damit angefangen, nachdem er zum ersten Mal *The Sound of Music* gesehen hatte. Statt Glückwunschkarten zu schreiben, zeichneten wir etwas auf das Papier. Manchmal waren es tiefschürfende, bedeutungsvolle Zitate, manchmal einfach nur ein Muster oder auch Abe Lincoln, wie er auf einem Velociraptor in die Schlacht reitet – es kam ganz darauf an. (Lola war von dem diesjährigen Papier mit gemalten Magic Cards allerdings nicht sehr beeindruckt gewesen.)

Zuerst hatte ich an ein Gedicht gedacht, vielleicht auch ein romantisches oder gefühlvolles Zitat, aber irgendwie passte das alles nicht. Schließlich hatte ich mit einem schwarzen Stift Walter White gezeichnet, im Stil der Salamanca Cousins aus *Breaking Bad* und »Happy Heisenbirthday, Bitch« daruntergeschrieben.

»Wow«, sagte eine Stimme hinter mir. Ich drehte mich um und sah Lola in ihren ASOS-Klamotten an der Treppe stehen. Sie sah aus, als wäre sie direkt aus den Neunzigern gekommen. »Henry, du siehst *heiß* aus. Und damit meine ich *superheiß*. Die männliche Spezies lässt mich normalerweise kalt, aber *verdammt*.«

»Dieser überraschte Unterton stärkt mein Selbstvertrauen nicht gerade.«

»Dreh dich mal im Kreis, Zuckerschnecke.«

»Wie kannst du es wagen, mich wie ein Objekt zu behandeln?«, beschwerte ich mich, stand aber trotzdem auf und drehte mich.

Lola stieß einen Pfiff aus. »Was bist du nur für ein schmucker junger Ladykiller.«

Dann trafen Georgia und Muz ein. Sie brachten Pongo mit in den Keller und wir spielten eine Runde »Ich habe noch nie« mit Wodka. Bei Sonnenuntergang waren meine Nerven immer noch flattrig. Ich holte eine Flasche Rotwein aus dem Spirituosenschrank meiner Eltern und genehmigte mir im Keller ein Glas. Als das nichts half, trank ich zweites und dann ein drittes, bis es schließlich Zeit war zu gehen und die Flasche fast leer war.

Der Jahrmarkt war vom Abendrot in ein kräftiges Pink getaucht. Inzwischen waren wir nicht mehr ganz so sicher auf den Beinen, berauscht nicht nur vom Alkohol, sondern auch von den magischen Versprechungen der vor uns liegenden Nacht.

La hakte sich bei mir unter und fragte: »Bist du bereit?«

»Nein.«

»Was glaubst du, wie wird sie heute sein?«

»Bei ihr kann man das nie vorhersagen. Ihre Freunde von East River werden da sein, mehr als ein kurzes ›Hallo‹ und ›Herzlichen Glückwunsch‹ ist also wohl nicht drin. Aber mehr erwarte ich auch nicht. Lass uns Spaß haben, La. Du und ich gegen den Rest der Welt. Scheiß auf die anderen.«

»Klingt nach einem richtig guten Plan, Liebling.«

Ich wusste nicht genau, wo ich nach Grace suchen sollte, ich wusste nur, dass sie inmitten von Leuten sein würde, die ich alle nicht kannte. Zu fünft schlängelten wir uns zwischen den Jahrmarktbesuchern hindurch zum Riesenrad, dessen bunte Gondeln im Abendlicht wie gigantische Bonbons aussahen. Aus den knisternden Lautsprechern eines altmodischen Karussells ertönte Glenn Millers »Moonlight Serenade«. In der Schlange vor der Pommes-Bude tanzte ein älteres Pärchen zu den Klängen der Bigband-Musik.

Plötzlich entdeckte ich sie in der Menge. Die Leute um uns herum machten Platz, als spürten sie, wen ich anstarrte.

Grace Town war nicht mehr Grace Town.

Sie trug einen roten Mantel und hatte roten Lippenstift aufgelegt. Ihre Haare waren gewaschen und lockig und honigblond und umrahmten in sanften Wellen ihr Gesicht. Ihre Haut hatte etwas Farbe, als hätte sie das Wochenende in der Sonne verbracht. Sie hatte sich offensichtlich besondere Mühe mit ihrem Aussehen gegeben und sogar Rouge aufgetragen. Jetzt begriff ich, warum sich Lola bei Grace an Edie Sedgwick erinnert fühlte. Beide hatten diesen Femme-fatale-Look, diese Aura von Hatte-gerade-eine-Überdosis-und-wurde-mit-einem-Adrenalinschuss-ins-Leben-zurückgeholt. Sie leuchtete, funkelte wie der Nachhall der Sterne, die verglüht waren, um ihre Atome an sie weiterzugeben. Ich hatte noch nie etwas so quälend, herzzerreißend Schönes gesehen.

Wie erwartet war Grace in großer Runde. Ich hatte bereits eine leise Ahnung davon gehabt, wie sie früher mal gewesen war – der Typ Mädchen, der es spielend schafft, mit Freunden einen ganzen Jahrmarkt zu füllen –, aber hier war der endgültige Beweis. Als Grace mich entdeckte, lächelte sie und winkte mich zu sich.

»Henry«, flüsterte Lola und drückte meinen Arm. »Tu's nicht.«

»Sieh sie dir an, Lola.«

»Ich sehe sie, aber vor allem sehe ich einen ausgelegten Köder.«

Ich sagte nichts. Aber weil La meine beste Freundin war und wir uns schon unser ganzes Leben lang kannten, ließ sie mich mit einem Seufzer los. »Sei vorsichtig.«

Grace und ich gingen aufeinander zu, Schritt für Schritt, während um uns herum der Trubel weiterging. Die Zeit schien sich zu verlangsamen, als wäre sie von Honig überzogen, dick und süß und golden.

»Was für ein Anblick«, sagte ich.

Grace lächelte ihr müdes Lächeln. »Es ist lange her.«

Sie strich ihren Wollmantel glatt. An ihrer Leichtigkeit und ihrer liebenswürdigen, sorglos klingenden Stimme merkte ich, dass auch sie schon etwas getrunken hatte. »In diesen Kleidern komme ich mir fremd vor.«

Ich strich über ihre kalte Wange. Grace küsste lächelnd meine Handfläche. »Du bist wunderschön«, sagte ich. »Du hast mir gefehlt.«

»Dagegen lässt sich etwas machen.«

Sie nahm meine Hand und führte mich von meinen und ihren Freunden weg. Ich hatte damit gerechnet, dass ich sie an diesem Abend nur aus der Ferne zu Gesicht bekommen würde und ihr allenfalls heimliche Blicke hinterherschicken oder ein kurzes Gespräch führen könnte. Jetzt lag meine Hand in ihrer, und unsere Finger waren ineinander verschlungen wie an dem Abend, als wir nach dem Kino gemeinsam nach Hause gegangen waren. Damals hatte ich fest daran geglaubt, dass wir ein Paar werden würden.

Es war wie eine Szenenfolge aus einem Film mit Weichzeichner. Wir schlenderten stundenlang über den Jahrmarkt. Ich hatte den Arm um ihre Taille gelegt. Ihr schien es nichts auszumachen, dass die Leute uns sahen. Grace war an diesem Abend nicht Grace; sie war überschwänglich, fröhlich, eine Figur aus einem Buch. Wir fuhren Wettrennen mit Autoscootern. Steckten uns gegenseitig Zuckerwatte in den Mund. Als die Gondel des Riesenrads ganz oben anhielt, tranken wir Wodka aus Grace' Flachmann. In der Ferne erstreckte sich die Stadt. Aus dieser Höhe sah sie klein aus, eine Ansammlung von Spielzeughäusern auf einem Foto mit geringer Tiefenschärfe. Bei der Schießbude mit den lachenden Clowns ergatterte ich sogar einen Preis für Grace. Genüsslich sog ich alles in mich auf, jede Sekunde, und stellte mir vor, dass es von nun an immer so sein würde.

Grace ergriff meine Hand – Gott, warum fiel es ihr nur dann leicht, mich zu berühren, wenn sie getrunken hatte? – und führte mich zu einem großen Feld in der Nähe des Riesenrads, wo weniger los war und es ruhiger zuging.

»Ich habe meine Meinung geändert«, sagte sie, als wir stehen blieben.

Meine Brust und mein Gesicht schienen plötzlich Feuer gefangen zu haben. Meine Ohren brannten. Seit Wochen hatte ich auf diesen Moment hingefiebert und zugleich gefürchtet, dass er nie kommen würde. Jetzt war er da. Aber die Hochstimmung blieb aus. Stattdessen hatte ich das Gefühl, mich übergeben zu müssen. Ich wollte nicht sofort einknicken. Sie sollte sich schlecht fühlen, weil sie mich so viele Wochen hatte leiden lassen. Weil sie ihren toten Freund mir vorgezogen hatte.

Du hast dich für jemand andern entschieden, sagte ich im Stillen zum hundertsten Mal. *Wie soll ich je darüber hinwegkommen?*

Aber weil sie so schön war und ich mich so nach ihr sehnte und sie direkt vor mir stand und endlich das aussprach, was ich so verzweifelt hören wollte, sagte ich nur: »Grace, ich glaube nicht …« Meine Stimme versagte, aber dafür sprudelte es jetzt aus Grace heraus. Mit jedem köstlichen Wort, das wie Gift über ihre Lippen tropfte, wurde mir flauer. Es war so, wie Murray es prophezeit hatte, mit jedem Atemzug sehnte ich mich noch etwas mehr nach ihr.

»Ich habe noch nie jemanden wie dich kennengelernt. Ich will, dass du das weißt«, sagte sie. »Ich habe Dom geliebt, von ganzem Herzen, aber zwischen dir und mir ist etwas, das ich vorher nicht kannte.«

»Grace.«

»Ich meine es ernst, Henry. Wir verstehen uns einfach und da ist die besondere Chemie zwischen uns. Bei Dom und mir war das nie so. Du bist etwas Besonderes. Wenn wir zusammen sind … Ich hätte nie gedacht, dass ich mich nach ihm jemals wieder für jemanden interessieren würde. Ich wollte es auch gar nicht. Aber dann kamst du. Ich hatte Angst, weil es noch viel zu früh war, aber das mit uns funktioniert, Henry. Gott, ich will dich so sehr.«

»Ich möchte das nicht von dir hören, wenn du getrunken hast. Sag es mir, wenn du nüchtern bist.«

»Ich könnte mir vorstellen, dass mehr daraus wird. Ich meine es ernst. Und ich will es auch.«

»Ich möchte, dass du mir das morgen nach dem Aufstehen noch einmal sagst. Ich will ganz sicher sein.«

»Wie du dich in seinem Zimmer verhalten hast … Ich dachte, du würdest ausflippen. Aber du bist ruhig geblieben und seither will ich dich noch viel mehr.«

»Wirst du dich morgen noch an das erinnern, was du jetzt sagst?«

»Ich muss wissen, ob du fürs College wegziehst.«

»Keine Ahnung. Könnte gut sein.«

»Wenn das mit uns etwas werden soll, musst du hierbleiben. Ich bin noch nicht bereit dazu, von hier wegzugehen. Ich muss wissen, was du vorhast.«

»Grace … ich kann dir nichts versprechen. Ich habe mich noch nicht entschieden.«

»Ich weiß, dass ich dich damit überrumple, und es tut mir leid.«

»Schon gut. Ich habe dich am Anfang auch überrumpelt.«

»Aber genau so sollte es sein, wenn's um Gefühle geht. Man sollte sie frei zur Sprache bringen. Ich beneide dich, weil du deine Gefühle nicht versteckst, sondern sie aussprichst.«

»Das tue ich gar nicht. Nur manchmal. Nur bei dir.«

»Willst du mich immer noch?«

»Für mich hat sich nichts geändert«, sagte ich und spürte, wie mein Widerstand bröckelte. Wie konnte ich ihr Vorwürfe machen, dass sie ihn noch immer liebte? Natürlich schwankte sie noch. Natürlich hatte sie noch Zweifel. Anders als ich.

Ich hatte keine.

Und ich würde auch nie welche haben.

Abgesehen davon konnte ich es mir auch gar nicht leisten, so zu tun, als müsste sie mich erst rumkriegen. Allein schon aus der Angst heraus, dass Grace womöglich weglaufen würde. Ich lehnte mich gegen die Mauer und fuhr mir durch die Haare. Meine Augen brannten, aber es kamen keine Tränen. Ich brachte es nicht fertig, Grace anzuschauen.

»Sag mir, was du für mich empfindest«, forderte sie mich auf. Sie legte den Kopf an meine Schulter und drückte ihre Brust an meine.

»Grace.«

»Ich will es noch mal hören.«

»Das ist nicht fair.«

»Ich weiß. Aber ich sehne mich so danach, es zu hören, also sag es mir.«

»Ich habe noch nie für jemanden das empfunden, was ich für dich empfinde.«

»Sprich weiter.«

Dann war Lola da. La – Teufel und Engel in einem. »Da seid ihr ja!«, rief sie und zog Grace von mir weg, damit ich ihr Gift nicht länger inhalieren konnte. »Grace, ein *verdammt heißes* Babe namens Piper sucht dich.«

Grace sah mich an. »Komm zu mir«, raunte sie und gab mir einen Kuss auf die Wange. Dann war sie weg.

Ich sank auf den Boden und stützte den Kopf in die Hände. Lola war sofort an meiner Seite.

»Ich glaube, ich habe jetzt einen Nervenzusammenbruch.«

»Dieses gottverdammte Mädchen. Frauen, ich sag's dir. Ich finde, wir sollten jetzt gehen.«

Aber wir blieben natürlich. Grace war die Droge, die ich mir selbst ausgesucht hatte, und heute Abend verteilte der Dealer sie kostenlos. Ich würde bis zur Überdosis bleiben.

Also gingen La und ich wieder zum Jahrmarkt zurück. Wir überredeten Grace' Cousin, uns Drinks zu kaufen. Und später in der Nacht war *sie* es, die zu *mir* kam. Und wieder war sie Grace, die Beschwipste: Sie flirtete, plapperte, kicherte. Tänzelte um mich herum. Vergrub ihre Finger in meinen Haaren. Und ich ließ es zu. Wie ein totaler Idiot saß ich da und ließ sie tun und machen, was sie wollte. Ließ zu, dass andere uns sahen – alle unsere Freunde. Ich spürte, wie sich meine Brust verkrampfte, aber Grace sagte so nette Sachen. Sie war so lieb. Vielleicht würden wir ja doch noch zusammenkommen. Denn wer würde so etwas fertigbringen? Wer würde von sich aus kommen und seine Gefühle offenbaren, wenn er es nicht ernst meinte?

»Du solltest es mal so richtig krachen lassen, Henry«, sagte Grace plötzlich. Sie saß auf meinem Schoß und presste ihre Lippen an meine Schläfe. »Du solltest hingehen und ein Mädchen nach dem anderen vögeln. Dann kann ich dich hassen. Es wäre viel einfacher, wenn ich dich hassen könnte.«

»Was redest du da?«

»Das ist so beschissen. Das alles ist so beschissen.« Grace sprach undeutlich und konnte sich kaum aufrecht halten. Sie war betrunken. Genauer gesagt stockbesoffen. Ich hatte sie beschwipst erlebt, aber niemals stockbesoffen. »Ich muss mal.«

»Okay«, sagte ich, als sie von mir herunterkletterte und Richtung Toilette stolperte, wo sie vermutlich kotzen und sich dann hinsetzen und weinen würde. Vielleicht hätte ich aufstehen und ihr nachgehen sollen, aber das tat ich nicht. Ich saß zwanzig Minuten lang allein am Tisch und aß ein Corn Dog, dann machte ich mich auf die Suche nach einer ihrer Freundinnen – Piper oder so ähnlich –, damit sie nachschauen ging, ob Grace noch am Leben war (war sie).

Nach zehn Minuten kam Piper zu mir, während ich gerade mit Lola bei einem Ententeichspiel gelbe Plastik-Enten aus dem Wasser fischte. »Kannst du sie nach Hause bringen?«, fragte sie mich. »Sie kommt nur raus, wenn du sie nach Hause bringst.«

»Hör zu, ich weiß nicht, ob das eine gute Idee ist.«

»Sie sagt, sie hat dich immer noch sehr gern, Henry.«

Das weiß ich, hätte ich am liebsten geantwortet. *Ich musste es mir in den letzten zwei Stunden mehr als einmal anhören.*

»Ja, okay, von mir aus. Bring sie her. Ich sorge dafür, dass sie gut nach Hause kommt.«

La und ich warteten am Ausgang des Jahrmarktgeländes darauf, dass Piper Grace aus der Toilette herausbugsierte. Nach etwa zehn Minuten kamen sie. Grace' Mascara war verschmiert, ihr Mund und ihre Augen waren vom Weinen geschwollen. Mit verschränkten Armen sah ich zu, wie Piper sie ins Gras setzte und von einem Zuckerwattestand Wasser für sie holte. Es war nicht fair, dass manche Leute selbst sternhagelvoll noch wunderschön waren.

»Henry Page«, sagte Grace ausdruckslos, als Piper sie schließlich wieder auf die Beine zerrte. »Bring mich nach Hause.«

»Komm, wir gehen«, sagte Lola und legte den Arm um Grace' Nacken.

Ich wollte sie nicht nach Hause bringen. Aber ich wollte auch nicht, dass sie mit zu mir kam und ihre Kleider auszog und nackt in meinem Bett lag. Es war einfach nicht fair, dass sie mit mir machen konnte, was sie wollte.

Es fing an zu nieseln und das schien Grace' Lebensgeister zu wecken. Sie befreite sich aus Lolas Griff und fing an, sich schwankend im Kreis zu drehen. Ihr Gehstock war weg, sie hatte ihn im Laufe des Abends irgendwo abgelegt. Ohne ihn wirkte sie viel beweglicher. Als würde sie ihn gar nicht brauchen und ihn nur zur Sicherheit mitnehmen. Damit er ihr Halt gab. So wie Doms Kleider.

»Früher war ich beim Ballett«, sagte sie und streckte beim Gehen die Hände über den Kopf. »Ich habe getanzt, wusstest du das? Noch was, das ich nie mehr machen kann.«

Lola nahm meine Hand und legte ihren Kopf an meine Schulter. Gemeinsam standen wir da und schauten zu, wie Grace im Regen tanzte, denn nicht zuschauen war unmöglich. Grace nahm einen gefangen und man konnte sich nicht dagegen wehren. Es war ein schwärmerischer Augenblick, fast wie ein Traum.

Nach einer Minute machte Grace einen Knicks und lächelte. Lola klatschte.

»O je, Henrik ist gar nicht zufrieden mit mir«, sagte Grace und grinste Lola an. »Ich bin schrecklich gemein zu ihm gewesen, also habe ich es wohl verdient.«

»Ich möchte dir das gern zurückgeben.« Ich zog das »Ich liebe dich nicht« aus meinem Geldbeutel, wo es monatelang vor sich hin gegärt hatte. Das Gedicht war von Anfang an eine Prophezeiung gewesen.

Grace nahm es lachend und schlang die Arme um meinen Hals. »Ich will es nicht, Henry, mein Schatz. Ich habe es dir gegeben.«

»Du wirst nie meine Freundin sein, stimmt's?«, fragte ich tonlos.

Lola stand direkt neben uns, aber ich war wohl betrunkener, als ich dachte, denn es machte mir nichts aus. Sollte sie es ruhig hören.

»Meine Güte«, sagte Grace und machte sich von mir los. »Denkst du auch mal an was anderes? Was willst du eigentlich von mir?«

»Ich möchte mit dir zusammen sein.« Puh, wie erbärmlich.

»Ich bin mit dir zusammen, im wahrsten Sinne des Wortes. Ich stehe hier vor dir. Wir sind also zusammen.«

»Du weißt genau, was ich meine.«

»Warum musstest du mir diesen dummen Brief schreiben? Warum konnten wir nicht einfach so weitermachen wie bisher? Ich hasse es, jetzt mit Hollywood-Klischees anzukommen, aber warum müssen wir alles mit einem Label versehen?«

»O Gott. Ist dir klar, wie lächerlich du dich anhörst?«

La starrte auf ihr Handy, als gäbe es da etwas Interessantes zu sehen.

»Ich bin lächerlich? Und was ist mit dir? Was *willst*

du? Willst du es auf Facebook öffentlich machen, damit Freunde und Familie es liken können?« Sie riss das Gedicht in der Mitte durch und ließ die Papierfetzen auf den nassen Gehweg fallen. »Du kannst deine Fantasien nicht auf andere projizieren und erwarten, dass sie mitspielen, Henry. Andere Menschen sind keine leeren Gefäße, die du mit deinen Tagträumen füllen kannst.«

»Lasst uns zu Burger King gehen«, schlug Lola vor. Sie stellte sich zwischen uns und packte Grace am Handgelenk. »Wir essen was, und dann kommst du mit zu Henry oder zu mir und wir schlafen eine Nacht drüber.«

»Wenn ich jetzt zu Burger King gehe, dann kotze ich da alles voll«, sagte Grace und griff Halt suchend nach Lolas Schulter. Dann sah sie mich an und blinzelte, um einen klaren Blick zu bekommen. Ihre hellen Haare fielen ihr ins Gesicht. »Ich wollte herausfinden, wie du reagierst, wenn ich mich einen Abend lang dazu zwinge, *sie* zu sein. Kintsukuroi Grace, mit Gold zusammengestückelt. Du hast mich noch nie so angesehen wie in dem Moment, als du mich in der Menge entdeckt hast. Ich glaube, du hast Gefühle für jemanden, den es gar nicht gibt.«

Sie ließ Lolas Schulter los und erbrach sich auf den Gehweg, dann sank sie auf den Boden. Wir brauchten geschlagene fünf Minuten, um sie wieder auf die Beine zu kriegen, und weitere fünf Minuten, um den Uber-Fahrer, den wir bestellt hatten, davon zu überzeugen, dass er keinen alten Priester und keinen jungen Priester rufen müsse, wenn er sie nach Hause fuhr.

»Danke fürs Aufpassen und so«, sagte Grace und ließ sich auf die Rückbank fallen.

»Schon okay«, antwortete ich. »Komm gut nach Hause.«

Gerade als ich die Tür schließen wollte, sagte sie: »Ich liebe dich, Dom.«

Die Tür fiel zu und mein Herz brach ein Stück mehr. Der letzte Faden, der mich noch zusammengehalten hatte, riss. Ich konnte kaum atmen, während ich zusah, wie sich das Uber-Taxi in den Verkehr einreihte und sie wegbrachte. Ich wollte auch gar nicht mehr atmen. Ich wollte mich auf den Gehweg legen und vom Asphalt verschluckt werden.

»Habe ich gerade richtig gehört?«, fragte Lola, die das zerfetzte Gedicht von Pablo Neruda vom Boden aufhob und in ihre Tasche steckte. Ich hatte gehofft, sie hätte es nicht mitbekommen.

»Ja.« Die Hände in den Hosentaschen, sah ich dem Auto hinterher und wunderte mich, dass ich immer noch am Leben war.

»Hör mal, du musst aufpassen, dass du nicht vor die Hunde gehst. Sich in Grace zu verlieben, war von Anfang an keine gute Idee. Es ist nicht so, dass sie dich nicht liebt, okay? Aber sie tut es auf ihre eigene Art. Wenn es zuerst dich gegeben hätte und nicht ihn, würde sie erkennen, dass sie so etwas wie Liebe für dich empfindet. Aber das, was die beiden hatten, war einfach …«

»Größer? Besser?«

»Alle Menschen sind vollkommen, wenn von ihnen

nur noch die Erinnerung bleibt. Gegen einen Toten hast du keine Chance.«

»Danke, dass du so ehrlich bist.« Ich schüttelte den Kopf. »Wenn sie nüchtern ist, wechselt sie ständig zwischen heiß und kalt. Nur wenn sie etwas getrunken hat, benimmt sie sich so, als würde ihr etwas an mir liegen.«

»Aber in diesem Zustand ist man am ehrlichsten, oder nicht? Wenn die Hemmungen fallen und man das ausspricht, was man tatsächlich fühlt.«

»Dass man den toten Freund immer noch liebt, zum Beispiel?«

»Komm schon, du weißt genau, was ich meine.«

»Ja, denn man küsst nicht einfach so jemanden und bringt ihn dazu, zum ersten Mal Sex zu haben, wenn man ihn nicht liebt, oder?«

»Genau. Das wäre skrupellos.« Lola legte ihren Arm um meine Schulter und küsste mich auf die Wange. »Ich habe dich geliebt, als ich dich damals geküsst habe, weißt du das? Und ich liebe dich noch immer. Sehr sogar.«

»Danke, La. Ich liebe dich auch.«

»Wunderbar. Dann auf zum Burger King. Ich bin am Verhungern.«

Als ich heimkam, ging ich nicht ins Haus, sondern in den Gartenschuppen, in dem mein Dad sein Tischlerwerkzeug aufbewahrte. Ich nahm den Benzinkanister. Stellte die Feuerschale auf, die meine Eltern benutzten, wenn sie in der kälteren Jahreszeit Gäste hatten. Entzündete ein Feuer. Riss Seite um Seite aus *You are Stardust* und warf sie in die Flammen.

Ich hatte nicht das Gefühl, ein Buch zu zerstören, denn ich setzte ja nur dessen Atome frei.

Am Sonntag tauchten Lola und Georgia zur Mittagszeit bei mir im Keller auf (natürlich uneingeladen, aber die Hände voller Essen, das sie oben aus der Küche gemopst hatten).

»Ich denke gerade an ein Wort mit acht Buchstaben, das mit *Sch* anfängt und mit *e* aufhört und außerdem noch ein *l* hat«, verkündete La und breitete ihre Beute auf meinem Bett aus.

»*Schlappe?*«, fragte ich.

»*Schlampe,* du erbärmlicher Junkie. *Schlampe.*«

»Mein Herz tut weh, La.«

»Gut. Du *verdienst* die Qualen«, erwiderte Lola. Sie schlüpfte unter die Bettdecke und schlang ihre Beine um meine.

»Lola, wir können unsere geheime Liebesaffäre doch nicht vor den Augen deiner Freundin ausleben«, rief ich dramatisch und umfasste ihr Gesicht.

»Du kannst sie haben«, sagte Georgia. Sie schaltete meinen Fernseher und die Playstation an und machte es sich auf meiner Couch bequem. »Sie hat einen Kater, jammert herum und nervt tierisch. Hast du schon von ihrem gestrigen Bewunderer gehört? Samuel? Anscheinend hat er Murray nach ihrer Nummer gefragt.«

»*Pff.* Das ist doch nichts Neues«, sagte Lola. »Mir liegen andauernd Männer zu Füßen.« Sie wickelte eine Zuckerstange aus, reichte sie mir, dann wickelte sie eine zweite aus und fing an zu lutschen. »Irgendein Lebenszeichen von Jener-die-nicht-genannt-werden-darf?«

»Ja. Sie hat mir heute Morgen geschrieben.«

»*Henry*.«

»Schon gut, schon gut.«

»Und?«

»Es war wie immer. Sie sagte, sie sei betrunken gewesen und hätte sich dumm verhalten und es täte ihr leid. Spätestens an diesem Punkt hätte ich es besser wissen müssen und ihr gar nicht zuhören sollen.«

»Verdammt. Du hast sie also nicht zur Schnecke gemacht, weil sie plötzlich Mr Darcy gespielt und dir aus heiterem Himmel ihre unsterbliche Liebe erklärt hat? Um dann sofort einen auf *Exorzist* zu machen und meine Schuhe vollzukotzen?«

»Nein.«

Lola rutschte näher an mich heran und tätschelte meinen Kopf. »Das wird schon wieder.«

»Ich weiß.«

La und ich schliefen ein zu den Geräuschen von Georgia, die in *BioShock Infinite* Schädel zertrümmerte.

Kapitel 24

Am ersten Freitag im Dezember holte mich Mr Hink kurzerhand aus Mr Hotchkiss' Mathestunde (jede Wette, dass sich Hink diebisch freute, den Analysis-Unterricht zu stören). Schweigend marschierten wir in das Büro von Rektorin Valentine, wo Lola bereits auf einem Stuhl vor dem Schreibtisch saß. Vor ihr ausgebreitet lagen die dreißig Musterseiten unserer Zeitung, die Hälfte davon war leer.

»Haben Sie dafür eine Erklärung, Page?«, fragte Valentine.

Ich hatte schon lange mit dieser Konfrontation gerechnet, ich hatte nur nicht genug Energie aufbringen können, um mich darüber aufzuregen. Nach Thanksgiving war Grace die ganze Woche nicht zur Schule gekommen, und trotz Lolas Drohung, dass sie zu Valentine gehen würde, wenn ich nicht endlich in die Gänge käme, hatte ich mich nicht an die Arbeit gemacht. Ich brachte es nicht über mich, das Redaktionszimmer auch nur zu betreten.

»Sieht aus wie ein Zwischenstand unserer Ausgabe.«

»Ich habe Lola heute Morgen um einen Ausdruck der fertigen Seiten gebeten«, sagte Hink. »Das hat sie mir vorgelegt.«

Liederlichkeit, formte Lola lautlos mit den Lippen.

Verräterin, gab ich ebenso lautlos zurück. »Hören Sie, wir haben natürlich noch mehr zu bieten. Da ist zum Beispiel die Reportage über Magic-Karten, außerdem haben wir noch einige andere Artikel, die so gut wie fertig sind. Lola kann sich in ein paar Tagen dransetzen.«

»Dafür ist es zu spät«, sagte La. »Das habe ich dir ja zu erklären versucht. Ich kann nicht innerhalb von ein paar Tagen drei Monate Arbeit aufholen.«

»Die Ausgabe geht am Montag in Druck, Mr Page. Wenn ich allein zu entscheiden hätte, würde ich Sie mit sofortiger Wirkung als Chefredakteur feuern, aber Mr Hink hat immer noch Vertrauen zu Ihnen und glaubt, dass Sie irgendetwas zusammenschustern können. Die Druckkosten wurden bereits bezahlt. Aber ich will Ihnen sagen, dass es in den fünfunddreißig Jahren seit Gründung der *Westland Post* noch nie vorgekommen ist, dass eine Ausgabe ausfallen musste. Und Sie werden da keine Ausnahme machen. Habe ich mich deutlich genug ausgedrückt?«

»Ja.«

»Für den Rest des Tages sind Sie vom Unterricht befreit. So, und jetzt trommeln Sie Ihre Mitarbeiter zusammen, verschanzen sich im Redaktionszimmer und machen. Diese. Zeitung. Fertig.«

»Ja«, wiederholte ich.

Lola schleppte mich auf direktem Weg zum Redaktionszimmer und rief die Autoren aus den Junior-Klassen zusammen. Am Nachmittag schauten Hink und Rektorin Valentine vorbei, um den Fortgang der Arbeiten zu überprüfen, und setzten als Thema »Die Zeit deines Lebens« fest. Auch wenn es die mieseste Ausgabe in der ohnehin nicht sehr beeindruckenden Geschichte der *Westland Post* werden würde, hoffte ich, dass ich mich vielleicht, aber auch nur vielleicht, lange genug zusammenreißen könnte, um diese verdammte Zeitung fertigzukriegen. Diese Hoffnung löste sich in Luft auf, als ich mein Handy checkte und zwei Meldungen hatte:

1. Eine Nachricht von meiner Mutter mit folgendem Inhalt:

Lebensspenderin:

Wir sind im Haus von Grace. Komm sofort zu uns, wenn du das liest. Ruf an, falls wir dich abholen sollen.

Ich hatte keine Ahnung, was das alles sollte.

Und:

2. Ein Anruf von einer unbekannten Nummer. Ich hörte die Mailbox ab und fragte mich, was meine Mutter im Haus meiner Irgendwie-Ex-Freundin zu suchen hatte

»Henry«, sagte eine mir vage vertraute Stimme, auch wenn sie diesmal panisch klang und heiser von Tränen war. Der Sprecher hatte geweint. Es dauerte eine Sekunde, bis ich ihn erkannte und begriff, warum sein aufgelöster Tonfall meinen Magen wie einen Stein nach unten sacken ließ. »Hier ist Martin Sawyer, Dominics Dad. Könntest du bitte möglichst bald zurückrufen? Wir sind, ah …«, er schluchzte, »es ist ein Notfall. Es ist … Ich weiß nicht, ob Grace es dir gesagt hat, aber heute ist Doms Geburtstag – sein erster Geburtstag, seit er nicht mehr da ist – und sie ist … sie ist …« Den Rest der Nachricht hörte ich gar nicht mehr.

»Es geht um Grace«, sagte ich. »Ihr ist etwas passiert.«

Rektorin Valentine, die auf der Sex-Couch saß und etwas las, blickte hoch. »Mir ist bekannt, dass Miss Town vermisst wird, aber die Angelegenheit ist bei ihrer Familie und der Polizei in den besten Händen.«

»Sie wussten Bescheid?«, sagte ich in einem Ton, wie ich ihn einem Erwachsenen gegenüber noch nie angeschlagen hatte. »Sie wussten Bescheid und haben mir nichts gesagt?«

»Montag ist die Deadline für den Druck. Sie haben weniger als zweiundsiebzig Stunden, um die Arbeit von Monaten aufzuholen.«

»Ich muss gehen«, sagte ich und griff nach meinem Rucksack. »Ich muss sie suchen.«

»Henry, wenn Sie jetzt dieses Zimmer verlassen, habe ich keine andere Wahl, als Sie von Ihrem Posten als Chefredakteur zu entbinden.«

Aber da hatte ich mich längst in Bewegung gesetzt. Lola rief mir etwas hinterher, aber ich konnte nicht antworten. Wenn ich den Mund aufmachte, würde ich mich übergeben müssen.

Grace Town war tot.

Ich wusste es, ich wusste es, ich wusste es, tief drin, in einer verborgenen Ecke meiner Seele, wo man etwas wissen konnte, ohne zu wissen, warum. Ich rannte schneller als bei dem bescheuerten Touch Football, zu dem sie mich damals geschleppt hatte, aber Lola holte mich trotzdem ein.

»Henry, warte!«, rief sie.

»Lola, geh zurück.«

»Den Teufel werde ich tun!«

Gegen dieses Argument ließ sich nur schlecht etwas einwenden. Während wir gemeinsam weiterrannten, dachte ich: *Sie ist so ein Feigling. Sie hat sich umgebracht und mich allein zurückgelassen.* Falls ich je Zweifel gehabt hatte, ob ich Grace wirklich und aufrichtig liebte, so lösten sie sich in den qualvollen zehn Minuten auf, die wir bis zu ihrem Haus brauchten, während ich insgeheim wusste, wusste, wusste, was mich dort erwarten würde.

In der Zufahrt parkte ein Polizeiauto. Die Haustür stand beunruhigend weit offen, wie man es aus Detektiv-Serien kennt, wenn etwas Schreckliches passiert ist. Ich stolperte ins Haus. Am oberen Treppenabsatz stand ein Polizist, und überall waren Erwachsene mit besorgten Mienen, darunter auch meine Eltern. Ich stützte die Hände auf die Knie, sah die beiden an und fragte atemlos: »Ist … sie … tot?« Woraufhin eine mir unbekannte blonde Frau mittleren Alters in Tränen ausbrach.

Mom kam zu mir und umarmte mich. »Nein, nein, nein, nein, nein«, sagte sie immer wieder mit dieser einlullenden Stimme, mit der Mütter ihre Kinder beruhigen, wenn sie einen Albtraum hatten. Dad ging zu der schluchzenden Frau, um sie zu trösten. Bei näherem Hinsehen erkannte ich, dass es sich bei ihr um Grace Towns alkoholkranke Mutter handelte. Sie hatten beide die gleichen schmalen, hohlwangigen Gesichtszüge, was sie im falschen Licht wie Drogensüchtige aussehen ließ und zugleich ihre Schönheit unterstrich. Mit den hellblonden Haaren, dem verschmierten Make-up und den großen Rehaugen war die Frau sogar noch mehr Femme fatale als Grace.

»Was ist passiert?«, fragte ich, als ich wieder zu Atem gekommen war und mich aus der Umarmung meiner Mutter befreit hatte. »Wo ist Grace? Warum seid ihr hier?«

»Grace wird vermisst. Sie hat das Haus bei Morgengrauen verlassen, ohne ihr Handy mitzunehmen, und ist seither nicht zurückgekehrt. Martin ist zu uns gekommen, um dich zu fragen, ob du weißt, wo sie ist. Wir haben ihm deine Nummer gegeben und ihn hierherbegleitet, um auf dich zu warten. Wir sind erst seit etwa einer Stunde da.«

»Das Polizeiauto … ich dachte … Warum habt ihr mich nicht sofort aus dem Unterricht geholt, als ihr es erfahren habt?«

»Ich bin sicher, es geht ihr gut«, versuchte Dad mich zu beruhigen.

Martin kam zu uns herüber. Er fuhr sich immer wieder nervös durchs Haar; ich hatte noch nie einen so verstörten Menschen gesehen. Er sprach mit Grace' Mutter, deren Namen ich nicht mal kannte. »Die Polizei rät uns, die Orte abzusuchen, an denen Grace sich gern aufhält. Ich weiß, dass Dom und sie an seinem Geburtstag einen Ausflug zum Seehaus machen wollten, deswegen fahren Mary und ich jetzt dorthin. Ich werde ihre Freunde aus East River anrufen, damit sie in der Bibliothek nachschauen, wo sie sich immer zum Schreiben zurückgezogen hat. Vielleicht ist sie auch in dem Café, in dem sie oft gefrühstückt hat, oder vielleicht auf dem Hausboot am Hafen.«

All diese Orte. All diese Orte, an denen sie sich aufgehalten hatte, die sie gemocht hatte und von denen ich noch nie gehört hatte. Grace auf einem Hausboot? Was hatte sie dort gemacht? Eine existenzielle Krise durchlebt? Über Sternenstaub und Atome und die Bedeutungslosigkeit des Lebens nachgedacht? Wohl eher nicht. Wahrscheinlich war sie dort sonnenbaden gewesen, an einem Frühlingsnachmittag, zusammen mit Dom. Im Hintergrund hatte Partymusik gespielt, während die beiden an einem süßen Wein genippt und ihr Salatwerbespot-Lächeln gelächelt hatten. So war es gewesen, ganz bestimmt. Er und Facebook-Grace, das Mädchen, das ich nie kennengelernt hatte.

Dann kam die gefürchtete Frage. Martin drehte sich

zu mir um und sagte: »Henry, fällt dir ein Ort ein, an dem Grace sein könnte?« Verzweifelt zermarterte ich mir das Hirn und ging in Gedanken die Orte durch, an denen ich Grace gesehen hatte. Grace in unserem Aquariumsbüro. Grace im Theaterraum vor den schwarzen Wänden. Grace in meinem Keller, zusammengerollt auf meinem Bett, nur mit einem meiner T-Shirts bekleidet.

»Ähm … vielleicht … hm … Haben Sie schon auf dem Friedhof nachgesehen? Oder auf der Leichtathletikbahn?«

Martin nickte. Er sah enttäuscht aus. »Da waren wir schon heute Morgen. Und an der Unfallstelle im Nationalpark.«

»Der Unfall ist im Nationalpark passiert?«

»Sie waren unterwegs zu einem Restaurant, um dort zu Mittag zu essen«, sagte Martin.

Meine Brust zog sich zusammen, wie damals, als die Gutcrushers mich beim Touch Football pulverisiert hatten. Grace hatte mich bei unserem Date ausgerechnet an den Ort gebracht, an dem er gestorben war. Sie hatte Blumen aus einem Beet gepflückt, mich allein an den Klippen zurückgelassen und war losgezogen, um ihren Strauß neben das Unfallkreuz am Straßenrand zu legen. O Gott. »Vielleicht sollten wir heute Nachmittag noch mal die Runde machen. Sonst noch was?«

Ich schüttelte den Kopf. Grace' Mutter hatte aufgehört zu weinen und starrte mich ohne zu blinzeln an, wie auch ihre Tochter es oft getan hatte. Es war ein Blick, der einem das Gefühl gab, eine gläserne Haut zu haben, sodass Geheimnisse, die man für sich behalten will, sichtbar werden, als wären sie in die Knochen eingraviert.

»Okay, wenn dir noch etwas einfällt, dann lass es uns wissen. Entschuldige mich, aber ich sollte jetzt wohl besser die Telefonanrufe erledigen.«

Dann kam der schlimmste Teil.

Das Warten.

Warten, während um mich herum Leute Vorschläge machten, an welchen Orten man noch suchen könnte. Warten, während immer mehr Polizisten eintrafen und beruhigende Worte sagten, aber dabei Fragen stellten, aus denen man heraushörte, dass sie den Verdacht hatten, Grace könnte sich umgebracht haben. Warten, während wir ziellos durch die Vorstadtviertel fuhren und jedes Mal, wenn wir an einem jungen Mädchen vorbeikamen, auf Schneckentempo abbremsten wie Sexualstraftäter auf der Suche nach einem Opfer. Warten zu Hause, nach Sonnenuntergang, nachdem die Cops uns heimgeschickt hatten, damit wir uns etwas ausruhten. Sie hatten uns versichert, Grace würde »auf die eine oder andere Weise« auftauchen, was wirklich das Letzte ist, was man in so einem Moment hören will. Warten, voll angezogen im Bett, während die Uhr tickte, Mitternacht verstrich und ich immer noch nichts von Grace gehört hatte. Warten, weil es nichts zu tun gab außer sich ihren Leichnam vorzustellen, vielleicht irgendwo im Wasser treibend wie Ophelia oder Virgina Woolf. Denn genau so würde Grace es machen, wenn sie es machen würde, dramatisch und literarisch, sodass alle über die tragische und doch auch poetische Natur des Todes sinnieren würden. Ich war kurz davor, nach oben zu rennen und nachzuschauen, ob sie den Kopf in den Ofen gesteckt hatte wie Sylvia Plath. Dann fing ich an zu grübeln, wie Manic Pixie Dream Girls Selbstmord begehen würden. Würden sie auf Hollandrädern über fotogene Zuggleise fahren, bis ein Mitternachtsexpress herangebraust kam und sie aus dem Weg räumte? Würden sie sich in ihrem geheimen Fischteich ertränken?

Der Fischteich.

Plötzlich saß ich senkrecht im Bett. Ich war so. Ein. Idiot. »Ich weiß, wo sie ist«, sagte ich laut. Tot oder lebendig – jetzt wusste ich, wo sie war.

Ich hatte keine Zeit zu verlieren, und es gab keinen Grund, meine Eltern zu wecken. Ich warf mir einen Mantel über, nahm die Schlüssel vom Esszimmertisch und rannte zum Auto. Fuhr in die Stadt. Stieg über den Eisenzaun. Verstauchte mir den verdammten Knöchel, als ich von der Hecke sprang. Humpelte zu dem verlassenen Bahnhof. Knackte das Schloss, um reinzukommen. Rannte die Wendeltreppe hinunter …

Und da war sie, im Dunkeln, bis zur Hüfte im stillen Wasser.

Sie war am Leben. Es war so unglaublich, so wunderbar – Grace war am Leben. Vor Erleichterung zerschmolz mein Inneres, bis ich nur noch eine Hülle aus Glas war. Meine Beine gaben fast nach.

»Grace!« Halb springend, halb schlitternd eilte ich die Stufen hinab. »Grace!«

Grace drehte sich zu mir um. Obwohl nur der Mond ein schwaches Licht spendete, konnte ich die Tränenspuren auf ihrem Gesicht sehen. Sie hatte die Hände flach auf die Wasseroberfläche gelegt und atmete in kurzen, scharfen Zügen. Weiße Dunstwölkchen stiegen von ihren Lippen auf. Ich hielt einen Augenblick inne, überzeugt, dass dies ein Traum und sie ein mythisches Wesen war. Sie trug einen hellen Blütenkranz auf dem Haar und war in Weiß gekleidet, ganz in Weiß, wie eine Braut.

Ophelia stand leibhaftig vor mir.

Ich stakste ins Wasser, bis es nicht mehr weiterging, dann watete ich zu ihr, zog meinen Mantel aus und legte ihn ihr um die Schultern, weil sie am ganzen Leib zitterte.

»Komm, wir müssen raus aus dem Wasser«, sagte ich zu ihr, aber Grace rührte sich nicht. Mit Tränen in den Augen sah sie mich an. Und dann implodierte die Welt. Ihr Schutzpanzer bekam endlich einen Riss und der Schmerz brach aus ihr heraus. Sie fing an zu weinen, zu heulen, wurde von tiefen, heftigen Schluchzern geschüttelt, denen ihr Körper nichts entgegenzusetzen hatte. Sie sackte gegen mich. Ich fing ihr volles Gewicht auf, spürte förmlich die Trauer, die sie ausstrahlte. Mit jedem Atemzug sog ich sie ein, während der ungeheure Druck, der auf ihr lastete, langsam wich.

»Warum musste er sterben, Henry?«, wiederholte sie immer wieder zwischen den Schluchzern. »Warum musste er sterben? Hätte es nicht ich sein können?«

»Es tut mir so leid.« Ich drückte sie an mich und hielt sie ganz fest, weil ich nicht wusste, was ich sonst hätte tun können. »Es tut mir so, so leid.«

Wir blieben so, bis mir die Zähne klapperten und ich meine Beine nicht mehr spürte.

Dann, von einem Moment auf den anderen, hörte Grace auf zu weinen, so als hätte sie nur eine bestimmte Menge an Tränen zu Verfügung gehabt und sie ganz aufgebraucht. Sie befreite sich aus meiner Umarmung und watete zur Treppe, ohne mich anzusehen. Mein Mantel trieb hinter ihr im Wasser. Als sie die erste Stufe erreicht hatte, stieg sie hoch und setzte sich hin. Sie bebte am ganzen Körper. Ihre Füße waren immer noch im kalten Wasser. Ich folgte ihr natürlich, ich wäre ihr überallhin gefolgt. Wenn sie in dieser Nacht in die andere Richtung gegangen wäre, in die eisigen Tiefen des unterirdischen Kellers, wäre ich ihr auch dorthin gefolgt.

Ich setzte mich im Schneidersitz neben sie und versuchte so zu tun, als wäre mir nicht kalt. Ich wollte bei ihr sein, wollte einen Augenblick allein mit ihr haben, bevor ich sie zurückbrachte. Ich beugte mich vor, fischte mein Handy aus der Brusttasche meines Mantels und rief Martin an. Er meldete sich nach dem ersten Klingelton.

»Gott, bitte, sag, dass sie noch lebt«, flehte er.

»Ich habe sie gefunden. Es geht ihr gut. Ich bringe sie nach Hause.«

»Oh, danke, lieber Gott, danke, lieber Gott. Bring sie schnell zu uns.«

»Das werde ich. Wir sind bald da. Es geht ihr gut. Sie ist in Sicherheit. Würden Sie bitte meinen Eltern sagen, dass sie in Sicherheit ist und ich okay bin und bald nach Hause komme.«

»Selbstverständlich. Danke. Vielen, vielen Dank.«

Ich legte auf.

»Alle machen sich Riesensorgen um dich«, sagte ich leise.

»Weißt du, dass ich in den ersten Wochen nach seinem Tod als selbstmordgefährdet galt? Alle dachten, ich würde mir das Leben nehmen wollen, weil er tot war. Ich konnte nicht in Ruhe trauern, weil ständig irgendwelche Leute an die Badezimmertür hämmerten, um sicherzugehen, dass ich mir nicht die Pulsadern aufschlitzte. Dom hätte das nie gedacht. Dom war der Einzige, der mich kannte.«

Ich schaffte es nicht, sie anzuschauen. Noch vor einigen Stunden war ich überzeugt davon gewesen, dass Grace tot war. Überzeugt davon, dass sie sich umgebracht hatte. Ich gehörte auch zu denen, die nicht in ihre Seele blicken konnten. Anders als er.

»Ich war nicht depressiv. Das bin ich auch jetzt nicht. Ich bin nur furchtbar zornig … Ich möchte dir von ihm erzählen«, sagte sie mit leise klappernden Zähnen.

»Grace … das musst du nicht.« Ich brachte es nicht über mich, ihr zu sagen, was ich eigentlich dachte. *Bitte, tu's nicht. Um Gottes willen, erzähl mir nicht auch noch von ihm. Hast du mich nicht schon genug zugrunde gerichtet?*

»Ich weiß. Aber ich war nicht fair zu dir. Du verdienst es, die Wahrheit zu erfahren.«

»Die Wahrheit?«

»Ich war neun, als ich ihn kennengelernt habe. Gott, es gibt so viele Dinge aus der Kindheit, die in der Erinnerung verschwimmen – aber nicht der Tag, an dem ich ihn zum ersten Mal traf… Es war Anfang Herbst, noch grün, aber schon kalt. Damals war mein Dad bereits tot. Meine Mom war seit drei Tagen nicht mehr nach Hause gekommen und im ganzen Haus war kein Essen mehr. Ich rief meinen Onkel an, damit er mich abholte. Er konnte nicht viel besser mit Kindern umgehen als seine Schwester, daher brachte er mich zu der Frau, mit der er zusammenarbeitete. Mary. Ich weiß noch, wie er mir auf der Fahrt dorthin erzählte, sie habe einen Sohn in meinem Alter. Damals hasste ich Jungs. Immer wenn ich mal zur Schule ging, waren sie gemein zu mir. In meinen Augen waren es merkwürdige, unverständliche Wesen.

Als wir dort ankamen, hüpfte Dom gerade auf einem Trampolin im Garten. Ich weiß noch genau, dass ich ihn für den hübschesten Jungen hielt, den ich je gesehen hatte. Was seltsam war, denn so hatte ich zuvor noch nie über Jungs gedacht. Ich war schrecklich schüchtern, er aber nicht. Als er uns sah, sprang er vom Trampolin herunter und forderte mich auf, mit ihm *Mario Kart* zu spielen. Ich hatte es noch nie gespielt, hatte noch nie eine Spielekonsole gesehen, also musste er es mir erst mal beibringen. Er war supergeduldig und ließ mich sogar gewinnen. Es war einer der schönsten Tage meiner Kindheit. Wir spielten Videospiele, und als die Sonne untergegangen war, hielten wir Händchen und sahen uns in seinem Baumhaus auf einem Laptop Trickfilme an. Ich liebte ihn. Ich liebte seine Familie. Ich hatte nicht gewusst, dass solche Menschen existieren. Am Ende des Abends hatte ich den festen Entschluss gefasst, ihn zu heiraten.«

Unwillkürlich musste ich leise lachen und Grace lachte auch.

»Wie Kinder halt so sind«, sagte sie und wischte sich eine Träne weg. »Aber dann verliebte er sich ebenfalls in mich. Als wir älter wurden, verflüchtigten sich die Gefühle nicht, sondern nahmen sogar noch zu. Dom war der erste Junge, mit dem ich Händchen gehalten habe. Der erste Junge, den ich geküsst habe. Der Erste und Einzige in allem – bis du kamst.«

»So habe ich das noch nie gesehen.«

»Ich kann nicht in Worte fassen, was es heißt, jemanden so zu lieben. Oder ihn zu verlieren. Das ist einer der Gründe, warum ich nicht mehr schreibe. Weil Worte versagen. Manche Leute behaupten, sie hätten erst gewusst, was sie hatten, nachdem es ihnen genommen wurde. Das war bei mir nicht so. Ich wusste es von Anfang an. Ich empfand jeden Tag, den wir zusammen verbrachten, als etwas ganz Besonderes. Ich hatte jeden Tag aufs Neue Angst, dass ich ihn verlieren könnte, sie alle verlieren könnte. Ich machte mir ständig Sorgen um ihn. Ich fürchtete, sie könnten meine kaputte Familie irgendwann satthaben – völlig grundlos, wie sich herausstellte. Und ich wunderte mich immer wieder, dass zwei Menschen wie wir so unverschämtes Glück haben konnten. Welchen Grund hatte das Universum, uns schon im Alter von neun Jahren zusammenzubringen? War es fair, dass wir all das haben durften, wonach andere sich ihr Leben lang sehnten? Dass wir es auf dem Silbertablett präsentiert bekommen hatten, als wir noch viel zu jung waren, um zu wissen, was wir wollten?

Ich nehme an, jetzt weiß ich es. Für die Liebe, die ein Leben lang halten sollte, hatte ich nur acht Jahre Zeit. Wir wollten gemeinsam erwachsen werden. Gemeinsam aufs College gehen. Gemeinsam die Welt bereisen. Als er starb, ist auch meine Zukunft gestorben. Dom war nicht perfekt, das weiß ich nur zu gut. In manchen Dingen war er pingelig, in anderen schlampig. Er zupfte an seinen Fingernägeln, wenn er nervös war oder Sport schaute, und das machte mich wahnsinnig. Seine Lieblingsschauspielerin war Katherine Heigl, ich musste mit ihm alle ihre Filme anschauen. Er verehrte Carl Sagan über alle Maßen. Aber Henry, seine Seele war unvergleichlich. Was hätte er noch alles in seinem Leben tun können … Du hättest ihn gemocht. Ihr wärt Freunde gewesen.«

In diesem Augenblick drückte mich die Ungerechtigkeit fast nieder. Grace Town gestand dem Rest der Menschheit keine Seele zu, nur für Dom machte sie eine Ausnahme.

»Bei seiner Beerdigung lag ich noch im Krankenhaus«,

fuhr sie fort. »Sie warteten, so lange es nur ging, aber ich war zu schwer verletzt, und irgendwann konnten sie es nicht länger hinauszögern, verstehst du? Also baten sie mich, etwas zu schreiben. Damit jemand es vorlesen konnte, eine Art Grabrede, alle wussten ja, dass ich mit Worten umgehen konnte, und lobten ständig meine schönen Texte. Aber ich weigerte mich. Ich gab vor, Schmerzen zu haben. Seither habe ich nichts mehr geschrieben. Ich glaube, ich werde es nie wieder tun können, es sei denn, ich zwinge mich dazu.«

»Warum konntest du nichts schreiben?«

»Es war meine Schuld. Ich habe es niemanden erzählt, aber es stimmt. Es war meine Schuld, dass wir einen Unfall hatten. Es war meine Schuld, dass er gestorben ist.«

»Niemand hatte Schuld. Es war ein Unglück.«

»Das ist der Grund, weshalb ich geschwiegen habe. Ich wusste, alle würden so reagieren wie du. Die Schuldgefühle von Überlebenden und so weiter. Aber ich habe ihn geneckt. Ich habe ihn abgelenkt. Er bat mich aufzuhören, aber ich habe weitergemacht. Und dann waren wir plötzlich auf der falschen Spur. Du kennst bestimmt das Klischee, wonach das ganze Leben an einem vorüberzieht, wenn man stirbt?«

»Ja.«

»Das ist Blödsinn. Ich habe das andere Auto kommen sehen und gespürt, wie er das Lenkrad verriss. Es dauerte keinen Herzschlag, da wusste ich, dass wir beide sterben würden. Mein Gehirn war nur noch zu einem einzigen

Gedanken fähig: *verdammte Scheiße*. Ich meine das wörtlich. Mein letzter Gedanke wäre ein Fluch gewesen. Ich dachte nicht an mein Leben oder meine Familie oder meine Freunde, ja nicht mal an ihn. Seither frage ich mich, was er wohl gedacht hat. Vielleicht das Gleiche wie ich.«

»Ich vermute, er hat eher an dich gedacht.«

»Er ist nicht sofort gestorben. In den Nachrichten und Zeitungsberichten hieß es, er sei sofort tot gewesen, aber das stimmt nicht. Es dauerte noch eine ganze Minute. Wir waren in dem Auto, das sich überschlagen hatte, und bluteten. Er versuchte zu sprechen. Es war nicht so wie in den Filmen. Er flüsterte nicht ›Ich liebe dich‹ oder so was. Er hatte Schmerzen und schreckliche Angst, er rang nach Atem, weil er keine Luft bekam. Aber ich konnte nichts tun. Ich konnte nur hilflos zusehen, während er im Sterben lag.

Weißt du, was ich am Tag seiner Beerdigung gemacht habe? Ich habe *Unser Kosmos* angeschaut, die Doku-Serie mit Neil deGrasse Tyson. Dreizehn Stunden lang. Dom hatte mich monatelang zu überreden versucht, sie anzuschauen, aber ich habe mich immer über ihn lustig gemacht, weil er so ein Weltraum-Nerd war. Es war die richtige Art, zu trauern. Über das Universum zu staunen und sich vor Augen zu führen, dass zwar sein Bewusstsein nicht mehr hier war, aber seine Moleküle noch existierten.« Sie nahm mein Gesicht in ihre Hände und drückte ihre feuchte Stirn an meine. »Ich wünschte, du könntest die Welt auf die gleiche Art sehen wie ich.

Dann würdest du erkennen, dass der Tod die Belohnung dafür ist, dass wir gelebt haben.«

»Sag so was nicht. Du machst mir Angst, wenn du so redest.«

»Das hat nichts mit Selbstmordgedanken zu tun.« Sie flüsterte, als wollte sie mir ein Geheimnis anvertrauen. »Kennst du das nicht, wenn man nach einem anstrengenden Tag nur noch nach Hause will, um ins Bett zu fallen und stundenlang zu schlafen? So geht es mir mit dem Leben. Manche Menschen lesen Bücher über Vampire und wünschen sich, unsterblich zu sein. Ich hingegen bin manchmal so froh, dass uns am Ende der ewige Schlaf erwartet. Keine Schmerzen mehr. Keine Erschöpfung. Der Tod ist die Belohnung dafür, dass wir gelebt haben.«

»Wir müssen jetzt nach Hause«, sagte ich, und diesmal protestierte Grace nicht. Stattdessen griff sie hinter sich und nahm eine kleine Metallschachtel, die sie auf den Stufen abgestellt hatte. Der Inhalt war eine Sammlung von Dingen aus Doms Schrein: das Halsband mit dem Anker, das sie bei unserer ersten Begegnung getragen hatte, der Strokes-Schlüsselanhänger, das Ramones-Shirt, das sie nie gewaschen hatte. Sie stand auf, nahm meine Hand und führte mich zurück zum Fischteich. Ihr Hinken fiel im Wasser kaum auf. Wir hielten uns an den Händen, unser Atem ballte sich in der Kälte zu weißen Schwaden, während sie Dom Stück für Stück in die Tiefe gleiten ließ. Zuletzt auch noch die Schachtel. DOM 10. KLASSE war in die Seite gekratzt. Wir sahen zu, wie sie inmitten eines silbrigen Schwarms auf den mit Müll bedeckten Boden sank.

Ich beobachtete Grace und fragte mich, ob dies nun die ersehnte Erlösung war, die Absolution von Sünden, und ob Grace jetzt, da sie sich selbst vergeben hatte – falls dem so war –, den nächsten Schritt machen konnte. Sie ertappte mich dabei, wie ich sie ansah, und als könnte sie meine Gedanken lesen, sagte sie: »Geschichten mit einem Happy End sind Geschichten, die noch nicht zu Ende sind.«

Dann watete sie durchs Wasser und stieg die Stufen hinauf. Sie trug meinen Mantel über ihrem hauchzarten weißen Kleid, das nass auf ihrer Haut lag und unter dem sich deutlich ihr Körper abzeichnete. Sie verließ den Bahnhof, stieg den Hügel hinauf und kletterte barfuß über die Hecke und den Zaun. Am Auto zog sie sich bis auf die Unterwäsche aus und warf das Kleid in den Rinnstein.

»In diesem Kleid wollte ich ihn heiraten«, sagte sie ausdruckslos und starrte auf das nasse weiße Bündel aus Spitze. »Ich hatte schon Ja gesagt.« Zitternd stieg sie in den Wagen, schnallte sich an und zog die Knie an die Brust – nicht tot, aber innerlich leer, mit Blumen in den Haaren wie ein lebendes Grab.

Auf der Heimfahrt sprachen wir kein Wort miteinander. Ich drehte die Heizung hoch, damit Grace sich aufwärmen konnte. Sie hatte eine Gänsehaut, dennoch saß sie ganz still da, wie die Statue eines gefallenen Engels.

Ihr Zuhause war hell erleuchtet. Martin, seine Frau

Mary, Grace' Mom und zwei Polizisten standen im Vorgarten. Als ich langsamer fuhr, eilten sie auf uns zu, aber Grace schüttelte den Kopf und hob die Hand, um sie aufzuhalten, worauf sie innehielten und warteten.

Grace drehte sich zu mir. »Ich habe ihren Sohn getötet. Als Belohnung bezahlen sie die Kosten für meine medizinische Behandlung und lassen mich weiter bei sich wohnen. Das ist einer der Gründe, warum ich nicht mit dir zusammen sein kann. Wie könnte ich sie derart vor den Kopf stoßen? Es geht nicht, dass ihr Sohn neben mir stirbt und ich mich wenige Monate später bereits in einen anderen Jungen verliebe. Verstehst du das?«

Ich verstand es, mehr oder weniger, aber das machte es auch nicht leichter. Wünschten sich Doms Eltern denn nicht, dass sie irgendwann darüber hinwegkäme? Würden sie wirklich wollen, dass sie sich quälte, um etwas zu sühnen, woran sie sich die Schuld gab?

An jenem ersten Abend in dem verlassenen Bahnhof hatte ich sie gefragt, für welche Sünden sie sich Vergebung erhoffte, und erst jetzt war die Wahrheit herausgekommen.

»Du denkst, du verdienst es, traurig zu sein. Du denkst, du musst eine kosmische Schuld abtragen, indem du dich selbst quälst. Du denkst, nur so kannst du erlöst werden.«

»Ich fühle mich weniger schuldig und nicht ganz so mies, wenn ich traurig bin. Es ist das Mindeste, was ich für Dom und seine Eltern tun kann. Begreifst du das denn nicht? Es ist die einzige Gerechtigkeit, die ich ihnen anbieten kann.«

»Du hast dir also selbst eine Strafe auferlegt. Für wie lange? Ein Jahr? Zwei Jahre? Den Rest deines Lebens? Bis wann musst du leiden, damit du deine Schuld beglichen hast?«

»Ein bisschen noch.«

»Mein Gott. Es war nicht deine Schuld. Du hast ihn nicht umgebracht. Es war ein *Unfall.*«

Grace löste den Sicherheitsgurt, dann strich sie ihre Haare hinter die Ohren und küsste mich. Ihr fast nackter Busen streifte meine Brust. Ich legte meine Hand an ihre Wange und Grace vergrub ihre Finger in meinen Haaren. Für ein paar Augenblicke war die Welt wieder besser, auch wenn sie eigentlich in Scherben lag. Doch dann zog sich Grace zurück, wie sie es immer tat. Sie sah mich an, als suchte sie nach Worten, um mir etwas mitzuteilen.

»Warum hast du mich geküsst?«, fragte ich sie leise, weil ich es wirklich, wirklich nicht verstehen konnte. »Damals, an unserem ersten Abend. Warum hast du mich geküsst, obwohl du wusstest, dass du nie von ihm loskommen würdest?«

»Das willst du nicht wissen«, flüsterte Grace. »Das willst du nicht wissen.«

»Doch, das will ich. Ich muss es sogar wissen.«

»Weil ich betrunken war und du da warst und ich mich nach ihm gesehnt habe.« Grace schüttelte den Kopf. »Gott, wie kannst du mich immer noch so anschauen? Nach allem, was ich dir angetan habe …«

»Weil ich dich liebe.« Es hatte keinen Zweck mehr, die Wahrheit für sich zu behalten. Es machte mir auch nichts mehr aus, als Erster die Worte auszusprechen, denn sie waren echt. Ich konnte nicht genau sagen, wann aus Begehren Liebe geworden war, aber so war es.

»Du weißt ja gar nicht, was Liebe ist, Henry«, sagte sie in dem Ton, mit dem man jemandem erklärt, dass er ein Idiot ist. »Du kennst mich nicht. Du bist verknallt, das ist alles.«

Ich sagte nichts und holte nur tief Luft. Dann drehte ich mich weg und starrte aus dem Fenster. Grace hob ihre nassen Schuhe auf und stieg aus. Sie trug nur ihre Unterwäsche und meinen Mantel. »Gute Nacht«, sagte sie.

Ich konnte nur nicken, weil ich kein Wort herausbrachte.

Dann waren Martin und Mary und Grace' Mom da und umarmten sie. Die Cops begleiteten sie ins warme Haus, wo sie jeden Tag aufs Neue ihre Schuld gegenüber den Eltern ihres toten Freunds abtrug. Ich blieb allein im Dunkeln zurück.

Ich fragte mich, ob sie allen Ernstes glaubte, dass sie sich und den Sawyers helfen konnte, indem sie sich dem Kummer hingab, oder ob sie den Schmerz nicht vielleicht liebte. Den Schmerz und die Trauer. Ich fragte mich, ob sie diese Gefühle mit jedem ihrer vielen Millionen Atome auskostete, in der festen Überzeugung, es nicht anders zu verdienen.

Ich schickte meiner Mom eine Nachricht, um ihr

Bescheid zu geben, dass Grace in Sicherheit war, ich aber erst später nach Hause kommen würde. Dann fuhr ich zu dem Ort, den ich seit Monaten gemieden hatte. Er hatte sich schon vor langer Zeit in meinem Kopf festgesetzt, aber erst jetzt gestand ich mir ein, dass ich dorthin wollte.

Der Friedhof war längst nicht so unheimlich, wie ich ihn mir vorgestellt hatte. Es gab keine Nebel, kein fernes Echo heulender Wölfe, keine aufflatternden Krähen. Ich ging die Reihen der Gräber entlang. Zuerst lief ich hastig und fuhr bei jedem Geräusch zusammen, aber dann wurde ich immer ruhiger. Ich fand Dom dort, wo vor ein paar Monaten Grace gekniet hatte. Auch jetzt war sein Grab von Blumen bedeckt – manche waren schon älter, der Wind hatte ihre Blüten verweht, aber es gab auch frische, die zu Girlanden geflochten waren. Grace hatte nie aufgehört, hierherzukommen. Sie hatte es versuchen wollen, aber nicht geschafft.

Die Inschrift auf dem Grabstein war schlicht und bestand nur aus drei Zeilen:

DOMINIC HENRY SAWYER
17 JAHRE
»Hätte Liebe dich retten können,
würdest du für immer leben.«

Ich fuhr die Buchstaben seines zweiten Vornamens nach. Henry. Wir hatten so viel gemeinsam, Dom und ich. Einen Namen. Einen Duft. Eine Liebe. Ich versuchte mir vorzustellen, wie wir miteinander befreundet waren – in einem anderen Leben, in dem ich nicht eifersüchtig auf einen Toten war. Aber nein. So wäre es nie gewesen. Die Liebe, von der Grace gesprochen hatte, überdauerte Zeit und Raum. In jedem Universum, in jedem Leben hätten die beiden zusammengehört, und ich wäre immer nur danach gekommen. Immer nur an zweiter Stelle.

Ich hatte mal ein Grab gesehen, in dem ein Paar zusammen begraben lag, obwohl der Tod die beiden fünfundvierzig Jahre getrennt hatte. Fünfundvierzig Jahre lang hatte die Frau weitergelebt, allein und mit gebrochenem Herzen, und auf den Tag gewartet, an dem sie ihrem Liebsten unter die Erde folgen konnte.

Würde auch Grace hier ihr Grab finden? Würde sie in sechzig oder siebzig Jahren hierher zurückkehren und sich neben ihrem jungen Freund zur Ruhe legen? Selbst wenn sie eine neue Liebe fände, heiratete und Kinder bekäme – wäre dies der Ort, an dem ihr Körper wieder im Universum aufgehen würde? Würde ich damit zurechtkommen? Selbst wenn Grace und ich wie durch ein Wunder doch noch ein Paar werden sollten, selbst wenn wir zusammen aufs College gehen, heiraten, die Welt bereisen und Kinder kriegen würden – würde ich je damit umgehen können, dass sie am Ende bei ihm sein wollte? Wie einsam wäre ich in meinem Grab, während die Liebe meines Lebens bei den Gebeinen eines anderen ruhte?

Wollte ich mich wirklich damit abfinden, für den Rest meines Lebens auf einen Toten eifersüchtig zu sein? Und sogar über den Tod hinaus?

Ich setzte mich im Schneidersitz auf sein Grab und zupfte Grashalme aus. Jetzt, da ich hier war, fiel mir nicht mehr ein, was ich ihm hatte sagen wollen.

»Du bist ein Arsch«, begann ich nach einer Weile. Es brach aus mir heraus; ich war selbst überrascht, wie viel Wut und Gemeinheit darin lag. »Mein Gott, sie liebt dich so sehr, und du bist abgehauen und hast sie im Stich gelassen. Weißt du eigentlich, dass sie am Boden zerstört ist? Falls du da bist – falls du mich hören kannst –, dann lass dir gesagt sein, dass du deinen Geisterarsch in Bewegung setzen und einen auf Patrick Swayze machen solltest, denn es geht ihr richtig schlecht, und ich kann nichts … ich kann nichts …«

Ich kniff die Augen zusammen und atmete tief durch. Es war zu kalt, um zu weinen.

»Ich kann ihr nicht helfen, Dom. Ich möchte es gern, aber ich kann's nicht, weil ich nicht du bin. Wenn du also hier bist – im Ernst, mir sind die Gesetze der Geister und die Ordnung der Dinge scheißegal –, wenn du also hier bist, dann musst du dich ihr zeigen. Das ist ein Notfall im Reich der Lebenden. Also beweg deinen feigen Hintern unter diesem Grabstein weg und sag mir, warum zur Hölle du sie verlassen hast.«

Ich wartete über eine Stunde im Dunkeln, bis meine Augen sich völlig an die Finsternis gewöhnt hatten und meine ganze Brust vor Kälte bebte. Geister-Dom ließ sich nicht blicken. Zombie-Dom stand nicht von den Toten auf.

»Leck mich doch«, sagte ich schließlich und stand auf. Ich ließ das Auto stehen und ging zu Fuß nach Hause, entschlossen, mir – so wie Grace es tat – selbst zu beweisen, dass der Schmerz, den man fühlte, ein Zeichen dafür war, dass man etwas richtig machte.

Kapitel 25

Als ich am Morgen aufwachte, dachte ich als Erstes an Grace, und sofort überfiel mich ein scharfer Schmerz, der vom Kopf bis in die Brust ausstrahlte. Meine Gedanken drehten sich um Grace und die Zeitung und meine grottenschlechten Leistungen in Englisch und Mathe, denn für die Schule war in meinem Leben gerade kein Platz. Jedes College, das für mich infrage gekommen wäre, würde angesichts meiner aktuellen Noten NEIN DANKE! auf meine Bewerbung stempeln, denn ich hatte alles versaut, hatte alles schleifen lassen – und wofür? Wofür?

Ich war nicht besonders überrascht, als Mom und Dad ausgerechnet diesen Samstag zum Anlass nahmen, zum ersten Mal, seit Sadie nach Yale gegangen war, wieder in die Besorgte-Eltern-Rolle zu schlüpfen. Kaum war die Sonne aufgegangen, kamen sie in den Keller, lungerten herum und versuchten eine Schadensbilanz meines Lebens aufzustellen. Sie rissen die Vorhänge auf. Zwangen mich aufzustehen und meinen Schlafanzug auszuziehen. Stellten eine Schüssel mit Cornflakes vor mich hin. Sangen »Baby Got Back« und wollten nicht eher aufhören, bis ich einwilligte, etwas zu essen, was ich auch tat, denn *mein Gott!*

Unter ihren wachsamen Augen saugte ich den Teppich, stopfte meine Klamotten in die Waschmaschine, staubte meine Bücherregale ab und nahm sämtliche Schulsachen mit nach oben auf den Küchentisch, damit Mom und Dad mich im Auge behalten konnten, während ich Hotchkiss' höllischen Mathestoff der vergangenen Wochen nachholte und mich an das Englisch-Essay setzte, obwohl ich eigentlich viel zu schlecht drauf war, um mir etwas aus den Fingern zu saugen. Um elf Uhr zwang mich Mom, mit ihr eine Runde zu joggen. Um die Mittagszeit zwang mich Dad, etwas zu essen. Sadie hatte einen freien Tag und kam gegen zwei Uhr vorbei, als ich gerade ausgestreckt auf dem Bett lag, weil mein Wunsch nach einer kleinen Schlafpause endlich gewährt worden war.

»Hey, Henry, kannst du mir sagen, wo … Hörst du Taylor Swift?«, fragte Suds vom Fuß der Treppe aus.

»Ja, Sadie. Seit geschlagenen zwei Stunden höre ich jetzt Taylor Swift. Sie ist die Einzige, die mich versteht.«

»O Gott.«

»Wer hat dir wehgetan, Taylor?«, schrie ich und fuchtelte Richtung Decke. »Wie kann ein Mensch nur so viel Herzschmerz ertragen?«

»Du meine Güte. Rutsch mal zur Seite. Wir müssen uns unterhalten.«

»Suds … Ich will nicht darüber reden. Ich bin nicht gut im Herzausschütten.«

»Ich bin deine Schwester, du Knallkopf. Du redest nicht mit deinen Freunden und du redest nicht mit deinen Eltern. Willst du alles in dich hineinfressen, bis du nicht mehr richtig tickst?«

»Das ist mein Plan.«

»Wie lange liegst du schon in deinem Bett? Wenn du so weitermachst, kriegst du eine tiefe Venenthrombose.«

»Geh weg, Sadie. Überlass mich meinem Kummer und meiner Thrombose.«

Sadie ignorierte meinen Protest und ließ sich quer über meinen Brustkorb aufs Bett fallen, dass mir glatt die Luft wegblieb. Sie stupste mich an der Wange, immer an derselben Stelle, und sagte: »Rede, rede, rede mit mir«, bis ich schließlich nachgab.

»Uff, also gut, du grässliches Weib. Es ist … Grace … Ich weiß nicht, was da abgeht.«

»Angesichts deines Taylor-Swift-Marathons habe ich mir das schon gedacht.« Sadie wartete darauf, dass ich fortfuhr. »Wie wär's mit Einzelheiten?«, hakte sie nach.

»Ich bin total durcheinander. Außerdem scheint mit meinen Atmungsorganen etwas nicht zu stimmen. Mir tut die Brust weh und der Schmerz geht einfach nicht weg.«

»Vielleicht habe ich dir ein paar Rippen gebrochen, als ich auf dich draufgeplumpst bin.«

»Ist Liebe immer so?«

»Nein, ist sie nicht, Kleiner. Ich halte zwar nicht viel

von dem ganzen ›*Love lifts us up, where we belong*‹-Quatsch, aber wenn die Liebe dich zugrunde richtet, dann läuft etwas schief.«

»Ich weiß. Ich meine, sieh dir doch Mom und Dad an.«

»Das mit Mom und Dad ist ein Märchen. Die beiden existieren eigentlich gar nicht.«

»Du hast Chris doch auch geliebt, oder?«

Sadie holte tief Luft. »Ja, das habe ich. Wenn ich allerdings manchmal morgens aufgewacht bin und er mit offenem Mund neben mir lag und das Kissen vollsabberte, fragte ich mich schon: *Was zur Hölle hast du dir dabei gedacht, ausgerechnet mit ihm Nachwuchs in die Welt zu setzen?* Er war nicht perfekt. Und für mich war er es schon gleich gar nicht. Es war von Anfang an schwer. Aber ich habe ihn geliebt. Und das war es wert. Solange es andauerte.«

»Hast du ihn nie als deinen Seelenverwandten gesehen?«

»Ach, Schatz, glaubst du tatsächlich an Seelenverwandtschaft?«

»Du etwa nicht? Wie kannst du sie leugnen? Mom und Dad sind doch das beste Beispiel.«

»Gott, sie haben es geschafft, dir einen völlig schiefen Blick auf die Welt zu vermitteln. Sie dachten, wenn sie alles von dir fernhalten, könnten sie dich schützen, aber in Wirklichkeit haben sie dich löffelweise mit Fantasie abgefüttert. Sie sind wie Sektenführer. Sie haben dich einer Gehirnwäsche unterzogen.«

»Was soll das heißen?«

»Henry … mein Süßer …«

»Was soll der Blödsinn?«

»O Mann.« Sadie schloss die Augen und biss sich auf die Unterlippe. »Vor deiner Geburt lebte Mom schon seit drei Monaten von Dad getrennt«, stieß sie mit zusammengekniffenen Augen hervor.

Ich blinzelte mehrmals. Sadie schlug vorsichtig die Augen wieder auf, erst das eine, dann das andere.

»Ich musste Mom versprechen, dir nichts zu sagen, bis du mit dem College fertig bist. Damit du eine ›stabile Kindheit‹ hast. Aber ich kann nicht zulassen, dass du die nächsten fünf Jahre durchs Leben gehst und etwas suchst, das nicht existiert. Was glaubst du wohl, warum ich meinen zwölften Geburtstag auf dem Spielplatz einer Wohnwagensiedlung gefeiert habe?«

»Ich habe mir die Fotos deines zwölften Geburtstags nie genau angesehen.«

»Seit du klein warst, haben Mom und Dad dich mit diesem ›Liebe ist geduldig, Liebe ist freundlich‹-Blödsinn vergiftet. Aber Liebe ist ein naturwissenschaftlicher Vorgang. Manchmal dauert dieser Vorgang ein ganzes Leben und wiederholt sich in Endlosschleife, manchmal nicht. Manchmal wird eine Supernova draus, die irgendwann verglüht. Wir alle sind chemische Herzen. Macht das die Liebe weniger wunderbar? Ich finde nicht. Deshalb verstehe ich auch nicht, warum manche Leute nur deshalb gegen das Heiraten sind, weil angeblich fünfzig Prozent der Ehen geschieden werden. Nur weil eine Liebe irgendwann endet, heißt das nicht, dass sie nicht echt war. Mom und Dad haben sich andauernd gestritten. Du hast diese Auseinandersetzungen nie richtig miterlebt, aber die beiden sind ziemlich aufeinander losgegangen. Eines Nachts hat Mom mich aus dem Bett geholt und mir geholfen, eine Tasche zusammenzupacken, und das war's. Ich habe mein Zimmer erst wieder betreten, als wir drei Monate später zurückgekommen sind.«

»Weiß du, warum sie Dad verlassen hat?«

»Ihre Liebe zu ihm war erloschen. Die chemische Reaktion war abgelaufen. Das war der Grund, ganz einfach. Liebe ist niemals vollkommen, Henry.«

»Warum sind sie wieder zusammengekommen?«

»Mom fand heraus, dass sie schwanger war.«

»Sie ist meinetwegen zurückgekehrt?«

»Das weiß ich nicht. Vielleicht. Wahrscheinlich. Sie lieben einander ohne Wenn und Aber, und sie sind die besten Freunde, aber sie sind nicht mehr *ineinander verliebt*. Also hör auf zu glauben, dass jede, in die du dich verguckst, *die Eine* ist. Man trifft nicht aus heiterem Himmel Seelenverwandte. Man muss sie sich erarbeiten.«

»Das weiß ich doch. Ehrlich, das weiß ich. Es ist nur … ich kann mir nicht vorstellen, jemals wieder so viel in einen anderen Menschen zu investieren. So viel Zeit und Energie. So viel von mir selbst. Wie schafft man es, sich noch mal auf dieses Wagnis einzulassen?«

»Wie schafft es ein Schriftsteller, ein neues Buch zu schreiben, wenn das erste fertig ist? Wie schafft es ein verletzter Athlet, im Training wieder ganz von vorne anzufangen?«

»Gott, warum tut man sich das überhaupt ein zweites Mal an?«

»Sich verlieben?«

Ich nickte.

Sadie gluckste. »Biologisch gesehen? Um die menschliche Art zu erhalten. Logisch betrachtet? Weil der Anfang einer Reise wundervoll ist. Man sieht die Kurven der Bahngleise noch nicht, und wenn man sie dann sieht, ist es zu spät. Wenn du den Zug besteigst …«

»Die Zug-Metapher scheint es dir ja angetan zu haben.«

»Shh … ist es zu spät, um die Gleise zu wechseln. Beim Einsteigen hoffst du, dass der Zug keinen Unfall hat. Aber auch wenn es gut möglich oder sogar sehr wahrscheinlich ist, dass er einen Unfall hat, lohnt es sich dennoch mitzufahren, und sei es auch nur, um genau das herauszufinden.«

»Kann ich nicht im Bahnhof bleiben?«

»Kannst du. Aber dann gelangst du nirgendwohin.«

»Wow. Das ist echt tiefsinnig.«

»Ich hätte Philosophin werden sollen.«

»Ich will sie zurückhaben, Sadie.«

»Das weiß ich, Kleiner. Ich weiß auch, dass die Leute in so einem Fall gern sagen, ›es schwimmen noch jede Menge andere Fische im Teich‹, was aber alles nur noch schlimmer macht. Ich könnte dir jetzt erzählen, was dein Gehirn im Moment durchmacht. Dass es versucht, den Schmerz zu verarbeiten, der so heftig ist wie bei einem verletzten Zahnnerv, aber die Ursache nicht finden kann, weil dieser Schmerz überall im Körper ist. Ich könnte dir erzählen, dass beim Verlieben dieselben Areale deines Gehirns Funken sprühen wie dann, wenn du hungrig oder durstig bist. Und ich könnte dir auch erzählen, dass du bei einer Trennung hungerst, lechzt und Entzugserscheinungen hast wie ein Drogensüchtiger. Das hört sich alles sehr poetisch oder übertrieben oder dramatisch an, aber das ist es nicht. Genau wie Liebe ist auch Liebeskummer eine Frage der Naturwissenschaft. Vertrau mir also, wenn ich dir sage: Du bist verletzt, aber deine Wunden werden heilen.«

»Verdammt, Suds. Du fährst heute wirklich schwere Geschütze auf.«

Sadie legte den Kopf in den Nacken und musste blinzeln. »Du bringst mich zum Weinen, du Halunke. Hör mir zu, denn ich habe noch einen Ratschlag, besser gesagt eine Frage für dich. Bist du je mit ihr glücklich gewesen? Von außen hat es nämlich vom ersten Tag an wie ein Kampf gewirkt. Der tote Freund, ihr geheimnisvolles Abtauchen. Gibt es einen Monat, eine Woche oder auch nur einen Tag, von dem du sagen kannst: ›Jep, das war ein Volltreffer. So soll mein Leben immer sein. Ich will diese guten alten Zeiten zurück.‹ Hattest du das jemals mit ihr?«

Ich schloss die Augen und dachte nach. Ich versuchte mich an eine Zeitspanne von mehr als einer Stunde zu erinnern, in der ich mit Grace wunschlos glücklich gewesen war. Im Gedächtnis geblieben waren mir nur Beklemmung, Stress, Schmerz, Traurigkeit, Säure, die an meiner Lunge frisst. Und meine verzweifelte Liebe zu ihr. Da war die Nacht, in der wir zusammen vom Kino nach Hause gegangen waren, Hand in Hand, als ich fest daran geglaubt hatte, dass wir eines Tages heiraten würden. Da war der Thanksgiving-Jahrmarkt – das zweite Mal, dass ich sie in etwas anderem als Doms Klamotten gesehen hatte. Kurze, helle Momente des Glücks, kaum mehr als Blitze am Nachthimmel.

Ich öffnete die Augen.

»Ach scheiße«, sagte ich leise.

»Das dachte ich mir.«

»Ich weiß nicht, ob ich es verkrafte, dass alles nur Zeitverschwendung war. Dass die Schmerzen sinnlos waren. Dass wir nie etwas Echtes hatten.«

Sadie schnippte mit dem Finger gegen meine Schläfe. »Hörst du mir nicht zu, Blödmann? Liebe ist nicht nur dann echt, wenn sie ein Leben lang hält. Du kannst den Wert einer Liebe nicht nach ihrer Dauer bemessen. Alles ist dazu bestimmt, irgendwann mal zu vergehen, auch die Liebe. Manchmal stirbt sie zusammen mit einem Menschen, manchmal allein für sich. Die größte Liebesgeschichte muss nicht von zwei Menschen handeln, die ihr ganzes Leben miteinander verbracht haben. Vielleicht handelt sie auch von einer Liebe, die nur zwei Wochen oder zwei Monate oder zwei Jahre gedauert hat, aber heller und heißer und glanzvoller geleuchtet hat als jede andere Liebe davor oder danach. Trauere nicht um eine gescheiterte Liebe, denn das gibt es nicht. In deinem Gehirn ist jede Liebe gleich.«

»Was nichts daran ändert, dass sie wehtut.«

Sadie wischte eine Träne aus meinem Augenwinkel und fuhr mit den Fingern durch mein Haar. »Ich weiß, Kleiner. Manchmal soll es einfach nicht sein, so scheiße das auch ist. Außerdem kann sie gar nicht deine Seelenverwandte sein. Hast du nicht gesagt, sie hätte noch nie Harry Potter gelesen? Willst du wirklich den Rest deines Lebens mit so jemandem verbringen? Himmel noch mal, denk doch nur an deine Kinder. Stell dir nur vor, wie sie mit so einer Mutter aufwachsen würden.«

Ich lachte und Sadie lachte auch. Dann schloss ich die Augen und umarmte sie.

Sie kuschelte sich neben mich und strich mir übers Haar, wie wir es auch früher immer getan hatten.

Ich starrte zur Decke und Sadie summte Songs von Taylor Swift in meine Haut. Bei dem Gedanken an Grace spürte ich den Wurzelkanalschmerz, von dem Sadie gesprochen hatte, durch meinen Körper rasen. Grace und ich hatten eine heftige Liebe, die Art von Liebe, die einen unter Wasser zog, wenn man zu weit hineinwatete. Es war eine Liebe, die nach und nach kleine Bleigewichte an das Herz hängte, bis es so schwer war, dass es aus der Brust hervorbrach.

»Suds … ich weiß, es ist schon etwas her, dass du eine jugendliche Straftäterin warst … aber weißt du noch, wie man in das Büro der Englischlehrer einbricht?«

Sadie grinste ihr durchtriebenes Grinsen. »Alte Gewohnheiten vergisst man nicht so schnell.«

Kapitel 26

Es war schon spät am Nachmittag, als ich mir zum fünften Mal in meinem Leben unbefugt Zutritt verschaffte. Am Wochenende kam einem die Schule wie die Mary Celeste vor. Wie auf einem Geisterschiff hatte man auch hier das Gefühl, dass vor Kurzem noch Menschen dagewesen waren, bis eine mysteriöse Tragödie (z.B. Examen) sie ereilt und in die Flucht geschlagen hatte. Die Schule lag düster und still da und auf dem Parkplatz hallten unsere Schritte gespenstisch wider.

»Hältst du das wirklich für eine gute Idee?«, fragte Lola, als wir über den äußeren Zaun kletterten. Ryan klammerte sich an Sadies Hals wie ein kleines Äffchen und kicherte über das Abenteuer. »Es kommt bestimmt niemand.«

»O doch«, widersprach ich. »Es wird jemand kommen.«

Anfang der Woche war Heslin endlich von seinem Hausarrest freigesprochen worden, den er sich mit der Party vor ein paar Monaten eingehandelt hatte. Und natürlich hatte sofort das Gerücht die Runde gemacht, dass schon heute Abend die nächste Party von ähnlichen oder noch größeren Ausmaßen steigen würde. Heslins Eltern waren entweder Volltrottel oder viel zu gutgläubig für ihren kriminellen Sohn, denn sie waren weggefahren und hatten ihm das Haus überlassen. Noch am selben Nachmittag war auf Facebook ein Event angekündigt worden, an dem etwa dreihundert Schüler teilnahmen – nur ich, Lola und Murray nicht. Und zu meiner Überraschung auch Madison Carlson nicht.

Wir hatten andere Pläne.

Vor einer Stunde hatte ich auf Heslins Veranstaltungsseite gepostet: *An alle, die etwas wiedergutmachen wollen.* Der Aufruf endete mit der flehentlichen Bitte, uns verdammt noch mal zu helfen, die *Westland Post* vor dem sicheren Untergang zu bewahren. Der Post hatte fünfundzwanzig Likes bekommen.

»Sie werden kommen«, murmelte ich noch mal, als wir über das Schulgelände zu Hinks Büro schlichen. Es ging gar nicht anders.

Wie sich herausstellte, waren die Türschlösser seit der Zeit von Sadies illegalen Aktivitäten modernisiert worden. Womit wir nicht gerechnet hatten, war die Videoüberwachung. Während also Sadie vor der Tür kniete und sich am Schloss zu schaffen machte und Lola und ich abwechselnd Ryan huckepack nahmen, bemerkte niemand von uns den bulligen Security-Mann, der auf uns zugerannt kam.

»Keine Bewegung, alle stehen bleiben!«, rief er.

Ich sah das Flackern in Sadies Augen, als sie für einen kurzen Moment mit dem Gedanken spielte abzuhauen. Natürlich machte sie es dann doch nicht, was vielleicht etwas damit zu tun hatte, dass ihr Sohn auf meinen Schultern saß und sie nicht gerade eine vorbildliche Mutter wäre, wenn sie das eigene Kind im Stich ließe.

Ich blieb stehen. Lola blieb stehen. Sadie blieb stehen.

Es spielt keine Rolle, dachte ich immer wieder. *Es spielt keine Rolle, es spielt keine Rolle, es spielt keine Rolle.* Es spielte keine Rolle, dass die Zeitung nicht erscheinen würde, dass ich im Alleingang eine fünfunddreißigjährige Schultradition zerstört hatte, dass ich Hink in jeder Hinsicht enttäuscht hatte. Es spielte keine Rolle, dass wir drei sehr wahrscheinlich verhaftet und wegen Einbruchs angeklagt werden würden und dass Lola und ich wegen unseres Strafregisters nicht aufs College gehen könnten und Sadie ihren Job verlieren würde. Es spielte keine Rolle – die Sonne würde die Erde verschlingen und alles, was wir taten, wäre bedeutungslos. So sollte es sein. Aber so war es nicht.

Denn es spielte doch eine Rolle.

Grace hatte sich geirrt. Das wurde mir in dieser Herzschlagsekunde klar, als der atemlose Wachmann meinen Arm packte, obwohl ich keinen Fluchtversuch unternahm. In der Gesamtheit der Dinge herrschte vielleicht Entropie, aber wir Menschen waren so klein, dass die Gesetze des Universums bei uns ihre Geltung verloren. Sie konnten nicht auf uns angewendet werden. Wir waren zu klein, unsere Leben zu flüchtig. Keiner von uns würde noch da sein, um die große kosmische Erlösung mitzuerleben, wenn die Sonne sich ausdehnen und die Erde auffressen und alle unsere Atome in den Kosmos entlassen würde. Niemand von uns konnte so lange warten.

Regeneratives Chaos: Dinge zerfallen und setzen sich wieder zusammen und wir machen weiter. Wir mussten die Absolution unserer Sünden selbst in die Hand nehmen. Wir mussten uns selbst erlösen.

Sadie stand auf, drehte sich um und fing völlig unerwartet an zu grinsen »Jim!«, rief sie, als sie den Wachmann sah. »Das gibt's doch gar nicht. Ich bin Sadie Page, weißt du noch?«

»*Du*«, knurrte Jim und verstärkte seinen eisernen Griff um meinen Arm. Oh-oh. »Sie haben mir versprochen, dass du nie wiederkommst.«

»Ach Jim«, sagte Sadie. Sie klopfte ihm auf den Rücken, löste seine Finger von meinem Arm und führte ihn zu einer der Sitzbänke vor der Schule. »Wir haben uns viel zu erzählen.« Und so kam es, dass Sadie zehn Minuten später – nachdem sie ihm einen Fünfzig-Dollar-Schein zugesteckt und ihm ein Kaffee aus dem Lehrerzimmer versprochen hatte, wenn er uns nicht verpfiff – Jim Jenkins, den leidgeprüften Wachmann der Westland High, überzeugt hatte, uns freien Zutritt zur Englisch-Abteilung und damit auch zum Redaktionszimmer zu gewähren.

Ricky Martin Knupps II schwamm träge in seinem Aquarium. Die Nachmittagssonne fiel durch die Jalousien und verwandelte die Luft in einen Nebel aus tanzenden Goldpartikeln. Der Raum roch immer noch nach ihr – nach uns –, aber im Laufe der Woche hatte sich der Duft etwas verflüchtigt und hing nicht mehr so hartnäckig an den Möbeln und Papierstapeln und Büchern und Bildschirmen. Bald würde nichts mehr daran erinnern, dass wir hier gewesen waren.

Lola setzte sich an den Mac und arbeitete am Cover-Design, während ich Beiträge durchforstete, die im Laufe des Halbjahrs von den Juniors eingereicht worden waren und sich vor allem durch miserable Zeichensetzung auszeichneten. Ich war auf der Suche nach etwas Brauchbarem für unser Thema. Schweigend arbeiteten wir vor uns hin und warteten.

Fünfzehn Minuten später trudelten die ersten Freiwilligen ein.

Nur jemand, der nichts von der Apathie des durchschnittlichen Teenagers weiß, hätte geglaubt, dass die ganze Klasse kommt. Wenn die Gelegenheit es erfordert, lassen wir uns aus unserer Lethargie reißen – zum Beispiel, wenn ein Elternteil eines Mitschülers stirbt oder eine von uns es zu *America's Next Top Model* schafft. Aber der drohende Untergang einer Zeitung war nicht dazu geeignet, echte *Braveheart*-Loyalität heraufzubeschwören.

Immerhin tauchten sieben Leute auf, sieben mehr, als ich erwartet (oder verdient) hatte. Alle begrüßten mich mit »Ich kann eigentlich nicht schreiben, aber …«, woraufhin ich ihnen erklärte, dass mir das so was von scheißegal war. Mit Muz und auch mit Maddy (Madison Carlson hatte mich aufgefordert, sie so zu nennen – echt bizarr) hatte ich gerechnet, aber dass Suki Perkins-Mugnai, Buck, Chance Osenberg und Billy Costa (vom berühmten Trichomoniasis-Trio) und sogar Heslin höchstpersönlich auftauchen würden, war eine echte Überraschung. Zusammen mit diesem bunten Haufen sowie Galaxy und drei weitere Juniors, denen ich gedroht hatte, sie eigenhändig umzubringen, wenn sie nicht kämen, waren wir immerhin vierzehn Leute.

Vierzehn Leute, um in zwei Tagen die Arbeit von drei Monaten zu erledigen. Das konnte doch nicht so schwer sein?

Sadie half uns, verschiedene Snacks bereitzustellen (die auf Facebook versprochene Belohnung), dann setzten Lola und ich uns auf die Sex-Couch, während die anderen sich im Schneidersitz auf den Boden hockten, Kit Kats aßen und Mountain Dew tranken.

»Wie ihr nach meinem Facebook-Post vielleicht schon vermutet habt, ist unser Thema Wiedergutmachung«, begann ich.

»Wie bei … *Die Verurteilten*?«, fragte Suki Perkins-Mugnai.

»Das ist ein Scheißthema, Kumpel«, sagte Murray. »Ich bin nach wie vor für Spezies-Dysphorie.«

»Meinst du wirklich? Jeder Highschool-Schüler will irgendetwas wiedergutmachen. Suki, ich würde gern wiedergutmachen, dass ich beim Touch Football so ein Loser war. La, du wünschst dir sicher Vergebung für den

Mord an Ricky Martin Knupps. Chance und Billy … na ja, ihr wisst schon.«

»Ähm, ich dachte, der Vorwurf der fahrlässigen Tötung wäre fallen gelassen worden?«, fragte Lola. »Ich fühle mich auch so schon schlecht genug.«

»Hört zu, nicht jeder kann schreiben, aber jeder von euch kann eine Geschichte erzählen, und jeder erhofft sich Absolution von seinen Sünden. Von mir aus könnt ihr ein Akrostichon-Gedicht verfassen oder einen Cartoon zeichnen oder Musik komponieren. Macht einfach was aus dem Thema. Setzt ein Zeichen für Wiedergutmachung.«

Dann ließ ich meine Spotify-Playlist laufen (keine Strokes, keine Pixies) und wir legten los.

Nach etwa drei Stunden ging Heslin, um auf seiner Party nach dem Rechten zu sehen (sprich: sich volllaufen zu lassen). Aber zuvor hatte er einen langen Monolog geschrieben, wie er bei seinen Eltern für die letzte Party Wiedergutmachung geleistet hatte. Wenig später ging auch Suki Perkins-Mugnai. Sie hatte sogar zwei Beiträge geschrieben – einen Artikel über die Gutcrushers und ein Gedicht darüber, dass sie ihren Großvater vor seinem Tod nicht angerufen hatte, weil sie dachte, sie hätte später noch mehr als genug Zeit, um dann zu erfahren, dass ihr Großvater noch mit seinen letzten Atemzügen nach ihr gefragt hatte. Chance Osenberg und Billy Costa hatten keine große Lust, das Trichomoniase-Trio in der Schülerzeitung zu verewigen, aber Chance verfasste eine Kurzgeschichte darüber, wie er seinen Vater gleich nach der Scheidung seiner Eltern um ein Handy angebettelt hatte, obwohl ihm klar gewesen war, dass der es sich nicht leisten konnte.

»Ich war dreizehn«, sagte Chance, als er sie mir per E-Mail schickte. »Ich war ein Arsch.«

Billy schilderte den ersten Besuch bei den Eltern seiner Freundin, wo er stockbesoffen in deren Bett gekotzt hatte. Murray zeichnete einen Cartoon mit Dropbears – eine wenig subtile Metapher dafür, dass er seine Familie in Australien vermisste. Madison schrieb darüber, dass sie als Kind ihren kleinen Hund verloren hatte und sich bis heute fragte, ob sie damals das Tor offen gelassen hatte oder nicht. Lola verfasste ein Haiku als Sühne dafür, dass sie ihrer Mutter das Wort Pimmel beigebracht hatte, und widmete eine ganze Doppelseite Ricky Martin Knupps, der jetzt im Himmel für immer in dem giftigen Mordschloss schwamm. Die Juniors schrieben über Mitschüler, die sie in der Mittelstufe eingeschüchtert hatten, und darüber, dass sie ihre Eltern enttäuscht oder ihre Geschwister zum Weinen gebracht hatten.

Buck schrieb nichts – er war praktisch ein Analphabet –, aber er konnte sogar etwas besser zeichnen als Lola, weshalb sie ihn sich schnappte, damit er ihr bei der künstlerischen Ausgestaltung half. Bis zwei Uhr nachts skizzierten sie Uhren und Hunde und einen toten Fisch sowie eine grässliche anatomische Karikatur, die verdächtig nach einem Pimmel aussah, bevor Billy sich ebenfalls aus dem Staub machte.

Um drei Uhr nachts, nach zwei (von Sadie gesponserten) Pizza-Lieferungen und mehreren Ausflügen in den nächstgelegenen 7-Eleven für einen Einkauf von insgesamt vier Flaschen Dr. Pepper, einem Karton Red Bull, sieben Corn Dogs und einem Rucksack voll Süßigkeiten, beschlossen wir, es für heute gut sein zu lassen.

Murray und Madison Carlson waren gemeinsam im Gang auf dem Billiglinoleum-Boden eingeschlafen. Madisons Kopf ruhte auf Murrays zusammengerollter Jacke und ihre Hand lag auf Murrays Brust. Zwischen den beiden war fast kein Platz. Eine höchst interessante Entwicklung.

Sadie hatte sich mit Ryan auf die Couch gehauen. Der Kleine hatte sich an sie gekuschelt und beide schliefen mit offenem Mund. Hinter ihren geschlossenen Lidern konnte man die unruhigen Bewegungen ihrer Augen sehen.

»Suds«, flüsterte ich und stupste sie an der Schulter. »Zeit, nach Hause zu gehen.«

»Ich habe die Hauswirtschaftsküche der Schule absichtlich in Brand gesteckt«, murmelte Sadie schläfrig und setzte sich auf. Sie drückte Ryan an ihre Brust und hielt mit ihren schmalen Fingern sanft seinen Kopf. »Dafür müsste ich Wiedergutmachung leisten. Wie überhaupt für meine Teenager-Jahre.«

»Doch nicht etwa für Sex, Drugs und Rock 'n' Roll?«, fragte La und räkelte sich auf ihrem Bürostuhl. Sie sah so aus, wie ich mich fühlte: als wären 90 Prozent meines Bluts durch Fructose-Maissirup, Koffein und Zementstaub ersetzt worden.

»Wo denkst du hin? All das bereue ich nicht und ich brauche auch keine Absolution dafür. Das Einzige, was ich wirklich bedauere, ist der Küchenbrand. Hotchkiss war danach nie mehr derselbe.«

»*Mr Hotchkiss* war dein Hauswirtschaftslehrer?«, fragte ich verblüfft.

»Ja. Der Typ ist ganz vernarrt ins Backen. Ich glaube, es ist sein Hobby. Aber eines Tages habe ich Cupcakes mit Lemon Curd gemacht – du weißt, welche ich meine, Henry – und er gab mir sogar eine Eins. Aber damals war ich in dieser Scheiß-aufs-Patriarchat-Stimmung und regte mich furchtbar darüber auf, dass es das Fach Hauswirtschaftskunde überhaupt gab, von wegen ›verdammt, wir haben das einundzwanzigste Jahrhundert‹ und so. Also habe ich … ein Zeichen gesetzt und die Küche in Brand gesteckt.« Sadie gähnte. »Das war meine schlimmste Schandtat. Die allerschlimmste. Ich konnte förmlich sehen, wie Hotchkiss das Herz brach, als er versuchte, die Flammen zu ersticken.«

»Wir haben noch ein paar leere Seiten«, sagte Lola und drückte Sadie Stift und Papier in die Hand. »Ich möchte auch einige handgeschriebene Beichten einstreuen.«

Sadie beäugte die Schreibutensilien. »Was ist die Verjährungsfrist für Brandstiftung?«, fragte sie, wartete aber nicht ab, bis wir die Antwort googelten, sondern fing an zu schreiben. Ryan wachte auf, als sie sich vorbeugte.

»Hallo Mama«, sagte er und berührte ihr Gesicht.

»Hallo, mein Kleiner«, sagte Sadie. Sie reichte Lola das Blatt Papier. »Bereit für den Abflug?«

Ryan nickte. Während Lola und ich noch alle Lichter ausmachten, gingen die beiden schon voraus und warteten Hand in Hand in der schwach erleuchteten Eingangshalle. Sie unterhielten sich leise darüber, was sie morgen alles unternehmen würden. Vormittags Zoo, Mittagessen im Park, abends zum Übernachten zu Daddy, weil Mommy arbeiten musste.

Während ich sie beobachtete, erinnerte ich mich an Grace' Vorwurf an jenem Abend auf dem Jahrmarkt, als sie so betrunken gewesen war: Dass ich nicht ihr richtiges Ich lieben würde, sondern nur ein Wunschbild, das es nicht mehr gab – den Schatten derjenigen, die sie einmal gewesen war.

Als Kind hatte ich die Legende von Sadie geliebt. Die Mythen, die sich um sie gerankt hatten, das Raunen, das sie begleitete wie Glühwürmchen das helle Licht. Ich liebte sie immer noch. Aber jetzt gab es eine Sadie, die Menschenleben rettete und für die ihr kleiner Sohn ein heller Diamant war, ein sonntagmorgendlicher Pfannkuchen im Bett, ein Gewitter nach sieben Jahre Dürre. Diese Sadie liebte ich sogar noch mehr.

Vielleicht konnte man zwei verschiedene Versionen gleichzeitig lieben. Und vielleicht, aber nur vielleicht, suchten manche die Absolution für Sünden, die schon längst vergeben waren.

Der Sonntag war mörderisch. Um sieben Uhr früh trafen Lola und ich uns vor meinem Haus. Die Straßenlaternen leuchteten heller als der wie mit Wasserfarben gemalte Sonnenaufgang. Lola drückte mir einen großen Kaffee in die behandschuhten Hände und sagte: »Sprich mich in den nächsten zwei Stunden nicht an«, und das tat ich auch nicht.

Wir trafen Jim Jenkins vor Hinks Büro. Setzten uns hin. Schalteten die Computer ein. Versuchten, nicht zu sterben. Starben trotzdem. Meine Augen hatten ganz offensichtlich die Fähigkeit verloren, Flüssigkeit zu produzieren, daher verbrachte ich den Vormittag damit, meinem Verdauungssystem Unmengen von Red Bull zuzuführen und meine Augen rot und wund zu reiben.

Als Lola schließlich zu zwischenmenschlicher Kommunikation in der Lage war, zeigte sie mir als Erstes das Cover: ein Bild von einem Mädchen in Schwarz-Weiß, dahinter das Universum in Grautönen und anstelle des Kopfes eine explodierende Supernova. Es sah aus wie eine Illustration aus einem alten Penny-Dreadful-Roman. Quer über dem Bild stand in orangen Buchstaben *Die Westland-Wiedergutmachung*. Aber ich erkannte sofort, dass das Mädchen einer realen Person nachempfunden war und eindeutig eine geisterhafte Version von Grace darstellte.

»Ich hatte noch Fotos von unserem Shooting. Ich kann auch ein anderes Model nehmen oder auf Flickr was suchen, wenn du willst.«

»Das Cover ist perfekt«, erwiderte ich. »Druck es in der richtigen Größe aus. Wir hängen es auf, damit jeder es sieht.«

Genau das machten wir. Und alle sahen es. Gegen

zehn Uhr trudelten die Juniors ein, Buck nur wenig später. Seltsamerweise tauchten auch noch zwei Mädchen auf, die am Abend zuvor auf Heslins Party gewesen waren. Er hatte ihnen erzählt, was wir hier machten, und sie vorbeigeschickt. Inzwischen waren die meisten Seiten voll, nur die von Lola vorgeschlagenen handgeschriebenen Beichten fehlten noch. Die beiden Mädchen – die einen granatenmäßigen Kater hatten – waren sofort begeistert von der Idee.

Sie schrieben ihre Sünden auf und gaben sie uns. Und wir gaben ihnen dafür die Absolution.

Dann traf noch jemand ein. Und noch einer. Dann noch zwei. Als es acht waren, schrieb Lola ein Schild mit der Aufschrift *Beichte deine Sünden und dir wird vergeben* und stellte es auf den Einwurf-Kasten in der Eingangshalle. Murray hatte inzwischen Wind von der Sache bekommen und tauchte gegen Mittag in einem Priesterkostüm auf, inklusive Weihwasser. Er setzte sich zu unserem provisorischen Beichtstuhl und begrüßte jede verlorene Seele, die ihren Weg zu uns gefunden hatte. Den ganzen Tag über kamen Mitschüler und Freunde und Schüler aus anderen Klassen, die auf Facebook gelesen hatten, was hier abging.

Um fünf Uhr nachmittags fragte ich Lola: »Wie steht's mit den Seiten?«

Sie sagte: »Es fehlt noch eine.«

Ich sagte: »Scheiße, was jetzt?«

Sie verdrehte die Augen und sagte: »Die ist für dich gedacht, du Knalltüte.«

Ich sagte: »Oh.«

Dann blickte ich das Supernova-Mädchen in Schwarz-Weiß an und dachte darüber nach, wie man erst im Nachhinein erkennt, dass etwas von Anfang an Gift war. Grace hatte mich so viele Male zerrissen und wieder zusammengesetzt, dass ich schließlich selbst geglaubt hatte, es so und nicht anders zu wollen. Eine Kintsukuroi-Beziehung – je brüchiger, desto schöner. Aber man kann etwas nicht beliebig oft zerbrechen, irgendwann kommt der Punkt, wo es sich nicht mehr reparieren lässt – so wie sich auch ein Blatt Papier nicht beliebig oft falten lässt.

Während ich dasaß und der Wurzelkanalschmerz mich schüttelte, schossen mir Sätze wie *Ich wünschte, ich hätte sie nie kennengelernt* und *Ich wünschte, sie hätte mich nie geküsst* durch den Kopf. Ich hätte sie am liebsten aus meinem Gedächtnis gelöscht wie im Film *Vergiss mein nicht!* Ich hätte sie am liebsten weggebleicht. Sie aus dem Stoff meiner Seele gezupft, in den sie sich hineingestickt hatte.

Aber dann dachte ich wieder an Kintsukuroi und daran, dass etwas erst in Trümmern liegen muss, bevor es durch das Zusammensetzen schöner werden kann. Ich dachte an meine Vorliebe für zerbrochene Dinge – Dinge, die beschädigt oder eingedellt oder angeknackst waren. Vielleicht war das überhaupt der Grund, warum ich mich in sie verliebt hatte. Sie war etwas Zerbrochenes in menschlicher Gestalt, und ihretwegen war ich das jetzt auch.

Aber ich vertraute darauf, dass sich meine Scherben wieder zusammensetzen und mit Goldfäden zusammenfügen ließen, selbst wenn Grace für immer zerbrochen bliebe. Ich hoffte, dass die Tränen in meinem Herzen meine Wunden heilen und am Schluss nur noch glitzernde Narben zurückbleiben würden.

Genau in diesem Moment vibrierte das Handy in meiner Tasche.

Grace Town:

Ich stehe vor Hinks Büro.

Henry Page:

Warum?

Lola hat mir euer Thema verraten.
Ich habe einen Beitrag für die Zeitung.

»Du bist eine Furie«, sagte ich zu La und stand auf. Ich spürte förmlich, wie mein wehrloses Herz in meiner Kehle anschwoll.

Lola erwiderte nur: »Ja, aber nur im Bett!«

Als ich in den blassrosa-zitronengelben Albtraum von Schulkorridor hinaustrat, wünschte ich Grace Town die Pest an den Hals. Ich hoffte, dass sie ihre Entscheidung für immer bereuen würde. Dass diese Reue sie für den

Rest ihrer Tage wie ein glühender Spieß durchbohren würde. Ich stellte sie mir alt und schmal vor und malte mir aus, wie sich ihre Haut wie feuchtes Papier über ihre Knochen spannen würde. Stellte mir vor, wie sie ihren letzten Atemzug machte, in ihren Augen das Bedauern darüber, was sie an meiner Seite hätte haben können. Bei dem Gedanken fühlte ich mich bestätigt.

In diesem Moment wollte ich Dinge haben, die ich mir bisher nie gewünscht hatte. Ich wollte reich sein. Ich wollte berühmt sein. Ich wollte ein Supermodel heiraten und ihm jede Nacht die teure Unterwäsche vom Körper reißen. Ich wollte, dass jede Errungenschaft meines Lebens Grace Town lautstark »Fuck you« zurief. Ich wollte sie mit meiner Außergewöhnlichkeit zermalmen.

Aber als ich das Ende des Gangs erreicht hatte, war schon etwas von dem Gift in mir weggespült worden. *Warum,* dachte ich, *sind wir so schnell dazu bereit, jene zu verletzen, die uns am meisten bedeuten*? Vor zwei Tagen hatte ich Grace noch geliebt und jetzt wollte ich Stücke aus ihrer Seele meißeln. Warum war das so? Weil sie mich verletzt hatte? Weil sie meine Liebe nicht erwiderte?

Man kann einem Menschen seine Gefühle nicht zum Vorwurf machen. Grace hatte getan, was für sie das Richtige war. Mehr konnte ich von ihr nicht verlangen.

Sie saß auf demselben Platz wie an jenem Nachmittag, als Hink uns in sein Büro gerufen hatte. Anfang und Ende, beides an einem einzigen Ort. »Henrik«, sagte sie leise und zeigte auf den Platz neben sich, wo ich mich damals aus Verlegenheit so verrenkt hatte. »Ich wollte dir etwas geben.«

»Ich kann das nicht, Grace. Ich schaffe das nicht mehr.«

»Das weiß ich. Glaub mir, das ist das Ende.«

In einem normalen Gespräch hätte sie sich an dieser Stelle entschuldigt, weil sie mir das Herz aus der Brust gerissen hatte. Aber Grace war kein normales Mädchen, und sie begriff nicht, dass ein *es tut mir leid* manchmal genug war. Stattdessen reichte sie mir einen kleinen Umschlag, auf dem *zu Händen des Redakteurs* stand, und sagte: »An unserem ersten Tag bei der Zeitung hast du mich gefragt, warum ich meine Meinung geändert habe. Ich bin dir eine Erklärung schuldig geblieben, aber das war falsch, denn ich kannte die Antwort auf deine Frage.«

»Okay.«

»Nach seinem Tod habe ich nur an ihn gedacht. In den ersten Wochen nach dem Unfall war die Trauer wie erwartet. Ich kostete sie sogar aus. Ich hatte schon früher geliebte Menschen verloren. Eigentlich fast alle. Ich wusste, wie Trauer geht. Nur die Zeit kann den Schmerz betäuben, indem sie neue Erinnerungen schafft und einen Keil zwischen dich und die Tragödie treibt. Ich habe darauf gewartet, dass es leichter wird. Ich habe darauf gewartet, dass ich in meiner Erinnerung nicht immer wieder unsere glücklichsten Tage neu durchleben muss. Ich habe darauf gewartet, dass mir nicht jedes Mal der Atem stockt, wenn der Kummer wie ein Donnerschlag über mich hinwegrollte.

Aber es wurde einfach nicht leichter. Nach einer Weile habe ich begriffen, dass es an mir selbst lag, weil ich es nicht anders haben wollte. Ich trug ihn wie eine schwere Last mit mir herum, und es hat mir die Kraft geraubt, aber ich verdiente es nicht anders. Ich verdiente die Last und den Schmerz, und als seine Eltern unter der Bürde ihrer Trauer zusammenzubrechen drohten, nahm ich auch noch einen Teil davon auf mich.

Und dann habe ich dich kennengelernt.

Bei unserem ersten Gespräch an jenem Nachmittag dachte ich zwanzig Minuten lang nicht an ihn. Das hört sich vielleicht nach nicht sehr viel an, aber für mich war es ein Rekord. Danach fühlte ich mich leicht und beschwingt und in der folgenden Nacht schlief ich vier Stunden am Stück. Der Grund dafür warst du. Keine Ahnung, wie oder warum, aber wenn ich mit dir zusammen war, hast du die Trauer vertrieben.«

»Aber das war trotzdem nicht genug.«

»Ach Henry«, sagte Grace. Sie rutschte näher an mich heran und legte ihre Hand an meine Wange. Die Berührung war so sanft, dass ich die Augen schloss. Dann spürte ich ihre Lippen auf meinen, so unglaublich zart.

»Warum küsst du mich so?«, fragte ich, als es vorbei war.

»Wie denn?«, fragte sie und löste sich behutsam von mir.

»So als würdest du mich lieben.«

Grace blickte von meinen Augen zu meinen Lippen und wieder zurück. »Ich kann nicht anders küssen.«

Sie konnte tatsächlich nicht anders. Dom war ihr ein und alles gewesen und ich war erst danach gekommen. Sie hatte das Küssen zusammen mit der großen Liebe ihres Lebens erlernt.

Erst da begriff ich endgültig, dass ich nur ein kurzes Aufflackern in einer fremden Liebesgeschichte war. Ich wurde Zeuge einer großen Liebe, aber es war nicht meine eigene, wie ich es mir gewünscht hatte. Ich war nur ein Nebencharakter am Rande, ein erzählerisches Mittel, ein Hindernis zwischen den Hauptfiguren. In dem Film *Wie ein einziger Tag* wäre Dom Allie noch am Leben und Grace wäre Noah, und ich wäre diese Rothaarige (deren Namen mir gerade nicht einfällt), die abserviert wird und dabei noch so tun muss, als würde es ihr nichts ausmachen.

Ich war nicht mal die zweite Wahl – etwas, womit ich leben konnte, zumindest redete ich mir das ein –, es war noch viel schlimmer: Ich hatte nur einen Kurzauftritt, eine Statistenrolle, ich war bestenfalls Gast in der Show. Es machte mich fertig, dass ich so lange gebraucht hatte, das zu begreifen.

Aber weil ich ein Idiot war, schoss mir als Erstes durch den Kopf, dass ich Grace zappeln lassen würde, wenn sie mich irgendwann wiederhaben wollte. Wenn Grace Town in einem Monat oder in einem Jahr oder in einem Jahrzehnt wieder in mein Leben treten würde, nachdem sie die Schuld, die sie ihrem toten Freund gegenüber empfand, abgetragen hatte, nachdem sie alle Schmerzen durchlitten hatte, die sein Tod ihr abverlangte, würde ich dafür sorgen, dass sie um mich werben musste, so wie ich damals um sie. Sie würde mitten in der Nacht in einem Gewittersturm vor meinem Haus auftauchen, den Ghettoblaster über dem Kopf, und ich würde sie endlich klatschnass sehen, wie ich es mir schon immer erträumt hatte. Und sie würde sich in meine Arme werfen und, mein Gott, es wäre einfach grandios.

Aber als ich ihren Blick bemerkte, spürte ich, dass es nie dazu kommen würde. Als ich sah, wie sie mich beobachtete, ging mir auf, wie wenig ich von ihr wusste. Alles, was ich sie so gern gefragt hätte, was ich so gern gewusst hätte – über ihre Kindheit, ihre Mom, ihre Zukunft –, hatte ich nie herausfinden können.

Grace wartete darauf, dass ich etwas sagte, aber ich schwieg, denn alles war schon hundertmal ausgesprochen worden, und ich war es leid, so leid, immer wieder dasselbe zu sagen, obwohl sich nie etwas änderte. Sie verschränkte die Hände über dem Kopf und stieß die Luft aus. Dann tat sie etwas Unerwartetes. Grace Town lächelte. Das Lächeln erstreckte sich über ihr ganzes Gesicht und zauberte Fältchen in ihre Augenwinkel. Das Sonnenlicht spiegelte sich in der Iris ihrer Augen und ließ sie fast kristallklar schimmern. Mein Herz bebte, weil Grace so quälend schön war, und ich hasste sie dafür, dass sie nicht mir gehörte.

»Du bist eine ganz besondere Ansammlung von Atomen, Henry Page«, sagte sie. Ihr Lächeln wurde noch breiter. Sie lachte dieses stille Lachen, das kaum mehr als ein Ausatmen ist. Dann nahm sie ihre Arme herunter, schürzte die Lippen und nickte. Plötzlich war ihr Lächeln wie weggewischt.

Als sie aufstand und ging – wieder, wieder, wieder einmal –, wurde mir klar, dass ich ein Multiversum namens Grace liebte.

Da war zum einen die Grace aus Fleisch und Blut, die immer noch Doms ungewaschene Kleider trug und in seiner ungewaschenen Bettwäsche schlief und mit ihrem verletzten Bein über die Bahn rannte, damit es nicht zu schnell heilte – Schuldgefühle, die auf Raten mit Schmerzen abbezahlt wurden. Es war die einzige Gerechtigkeit, die sie ihm schenken konnte. Die einzige Wiedergutmachung, die sie sich selbst zugestand.

Dann war da noch die Grace von früher. Das ätherische Wesen, das nur noch auf Fotos und in halb verblassten Erinnerungen existierte.

Und auch das Kintsukuroi-Traummädchen, das von Goldfäden zusammengehalten wurde. Diese Version von ihr war sauber und heil, trug Blümchenkleider und wurde von der untergehenden Sonne angeleuchtet. Sie summte Songs von den Pixies und den Strokes, während wir langsam unter Lichterketten tanzten. Das war die Grace, die ich in ihr wieder zum Vorschein gebracht hatte.

Grace Town war ein Multiversum in der Gestalt eines Mädchens.

Ich öffnete den Umschlag mit ihrem Beitrag für die

Zeitung. Darin befand sich ein Blatt Papier, das zerrissen und Stück für Stück mit durchsichtigem Klebefilm wieder zusammengefügt worden war. Die kleinen gezackten Narben, die den Text zerteilten, waren mit goldener Tinte nachgezogen. Das Gedicht von Pablo Neruda – Kintsukuroi in Papierform. Lola hatte es gut gemeint und Grace das Gedicht zurückgegeben. La. Teufel und Engel in einem. Der Titel »Ich liebe dich nicht« war mit Goldstift eingekreist. Es hätte verdammt wehtun müssen, aber das tat es nicht. Und so las ich ein allerletztes Mal:

Ich liebe dich, wie man gewisse dunkle Dinge liebt,
heimlich, zwischen Schatten und Seele.

Es ist eine der schlimmsten Erfahrungen, die du machen kannst, wenn du dich vor jemanden hinstellst, ihm deine Seele offenbarst und zurückgewiesen wirst. Etwas anderes zu behaupten, wäre gelogen. Noch Tage, Wochen, Monate oder Jahre später fragst du dich, was an dir so falsch oder kaputt oder hässlich ist, dass deine Liebe nicht erwidert werden konnte. Du suchst bei dir selbst nach dem Grund und findest eine Million Gründe.

Vielleicht lag es daran, wie du morgens nach dem Aufwachen und vor dem Duschen ausgesehen hast. Vielleicht lag es daran, dass du zu bereitwillig warst. Weil es trotz aller gegenteiligen Behauptungen immer noch attraktiv ist, wenn du nicht so leicht zu kriegen bist.

An manchen Tagen glaubst du vielleicht, dass jedes

deiner Atome fehlerhaft ist. Aber dann musst du dir sagen – so wie ich, als ich Grace Town weggehen sah –, dass du außergewöhnlich bist.

Grace Town war eine chemische Explosion in meinem Herzen gewesen. Sie war ein Stern, der zur Supernova geworden war. Ein paar flüchtige Augenblicke lang hatte alles nur aus Licht und Hitze und Schmerz bestanden. Sie hatte heller gestrahlt als jede Galaxie und dann nichts als Dunkelheit hinterlassen. Aber der Tod eines Sterns bringt die Bausteine des Lebens hervor. Wir alle sind aus dem Stoff der Sterne gemacht. Wir alle bestehen aus Grace Town.

»Hier, das ist mein Beitrag zur Wiedergutmachung«, sagte ich zu Lola, als ich ihr den Umschlag von Grace gab.

Sie öffnete ihn. Las das Gedicht. Und lächelte.

Kapitel 27

Der Rest des Halbjahrs lief folgendermaßen ab: Als ich eine Woche später morgens aufwachte, galt nicht mein erster, sondern nur mein zweiter Gedanke Grace Town. Ich weiß nicht mehr, woran ich zuerst dachte – ich weiß nur, dass es nichts mit ihr zu tun hatte. An diesem Morgen durchfuhr sie mich nicht wie ein Blitz, der meine Adern versengte. Die Krankheit war am Abklingen. Die Wunde begann zu heilen.

Da wusste ich, dass ich überleben würde.

Und das tat ich auch.

Wenn du gedacht hast, dass die *Westland-Wiedergutmachung* ein voller Erfolg werden würde, dann hast du nicht richtig aufgepasst. Das Werk, das wir in den Druck gaben (zwei Stunden vor der Deadline, wie ich anmerken möchte), rangierte auf der Shit-Skala irgendwo zwischen Katastrophe und Desaster. Es war gewissermaßen Frankensteins Monster unter den Schulzeitungen, die – um ehrlich zu sein – ohnehin nicht für ihren Stil und ihre Klarheit bekannt waren.

Es war nicht zu übersehen, dass mehr als ein Dutzend Leute mit unterschiedlichen Vorstellungen vom Endprodukt daran mitgewirkt hatten. Bucks handgezeichnete Skizzen passten nicht zu Lolas schlankem Design, und mir war nicht mehr genug Zeit geblieben, um alle Beiträge der Juniors zu redigieren, daher waren die meisten ihrer Texte bestenfalls postmoderne Interpretationen klassischer Grammatik. Aber die Zeitung war groß und mutig und die Farbgebung in Orange, Schwarz und Weiß machte sie zu einem echten Hingucker. Die Zeichnungen sahen wunderschön aus und die Beichten waren lustig und lächerlich und herzzerreißend, und ja – das wurde mir klar, je länger ich die Zeitung betrachtete –, Lola hatte es hinbekommen, dass alles gut geworden war. Ja, es war eine echte Wiedergutmachung.

Hink erfuhr erst, dass wir die Deadline noch eingehalten hatten, als ich vier Tage später den Probedruck freigab. Als er es herausfand, flippte er total aus, weil wir so gut wie jede Regel der Satzung verletzt hatten. Wie sich herausstellte, hatten fast alle Sünden, von denen Teenager sich Absolution erhofften, irgendwie mit Sex, Drugs und Rock'n'roll zu tun. Lola und ich mussten eine Petition beim Lehrer-Eltern-Ausschuss einreichen, damit er darüber abstimmte, ob die Zeitung überhaupt erscheinen durfte.

Am Ende kam es auf die Stimme von Mr Hotchkiss an. Zum Glück war zwei Stunden vor der Anhörung eine Box mit Lemoncurd-Cupcakes auf seinem Schreibtisch aufgetaucht und hatte ihn in untypisch gute Laune versetzt. Er stimmte zu unseren Gunsten und für den Rest des Schuljahrs stand eine gerahmte Kopie von Sadies handgeschriebener Entschuldigung auf seinem Schreibtisch.

Am folgenden Tag wurde die *Westland-Wiedergutmachung* unter die Leute gebracht und stellte noch am ersten Tag Kyles Rekord in den Schatten – mit anderen Worten: 60 Prozent der Schüler holten sich ein Exemplar. Dieser Zuwachs von fünfzehn Prozent reichte, um Hink und Valentine davon zu überzeugen, dass ich genug Wiedergutmachung geleistet hatte, um trotz meiner Liederlichkeit zumindest bis zur nächsten Ausgabe Chefredakteur bleiben zu können.

Als Lola und Georgia aus heiterem Himmel Schluss machten, trugen Murray und ich die wild um sich schlagende, schreiende Lola durch den Schmerz, so wie sie uns getragen hatte. Wir zwangen sie, Weihnachtslieder zu singen und Eierpunsch zu trinken. Wir brachten sie dazu, Mütze, Schal und Handschuhe anzuziehen und mit uns (und Maddy) zur Mall zu fahren, um ein Foto mit Santa zu machen. Am Weihnachtsabend überredeten wir sie dazu, mit uns *Nightmare before Christmas* anzuschauen. Sie lag ganz schmal und klein zwischen uns beiden unter der Bettdecke. Wir schafften es, dass es ihr wieder besser ging. Vielleicht nicht sofort. Es war ein weiter Weg. Aber wir standen ihr zur Seite.

Nach Weihnachten verkündeten meine Eltern, dass sie getrennt in Urlaub fahren wollten, einer nach Kanada, einer nach Mexiko. Aber diesmal brachte sie keine unerwartete Schwangerschaft wieder zusammen. Als Dad nach Hause kam, packte er seine Sachen und zog weit weg … in seine Schreinerwerkstatt im Garten. Die beiden frühstückten auch weiterhin jeden Morgen gemeinsam.

Nach und nach trug Grace Town ihre vermeintliche Schuld ab und langsam kamen an ihr die ersten Goldfäden zum Vorschein. Nach den Weihnachtsferien war ihr Hinken weniger ausgeprägt und irgendwann legte sie ihren Gehstock ganz beiseite. Sie fing an, mit dem Auto zur Schule zu fahren. Manchmal trug sie immer noch was von Dom: eine Strickmütze, ein Halsband, eine Jacke. Aber meistens kam sie in ihren eigenen Klamotten. Je mehr Wiedergutmachung sie leistete, desto mehr konnte sie sich selbst erlösen. Irgendwann war auch in ihren Augen der Gerechtigkeit Genüge getan.

Wir trennten unsere Leben. Wir löschten uns gegenseitig auf Facebook, Instagram und Snapchat. Wir übergaben Ricky Martin Knupps II in die Obhut von Ryan, der ihn »Fisch Fisch« taufte und ihm mehr Liebe entgegenbrachte, als wir es je vermocht hatten. Alle Verbindungen zwischen uns rissen ab, und die Bruchstellen heilten, bis wir wieder getrennte Individuen waren. Irgendwann dachte ich nur dann noch an sie, wenn die Sehnsucht mich überfiel: beim Feuerwerk an Silvester oder wenn ich alleine im Dunkeln Filme schaute – und fast jeden Morgen, wenn ich aufwachte und sie nicht da war.

Und die ganze Zeit über liebte ich sie, so wie sie ihn liebte.

Heimlich, zwischen Schatten und Seele.

Anmerkungen

Die Idee zu diesem Buch erwuchs aus einem Artikel vom 11. Juli 2014 im *Nerve-Magazin* von Drake Baer mit dem Titel »This Is Your Brain on a Break Up«. Insbesondere das Interview mit Lucy Brown, einer Neurowissenschaftlerin an der Yeshiva Universität, diente als Vorlage für Sadie und ihre Karriere.

Grace' Fischteich in dem verlassenen Bahnhof gäbe es nicht ohne den Artikel vom 30. November 2013 bei *Renegade Travels* mit der Überschrift »Exotic Fish Take Over Abandoned Bangkok Mall Basement«. Der Bahnhof basiert vage auf einer wunderschönen gespenstischen verlassenen Station in Sydney, in die ich natürlich niemals eingebrochen bin.

»Ich habe die Sterne zu sehr geliebt, um die Nacht zu fürchten« – worauf Henry in Kapitel 7 anspielt, ist ein Zitat aus dem Gedicht »The Old Astronomer« von Sarah Williams.

Der Sketch mit Ricky Gervais und Liam Neeson in Kapitel 9 stammt aus »Episode One« des BBC2-Programms *Life's Too Short*.

Henrys Powerpoint-Präsentation geht auf verschiedene witzige und sehr überzeugende Beispiele von Tumblr zurück (»Why You Should Let Me Touch Your Butt«, »Why You Should Let Me Touch Your Boobs« usw.), insbesondere jedoch auf »Why We Should Do Sex Things«, das ich zuerst auf Imgur entdeckt habe. Von dieser genialen Idee kann ich nur sehr wenig für mich selbst in Anspruch nehmen. An das anonyme Mädchen, von dem das Original stammt: Ich hoffe aufrichtig, dass es dir geholfen hat, in der Kiste zu landen.

Der Satz, den Henrys Vater in Kapitel 17 über Grace sagt, »Schönheit ist immer auch ein klein wenig sonderbar«, bezieht sich auf ein Zitat von Charles Baudelaire.

Ich weiß nicht, von wem der Spruch »Geschichten mit einem Happy End sind Geschichten, die noch nicht zu Ende sind« stammt, aber ich habe ihn zum ersten Mal in einer Version von *Mr & Mrs Smith* gehört.

Die Inschrift auf Doms Grabstein – »Hätte Liebe dich retten können, würdest du für immer leben« – kann ich nach bestem Wissen und Gewissen nicht eindeutig zuordnen.

»Wenn du eine Karotte wärst, dann wärst du eine prima Karotte« und »Lila, denn Aliens tragen keine Hüte« stammen direkt aus der fantastischen Fundgrube namens Internet, wie sicherlich auch ein Dutzend weitere Anspielungen auf die Popkultur, die ich hier nicht ordentlich auflisten kann (meine Anspielungen neigen dazu, außer Kontrolle zu geraten).

Man möge mir meine Liederlichkeit verzeihen.

Danke

An meine Agentin, Catherine Drayton, die meine erste und entschlossenste Verbündete ist. Selbst wenn ich alle Synonyme für *dankbar* und *glücklich* auflisten könnte, wäre das immer noch nicht genug, um meine Dankbarkeit auch nur annähernd zum Ausdruck zu bringen.

An das ganze Team von InkWell Management, insbesondere an Masie Cochran, die dieses Buch zuerst gelesen hat, und an William Callahan für seine editorischen Ratschläge, die im wahrsten Sinne des Wortes wertvoll waren. Ebenso an Liz Parker, Lyndsey Blessing und Alexis Hurley von der Lizenz-Abteilung. Ihr seid verdammt gut in dem, was ihr macht.

An meine Herausgeberin Stacey Barney für EINFACH ALLES. Danke für deine Klugheit, deine Leidenschaft, deine tiefe Liebe zu Henry und Grace. Du hast es mir superschwer gemacht, nicht an Schicksal und Seelenverwandtschaft zu glauben, wo doch mein Buch in dir die Seelenverwandte gefunden hat.

An Kate Meltzer für ihre unermüdliche Unterstützung und an das ganze Team von Putnam und Penguin Random House, die mich begeistert in ihrer Familie aufgenommen haben.

An Laura Harris von Penguin Australia, die Murray Leben eingehaucht hat und meine Leidenschaft für Taylor Swift teilt.

An Emma Matthewson von Hot Key, UK – wie ich in meinen E-Mails gesagt habe: Mein zehnjähriges Ich hatte einen Herzstillstand, als ein Angebot von dir in meiner Mailbox war.

An Mary Pender und Kassie Evashevski von UTA, die die Filmrechte so großartig betreuen.

An die Leser meines frühen Werks, die mir versichert haben, dass ich gut bin, obwohl ich es ganz eindeutig nicht war: Cara Faagutu, Renee Martin, Alysha Morgan, Sarah Francis, Kirra Worth, Jacqueline Payne, Danielle Green und Sally Roebuck. Ihr ahnt nicht, wie sehr ich euer (damals völlig ungerechtfertigtes) Vertrauen gebraucht und geschätzt habe.

An das ganze Team von Arc, insbesondere an Lyndal Wilson, die mich zu einer viel besseren Autorin gemacht hat (und meine häufigen Streiche bzw. meine Missachtung der Satzung hingenommen hat).

An Twitter und Team Maleficent, die meine unerschütterlichen Cheerleader sind: Samantha Shannon, Claire Donnelly, Katherine Webber, Lisa Lueddecke Catterall und Leiana Leantutufu.

Ein Extra-Dankeschön an die unvergleichliche, unverzichtbare Katie Webber. Du hast mir beispielhaft vorgeführt, dass das Unmögliche möglich ist, wenn man nur hart genug dafür kämpft. Ich bin unglaublich stolz auf dich und immer wieder hingerissen von deiner Hingabe für das, was du tust.

An meine Cowper Crew, die mich beim Schreiben dieses Buchs unterstützt hat: Baz Compton, Geoff Metzner und ganz besonders Tamsin Peters. Danke für die vielen Tassen Tee, die Ecke zum Arbeiten, die Hühnersuppe, wenn ich krank war (und das war ich oft), und dafür, dass ihr mich durchgefüttert habt, wenn ich pleite war (das war ich noch viel öfter). Seht mal, wie weit euer kleiner Schmarotzer es gebracht hat!

An meine liebe Großmutter Diane Kanowski, die dieses Buch nie lesen wird, weil es viel zu skandalös ist, der ich aber trotzdem sehr dankbar bin! Unsere vielen hundert Bibliotheksbesuche in meiner Kindheit waren das Fundament meiner Liebe zu Büchern.

An meine Eltern Phillip und Sophie Batt für alles, für alle Zeit. Dass ihr mich als Teenager ertragen habt, zahlt sich so langsam aus, oder? ODER? Insbesondere an Mum: Eine Zeile in Piercre Browns *Red Rising* lautet: »Mutter ist das Rückgrat in mir. Der eiserne Wille.« Genau das bist du für mich.

Und nicht zuletzt an meine kleinen Schwestern Shanay und Chelsea für die hundert mitternächtlichen Fahrten, Skittles und Pepsi Max, Songs in Endlosschleife, und dafür, dass ihr Mum nichts gesagt habt, als ich einmal meinen Job aufgegeben habe, um schreiben zu können. Dafür, dass ihr meine Figuren noch mehr liebt als ich und überhaupt ganz außergewöhnliche Wesen seid.

Ihr alle seid meine Lieblingsmenschen und dieses Buch ist ohne jeden Zweifel und von ganzem Herzen euch gewidmet.